왕갈비 고양이네으

왈릴리 고양이나무

왈릴리 고양이나무

조용호 소설집

차례

별의 흐름

붙잡지 않았다.

별들은 서로 적당한 거리에서

자신의 존재를 밝히고 있어야만 한다.

별들이 서로 부딪치면 재앙이다.

별의 궁륭

하늘이 까맣다. 계기판 액정 불빛들은 반딧불이처럼 깜빡거린다. 까만 어둠 너머 별들이 알전구처럼 환하다. 은성한 별들의 궁전 아래를 날아간다. 별들의 바다 밑을 날아갈 때면 늘 황홀하다. 어둠 속에서 자유롭게 유영하는 가오리라도 된 기분이다. 이렇게 날다 보면 금방이라도 저 주먹만 한 별들과 부딪칠 것만 같다.

오늘따라 기장은 전혀 웃음을 보이지 않는다. 조종실 안에서 사소한 농담을 주고받는 것은 착시 현상을 막아주는 좋은 약이다. 전투기 파일럿들은 달이 없는 바다 위를 날다가 간혹 바다 속으로 돌진하기도 한다. 밤바다를 까만 하늘로, 어선의 불빛은 별로 착각해 기수를 내려 바다로 들어가 버리는 경우다. 비행착각 현상이다. 십여 년 전 비행 학교 시절 교관은 이

9

른바 버티고(vertigo) 현상에 대해 설명하며 과도한 집중은 착각을 부른다고 했다. 부기장인 그가 기장과 함께 조종하고 있는 보잉 747 같은 대형 항공기는 구름 위의 고공에서 제트 기류를 타고 날아가기 때문에 바다를 향해 기수를 올리는 일 따위의 착각을 할 염려는 없다. 물론 이착륙 과정에서 지나치게 긴장하거나 과도하게 한 가지에만 집중할 경우 실수를 할 가능성을 배제할 수는 없다. 그마저도 이중 삼중의 경고 장치와 관제탑의 치밀한 유도로 웬만해선 사고를 내기가 쉽지 않다. 하지만 기계를 다루는 것도 결국은 사람의 일인지라 이착륙 시에는 늘 긴장 상태에 놓일 수밖에 없다.

"아까 라운지에서는 왜 그렇게 머뭇거렸지? 자네 표정이 그렇게 굳어진 걸 보기는 처음이었어."

기장이 오랜만에 입을 연다. 그는 기장이야말로 이륙한 지 두 시간이 지나도록 표정이 왜 그토록 굳어 있었는지 궁금했다. 정작 그 원인이 부기장인 그에게 있었던 모양이다. 함께 먼 거리를 날아야 하는 입장에서는 이해가 가지 않는 것도 아니다. 수많은 목숨들을 책임져야 하는 민항기 파일럿들은 정서 상태를 점검당하기 위해 정기적인 뇌파 검사까지 받아야 하는 처지이고 보면, 기장의 입장을 이해할 만도 하다. 그가 탑승을 앞두고 한동안 멍하게 얼이 빠져 있던 모습을 기장은 걱정스럽게 여긴 것 같다. 이륙을 한 시간도 채 남겨놓지 않은 시각이어서 기장으로서는 그를 다른 파일럿으로 교체하기도 힘들었을 것이다.

"아, 그래서 그렇게 심각하셨군요. 별일 아닙니다. 라운지에서 탑승을 기다리는 승객 중에 예전에 알았던 사람과 비슷한 얼굴이 하나 보이길래……."

"그래? 그럼 잠깐 이야기라도 나누지 그랬어? 어떤 사이였길래 목석처럼 움직이지도 않고 그렇게 심각한 표정만 지었나?"

"괜찮습니다. 걱정하지 마십시오."

그가 쉽게 부인하자 기장은 다시 예의 표정으로 돌아가 버린다. 사실 이륙할 때야 이런저런 생각을 할 여유가 없었지만, 안정 고도에 접어들어 한숨을 돌린 뒤부터는 내내 그녀 생각이 뇌리 한구석을 채우고 있었다. 그 여자를 생각할 때면 늘 눈 내리는 벌판과 성당의 종탑이 함께 떠오른다.

한 소녀가 성당의 종탑에 갇혀 있다. 창문을 열고 쇠창살 틈으로 손을 내밀어 하염없이 내리는 탐스러운 눈송이를 받아먹고 있다. 소녀의 눈동자는 눈 내리는 벌판의 먼 지평선에 꽂혀 있다. 그 소녀를 어린 소년이 지상에서 올려다보고 있다. 하늘의 먼 곳에서부터 춤을 추며 내려오던 눈송이들은 지상에 가까워지면서 생명이 다할 것을 예감한 듯 멈칫거리며 낮게 떠돈다. 눈송이들은 그렇게 생명의 마지막 잔치판을 벌이는 중이다. 소녀는 그 눈송이들을 두 손으로 정성스럽게 받아서 성체를 모시듯 입으로 가져간다. 그 소녀가 소년을 감싸고 돌며 사납게 주변 아이들의 얼굴에 생채기를 만들던 소녀라곤 짐작하기 힘들다. 그날 소녀가 종탑에 갇힌 것도 따지고 보면 소년이 원인이었다.

화재로 부모와 남동생을 한꺼번에 잃어버린 소녀가 소년이 있는 보육원에 들어온 것은 이 년 전이었다. 한동안 침울해하며 밥도 제대로 먹지 않고 구석진 자리에 웅크리고 앉아만 있던 소녀가 활기를 되찾기 시작한 것은 소년을 발견하면서부터였다. 퀭하게 들어간 두 눈동자가 소년의 눈빛과 마주치는 순간 빛을 발하기 시작하더니, 잠시 생각에 잠겼던 소녀가 화들짝 일어나 소년에게 다가와 소년의 얼굴에 자신의 볼을 비벼댔다. 소년은 놀라서 소녀의 품에서 도망치려 했지만 소녀는 완강한 힘으로 소년을 놓아주지 않았다. 급기야 소년이 울음을 터뜨리자 원장 수녀가 달려와 겨우 그를 소녀로부터 떼어놓았다. 소년의 울음이 그치자 이번에는 소녀가 울기 시작했다. 두 다리를 바르작거리며 엉엉 울음을 터뜨리는 소녀는 아무리 달래도 막무가내였다. 소년을 향해 두 손을 내저으며 방성통곡을 할 따름이었다. 하릴없이 소년을 소녀에게 보내자 소녀는 소년을 꼭 껴안고 뜨겁게 쏟아져 내리는 눈물로 소년의 등을 적셨다.

그렇게 여덟 살 소녀와 여섯 살 소년은 처음 만났다. 이후로 소녀를 제외하고는 아무도 함부로 소년의 곁에 갈 수 없었다. 누구라도 소년에게 다가와 살갑게 웃거나 손이라도 잡을라치면 소녀는 성난 살쾡이처럼 상대방의 얼굴을 할퀴어버렸다. 소년에게만큼은 극진했다. 짐승이 갓 낳은 새끼 곁을 한시도 떠나지 않고 주위를 맴돌 듯 소년을 보호했다. 말이 보호였지, 소년으로서는 소녀의 그러한 맹목적인 감싸기가 몹시 힘겨웠다.

끼니때가 되어도 소녀는 밥을 먹지 않았다. 오랜만에 식탁에 고기 반찬이라도 올라오면 소녀는 허겁지겁 그 반찬들을 자신의 밥 위에 통째로 가져다 놓고 시위하듯 사방을 노려보았다. 그 고기들을 옆에 있는 소년의 밥 위에 다시 얹어 놓고 맹수로부터 새끼를 보호하듯 주변을 살폈다. 결국 원장 수녀는 소년과 소녀만을 위해 따로 상을 차렸다.

소녀의 소년에 대한 광기는 그 정도로 그치지 않았다. 보육원의 형들이 그런 소녀를 곱게 보았을 리 만무하다. 어미에게서 새끼를 떼어내듯, 형들 중 한 명이 소년을 다른 방으로 데려다 숨겨놓고 문을 잠가버렸다. 학교에서 돌아온 여덟 살배기 소녀는 소리를 지르며 온 보육원을 헤매고 다녔다. 끝내 더 이상 두고 볼 수 없던 형들이 소년을 방에서 데리고 나오자,

표범이 적을 향해 튀어 오르듯 한 형을 향해 달려들었다. 그 형은 손가락을 물려 병원까지 가야 했다. 피가 철철 흐르는 형의 손가락뼈가 하얗게 드러나 있었다. 그날 이후 더 이상 아무도 소년과 소녀를 건드리지 못했다.

보다 못한 원장 수녀가 그들을 가장 무난하게 떼어놓을 방법을 강구하기 시작했다. 아무리 소년에 대한 집착이 강하다 하더라도 강제로라도 떼어놓으면 어쩔 수 없이 시간이 흐르면서 소녀도 평온을 되찾으리라는 막연한 믿음에서 비롯된 일이었다. 성당 사목회장이 그 악역을 맡게 되었다. 소년은 그 사목회장 집에 임시로 맡겨졌다. 원장 수녀의 이야기를 들은 회장은 소년을 기꺼이 맡겠다고 나섰다. 그 집에는 사내아이가 없었다. 그러나 정작 사목회장이 원하는 것은 입양도 아니었고, 설혹 입양을 한다고 치더라도 다 자란 소년 같은 나이의 아이를 원하지는 않았다. 다만, 한시적이라는 조건이 붙어 있어서 수녀의 부탁도 들어줄 겸 적적한 집안에 소년을 들이기로 결정했던 모양이다.

소년이 떠난 후 소녀가 어떻게 지냈는지 소년으로서는 알 길이 없었다. 소년도 가끔 소녀가 그립기는 했다. 핏덩어리째로 보육원 앞에 버려져 있던 소년이 부모에 대한 기억이 있을 리 없다. 한 번도 누군가에게 그렇게 맹목적인 사랑을 받아본 적은 없었다. 보육원에서 자라온 평소 습관대로 사

는 게 편하기는 했지만, 소녀가 나타난 뒤로 소년은 자신이
특별한 존재가 된 것에 대한 애틋한 충만감은 있었다. 하지
만 소녀의 맹목적인 감싸기가 소년에게 불편했던 것도 사실
이다.

　소년은 사목회장 집에서 처음으로 따뜻한 가정의 냄새를
맡았다. 아침에 눈을 뜨면 보육원의 높은 천장 대신 낮은 천
장의 사방무늬 아래로 파리들이 정겹게 붕붕 날아다니고 있
었다. 소년에게 그 파리들은 보육원에서는 느낄 수 없던 낮
고 아늑한 평화의 상징이었다. 소년은 유치원이라는 곳에도
다닐 수 있었다. 보육원의 또래들에게는 낯선 세계였다. 소
년이 집을 나서면서 사목회장의 부인에게 인사를 깍듯이 할
때, 부인은 웃음 반 눈물 반으로 소년을 껴안아 줬다. 소년의
인사는 "다녀오겠습니다" 대신 "다음에 오겠습니다"였다.
소년은 깜냥에 예의를 갖춘답시고 인사를 한 것이었는데, 그
것이 부인에게는 우스웠던 모양이다. 소년은 보육원에 오는
손님들이 떠나면서 한결같이 "다음에 다시 오겠습니다"라고
인사했던 기억을 떠올렸을 따름이다. 부인에게 오랫동안 기
다렸던 아이가 잉태되면서 소년은 다시 보육원으로 돌아왔
다. 부인이 입덧을 심하게 하면서 회장의 아침 식사조차 제대
로 챙겨주지 못하는 상황이 되자 회장이 원장 수녀에게 사정
을 애기했던 모양이다.

소년이 다시 보육원으로 돌아왔을 때 소녀는 보이지 않았다. 소녀는 병원에 입원해 있었다. 소녀는 소년이 떠난 뒤 일체의 음식을 입에 대지 않았다. 그러다가 소녀가 소리 없이 사라져 버리는 일이 종종 발생하곤 했는데, 하루 종일 온 보육원 아이들을 동원해 샅샅이 주변을 수색한 끝에 언덕배기 야산의 구덩이 아래 깊은 땅속에서 잠을 자고 있는 소녀를 발견했다. 이후 소녀는 서서히 기력을 회복하는 듯 보였지만, 여전히 종적을 감추는 기벽은 사라지지 않았다. 끼니때가 되면 수녀는 소녀를 찾으러 야산으로 향했다. 소년이 다시 돌아왔을 때는 이미 기력이 쇠할 대로 쇠해져 병원 신세를 지는 중이었다. 소년이 돌아왔다는 소식을 들은 소녀는 막무가내로 병원을 나와 보육원으로 돌아왔다. 소녀의 눈빛에 생기가 돌기 시작했다.

그 소녀에게도 천적은 있었다. 소녀의 대모였다. 소년과 소녀가 머물렀던 가톨릭계 보육원은 벌판의 소읍에 있었다. 벌판을 향해 생명수를 공급하는 수로가 소읍을 가로질렀다. 그 수로를 지나는 다리 앞, 소읍의 진입구 낮은 슬레이트 지붕 아래 대모가 살고 있었다. 첫영성체를 하던 날, 대모는 월남치마를 휘날리며 시장통에서 장사를 하던 차림 그대로 성당에 들어섰다. 대모는 자신에게 할당된 대자와 대녀들을 모아놓고 돌아가면서 한 번씩 안아줬다. 그중에는 소녀도 끼어 있었다. 아직 소년은 나이가 차지 않아 소녀의 첫영성체 의식을 지켜볼 따름이었다. 대모는 일일이 대자와 대녀들을 껴안은 뒤 그들 모두에게 묵주 하나씩을 선물로 건넸다. 소녀는 묵주를 받자마자 그것을 들고 앞자리에 앉아 있는 소년을 향해 뛰어와 목에 걸어주었다. 대모는 그 광경을 바라보다가 소년에게서 돌아온 소녀를 다시 한 번 힘껏 껴안아 주었다.

대모는 가끔씩 그들을 자신의 집으로 초청했다. 낮은 지붕 아래 주황빛 백열등 밑에서 그들은 따뜻한 국과 밥을 먹었다. 대모는 그 집에 홀로 살고 있었다. 대모의 얼굴은 지금도 선명하다. 눈주름이 잔뜩 잡혀 있고, 눈빛은 늘 웃고 있었다. 대모의 집은 보육원에 비하면 따뜻한 천국이었다. 높은 천장 아래 집단으로 모여서 밥을 먹고 한 방에 십여 명씩 누워서 느린 잠을 청하던 분위기와는 딴판이었다. 대모가 보육원 식구들 중 소년과 소녀만 편애했던 것은 아니다. 대모는 그 소읍 성당의 열성 신자였다. 그 시절의 풍광이 그렇듯이 대모는 대낮에 오포가 불면, 시장에서 장사하던 좌판을 옆집 아주머니에게 맡기고 순대와 어묵 등속을 싸 들고 그들의 집을 찾아왔다. 아직 학교에서 돌아오지 못한 아이들을 위해 비닐로 싼 것들은 수녀에게 맡기고, 보육원에 남아 있는 아이들에게 가져간 것들을 먹이고 돌아갔다. 소년과 소녀가 그 집에 찾아갈 생각을 한 것은 그런 한없는 대모의 따뜻함 때문이었을 것이다.

대모의 집을 다녀온 다음 날 보육원에서는 수상한 공기가 감돌았다. 소년이 원장 수녀와 보모 수녀의 이야기를 소녀에게 발설한 것이 문제였다. 소년은 자다가 오줌이 마려워 화장실에 다녀오다가 수녀실에서 새어 나온 얘기들을 들었다. 바오로 형제가 요즘 너무 힘들어 하는 것 같다는 얘기였던가. 바오로 형제는 그들의 천사보육원 후원을 책임지고 있다시피 한 소읍의 유지였다. 바오로 형제는 그 당시 마침 확장되고 있던 연탄보일러 업체의 사장이었다. 그는 평소에도 신심이 돈독한 편이었는데, 마침 사업이 확장 일로에 있던 터여서 많은 돈을 벌었던 모양이다. 그 집에 소녀 또래의 딸이 하나 있었는데 그 외동딸이 소아마비에 걸려 운신을 제대로 못했다. 누군가 그 아이와 말벗이 되면서 위안을 줄 만한 또래가 필요하다는 것이었고, 소녀가 그 상대로 거론되고 있었다. 단, 그 조건은 소년을 함께 데리고 가는 것이었다. 그 조건에 대해서 생략한 채 그 이야기를 소년이 소녀에게 전해 준 것이 실수라면 실수였을 것이다. 소년이 소녀에게 그 이야기를 전해 준 다음 날 아침, 소녀는 조용히 소년의 손을 잡아끌고 벌판으로 나아갔다.

소년과 소녀가 나아간 벌판은 광활하고 추웠다. 언덕배기에 돌올하게 솟아 있던 성당의 종탑이 벌판으로 나아갈수록 점점

작아졌다. 소녀는 멈칫거리는 소년의 손을 한사코 잡아끌었다. 소녀의 손을 잡고 따라나선 성당 언덕배기 아래 초겨울의 들판에서는 일렬로 논둑에 세워놓은 볏짚들이 그들을 맞았다. 소년과 소녀는 논둑길 대신, 잘려 나간 밑동들만이 벼들의 생장 흔적을 보여주는 논바닥을 조심스럽게 밟고 나아갔다. 소녀는 구획된 논들을 여러 개 지날 때까지도 아무 말이 없었다. 소녀의 손을 잡고 가다 뒤돌아본 저편에 성당의 첨탑이 아스라이 솟아 있었다. 몇 개의 논을 가로지른 뒤 그들은 들판에 외줄로 나 있는 철길 언덕 위로 올라섰다. 소녀는 소읍의 기차역을 피해 그곳에서 멀리 떨어진 간이역을 찾아가는 중이었다. 그들은 철길의 침목을 또박또박 밟으며 걷다가 멀리서 기차 소리가 들리면 화급히 철길 아래로 내려서서 고개를 숙인 채 기차가 지나가기만을 기다렸다. 객차 뒤꽁무니에서 이는 바람이 소년과 소녀의 머리칼을 휘날렸다. 소녀가 그 간이역에서 기차를 타고 소년을 데려가려고 했던 곳은 어디였을까. 간이역까지 가려면 작은 철교 하나를 건너야 한다. 침목과 침목 사이의 어둡고 깊은 틈 아래 검은 물이 흐르고 있었다. 소년은 다리가 후들거려 도저히 그 다리를 건널 수 없었다. 소년은 막무가내로 버티었다. 소녀 또한 그 철교를 건너는 것은 두려웠던 모양이다. 어쩔 수 없이 그들은 철교 아래 벌판으로 다시 내려섰다. 멀리 돌아가는 길을 택했다. 눈이 내리기 시작했다. 사위가 어두워지면서 땅거미가 슬금슬금 깔리고 있었다. 소녀는 소년의 걸음을 재촉했다. 벌판으로 흐르는 수로의 끝은 쉬 나타나지 않았다. 그렇다고 시멘트 다리가 보이는 것도 아니었다. 소녀도 지쳐가고 있었다. 벌판에 눈이 내리고 허공에는 검은 먹물이 번져가고 있었다.

그들은 길을 잃었다. 소녀는 소년을 껴안고 논둑길의 볏가리 아래 주저앉았다. 소년은 지금도 땅거미가 질 무렵이면 불안해지고 어디론가 빨리 돌아가야 할 것 같은 강박감에 시달린다. 소년의 머리와 옷에 끊임없이 쌓이는 눈을 소녀가 연신 털어주었지만 역부족이었다. 소년의 옷은 젖어 들어갔고, 마음까지 눈에 휩싸여 버렸다. 소녀는 덜덜 떠는 소년의 몸을 어미 닭이 날갯죽지로 병아리를 감싸듯 작은 품으로 감싸안았다. 소년은 까무룩 잠에 빠져들었다. 소녀가 소년의 몸을 정신없이 흔들어댔지만 소년은 눈을 뜰 수 없었다. 소녀가 스웨터 앞주머니에서 성냥을 꺼내 든 것은 그 무렵이었다. 소녀는 소년을 볏가리로부터 멀리 끌어낸 뒤 볏가리를 헤집고 아직 젖지 않은 마른 짚에 불을 붙였다. 멈칫거리던 속불이 마침내 겉불로 타오르기 시작했다. 검은 벌판에 환한 불꽃이 일렁거렸다. 어두운 벌판 위의 불덩이에 바람까지 가세해 불빛에 반사된 눈송이들이 미친 듯이 춤을 추었다. 바람에 일렁이는 불꽃은 소녀의 얼굴 위에서도 춤을 추었다. 소녀는 소년을 여전히 꼭 껴안은 채 머리를 풀어헤친 불꽃들을 뚫어져라 응시했다. 벌판을 환하게 밝힌 불빛 너머로 그들이 걸어온 철길이 보였다. 소녀는 논둑을 따라 뱀처럼 길게 번져가는 불길을 조명 삼아 소년을 이끌고 철길로 향했다.

대모가 마루에 쓰러져 있는 어린 그들을 발견한 것은 바람에 덜컹거리는 양철 대문 소리 때문에 잠에서 깨어나 소피를 보러 바깥에 나왔을 때였다. 다행히도 두 어린것들은 아직 숨이 붙어 있었다. 대모 집에서 이틀 밤을 보내고 그들은 다시 보육원으로 돌아가야 했다. 이번만큼은 원장 수녀도 소녀를 용서할 수 없었다. 소녀는 종탑으로 올라가는 옥탑 방에 유폐됐다. 세끼 밥만 제공될 뿐 일체의 면회도 허락되지 않았다. 소녀가 잘못을 깨닫고 용서를 빌 때까지 수녀는 소녀를 격리시킬 작정이었다. 소녀가 갇혀 있는 동안 소년은 사목회장 집에 정식으로 입양됐다. 회장 부인이 유산을 한 데다 비록 짧은 기간이었지만 소년에게 든 정 때문에 남편에게 결단을 요구했던 것이다. 소년과 소녀는 그렇게 헤어졌다. 보육원 입구를 나서던 날, 소년은 종탑 방 창문으로 두 손을 내밀어 눈송이를 받아 먹던 소녀를 올려다보았다.

"기체가 조금 흔들리는 것 같지 않습니까? 안전벨트 사인을 넣을까요?"

그의 질문에 여전히 굳은 표정을 풀지 않고 있던 기장이 그제야 입을 연다. 아무리 상대방에 대한 감정이 좋지 않아도 비행은 비행인 것이다. 일본의 어느 항공사에서는 기장과 부기장이 서로 다투다 비행기를 활주로에 제대로 착륙시키지 못하고 근처 바다에 빠트리는 어처구니없는 사고를 낸 적도 있다.

"기류가 별로 좋지는 않지만, 곤히 자는 승객들을 일부러 깨울 필요까진 없을 것 같네."

"알겠습니다."

"자네도 적란운을 만나본 적이 있겠지. 뇌우와 우박을 잔뜩 머금은 채 수백 마일에 걸쳐 퍼져 있는 적란운이나, 맑은 하늘을 날다가 예기치 않은 난기류를 만나 수백 미터나 곤두박질을 치면 정신이 하나도 없겠지. 하지만 말이야, 피할 수 없는 것이라면 뚫고 나가야만 돼. 적란운을 미워하기만 할 수는 없는 일 아닌가."

안전벨트 사인을 넣는 문제는 늘 조종사들을 고민하게 만드는 일 중의 하나다. 안전벨트를 채우자니 승객들이 거북해할 것 같고, 그냥 두자니 기류 변화가 염려스러운 경우가 있다. 외국의 항공사 중에는 아예 비행 내내 안전벨트 사인을 끄지 않는 것을 원칙으로 삼는 곳도 있다는 얘기를 들었다. 조종사들은 그들을 '두 평짜리 콕피트(cockpit) 인생'이라고 부른다. 승용차 운전석보다 결코 넓지 않은 좁은 조종석에서 한 달에

70시간씩이나 갇혀 지내야 하는 인생인 것이다. 누군가는 '1도 인생'이라고도 했다. 비행 각도를 1도만 잘못 입력해도 엉뚱한 방향으로 날아가 버리기 때문에 늘 노심초사해야 한다는 의미에서 나온 말일 게다.

그는 자신이 선택한 길을 후회한 적은 없다. 별들은 가도 가도 꺼지지 않는다. 우리가 육안으로 볼 수 있는 별들의 숫자가 최소한 3천 개가 넘는다. 하지만 6등성까지 실제로 지구상에서 관찰할 수 있는 별은 8천 6백여 개에 이른다. 인간의 눈으로 관찰할 수 없는 별의 숫자까지 합치면 숫자를 세는 것 자체가 무의미할지도 모를 일이다. 그 많은 별과 별들이 서로 만나는 경우란 거의 없다. 만나게 되면 그건 큰 재앙이다. 수명을 다한 혜성이, 얼음 먼지로 구성된 그 혜성이, 태양 가까이에 이르면 잘게 부서져 지구에 유성우를 뿌리는 경우는 있다. 그 유성우는 대기권과 부딪쳐 불꽃 쇼를 연출한다. 유성우는 죽은 혜성의 잔해들이다.

소년이 입양된 후 소녀는 끝내 다른 보육원으로 보내졌다. 성장하면서 소녀에 대한 소년의 기억은 희미해졌다. 무사히 대학에 들어갔고 졸업을 앞둔 무렵이었다. 여자에게서 과 사무실로 편지가 왔다. 처음에는 편지 봉투에 적힌 보내는 이의 이름이 낯설어 잠시 동안 누구인지 기억을 더듬어야 했다. 편지를 개봉한 뒤에서야 기억 저편에 묻혀 있던 장면들이 어제 일처럼 일제히 고개를 쳐들었다.

……제 이름을 기억할지 모르겠군요. 철없던 시절에 당신을 괴롭힌 사람입니다. 이제 저는 하느님께 갑니다. 가기 전에 마지막으로 가슴속의 매듭 하나를 풀어놓고 싶습니다. 왜 당신에게 그토록 집착했는지 늘 생각하곤 했습니다. 부모님이 이 세상에 저 하나만 덜렁 남겨놓고 동생까지 데려가 버린 게 야속해서 그랬을까요? 이제 원망과 집착을 버리려 합니다. 제 마음은 비로소 평화를 찾았습니다. 물론 완전히 해방된 건 아닙니다. 이렇게 살다 보면 언제고 다시 평화가 깨질 것 같아 불안한 마음도 있습니다. 그래서 떠나기로 결심을 굳혔지요. 혹여 그 시절 저로 인한 어떤 기억들 때문에 마음 한구석이 어두울까 봐 이렇게 처음이자 마지막으로 편지를 띄웁니다. 주님의 품 안에서 늘 행복하시길. † 찬미예수.

편지는 참으로 오랜만에 기억의 갈피에 접어둔 유년의 모습들을 되살려 주었다. 벌판에 벌레들처럼 기어서 밀려오던 땅거미와 소녀의 손에서 벗어나 따뜻한 곳으로 도망가고 싶었던 갈망과 벌판의 불꽃 앞에 섰을 때의 뜨거운 느낌들이 한꺼번에 떠올랐다. 종탑 방에서 눈송이를 받아 먹던 소녀의 모습도 다시 선명하게 살아났다. 수소문 끝에 소녀를 찾아 만난 것은 반가움 때문만은 아니었다. 편지의 표현들이 석연치 않아서였다. 하느님께 간다, 혹은 마지막이라는 표현들이 그의 발을 헛디디게 했다. 수소문해 보니 여자는 대처의 보육원으로 보내진 후, 그곳에서 무사히 고등학교까지 졸업하고 사회로 나갔다고 했다. 여자는 작은 회사의 경리 사원으로 일하고 있었다. 여자의 표정은 환했다. 적어도 죽음을 결심한 사람의 표정은 아니었다. 서늘한 눈매와 시원한 콧날은 성숙한 여인의 관능을 내비쳤지만, 어린 시절의 얼굴 윤곽은 그대로 살아 있었다. 여자는 수녀가 되기 위해 오랜 역사를 지닌 성심수녀회에 나가 한 달에 한 번씩 성소 모임을 갖는 중이었다. 이 지원기가 끝나면 수녀회에 입회 절차를 밟아 본격적인 공동체 생활로 접어드는 청원기가 기다리고 있었다.

"미안해요. 괜히 편지를 보냈나 봐요. 하지만 이렇게 만나게 돼서 얼마나 좋은지 모르겠어요. 하느님의 뜻이겠지요."

"어쨌든 다행입니다. 편지를 받고 괜히 쓸데없는 상상을 했습니다."

"아, 그렇게 읽을 수도 있겠네요. 다시 한번 미안해요. 그쪽 소식은 꾸준히 들었어요. 원장 수녀님 기억나지요? 그분, 지금은 요양소에 계시는데 가끔 찾아뵈었어요."

"지금도 화가 나면 땅속으로 들어가요?"

뜬금없는 그의 말에 여자는 머리까지 뒤로 젖힌 채 한동안 웃음을 참지 못했다.

"맞아요. 그런 적이 있지요. 왜 그랬나 모르겠어요. 하지만 땅속에 들어가 있으면 마음이 편했던 것 같아요. 지금도 그 버릇이 남았는지, 카페에 들어갈 때도 이층이나 삼층보다는 지하가 더 편해요."

화장기 없는 얼굴에서 풍기는 청아한 이미지가 여자의 매력이었다. 청바지 차림에 진홍빛 스웨터를 입은 여자가 긴 생머리를 뒤로 넘길 때마다 자극적인 샴푸 향이 후각을 자극했다. 그를 한결같이 감싸고 돌며 주변 아이들의 얼굴을 사납게 할퀴던 소녀의 모습을 발견하기는 어려웠다. 은행 잎이 자욱하게 깔린 11월의 보도를 걷다가 여자가 문득 그를 돌아보며 말을 건넸다.

"우리 같이 보육원에 한번 가보지 않을래요?"

소읍의 들머리 언덕배기에 자리 잡은 여자 고등학교와 수로도 그대로였지만 다리 옆 대모의 낮은 슬레이트 지붕 집은 자취가 없었다. 그 자리에는 낯선 시멘트 건물이 들어서 있었다. 보육원은 문을 닫고 대처로 이사를 가버렸다. 성당은 그대로였다. 성당과 연관된 오래된 추억들이 한꺼번에 밀려왔다. 성당 제단의 벽 아랫부분을 둥그렇게 채웠던 장식들, 첫영성체의 기억과 마룻장이 삐걱거리던 종탑 방의 추억들이 한꺼번에 밀려왔다. 달리아가 피어 있던 마당의 꽃밭, 종탑 방에서 내려다보던 들판, 단테의 신곡처럼 천국과 지옥의 수많은 사연을 간직한 형상으로 다가오던 제단 벽의 장식들도 그대로였다. 여자와 함께 종탑 방에 올랐다. 삐걱거리는 나선형 나무 계단을 밟고 올라간 그곳은 이미 오래전에 버려진 공간인 듯 보였다. 천장 귀퉁이에는 거미들이 집을 짓고 있었고, 창문의 유리는 깨어져 있었다. 창문 밖으로 지평선이 보이는 광활한 들판이 펼쳐졌다. 여자는 창문 앞에 우두커니 서서 말을 잊은 채 들판을 내려다보았다. 여자의 눈빛이 흐려졌다.

"한동안 이곳이 내 방이었던 적이 있지요. 그때 창밖의 눈송이들처럼 허공을 날아다니며 춤을 추고 싶었어요. 아니면 아예 땅속으로 들어가거나. 지상에 발을 붙이고 사는 게 어린 나이에도 힘이 들었던가 봐요."

"좋은 사람 만나서 서로 의지하며 살아갈 생각은 안 했어요?"

"여고 시절에 선생님을 좋아해 본 적은 있지만 사회에 나와선 통 끌리는 남자를 만난 적이 없어요. 짓궂게 따라다니는 남자들은 더러 있었지요. 나중에 수녀가 되면 이곳 성당에 와서 봉사할 기회도 오겠지요?"

여자는 삐걱거리는 나무 계단을 밟고 내려와 그들이 유년기에 헤맸던 들판 쪽으로 나아갔다. 추수가 끝난 들판은 예나 지금이나 황량하기는 마찬가지였다. 그들은 나란히 논길을 걷다가 짚 더미 아래 앉았다. 짚 더미는 바짝 말라 있어서 언제라도 불만 붙이면 다시 황홀한 불꽃 춤을 출 것이다.

"살면서, 나, 보고 싶지 않았어요?"

여자가 그를 물끄러미 바라보다가 불쑥 말을 꺼냈다. 그는 그제야 아직도 남아 있는 여자의 어둠을 보았다. 여자는 그에게 안온한 평화나 육친의 정을 주었던 사람은 아니었다. 여자와 함께 이렇게 소읍까지 찾아오면서도 기실 그는 그 시절의 땅거미와 추위가 새삼스럽게 상기돼 불편한 마음이었다. 보육원에서 돌아온 후 여자에게서 처음에는 일주일에 한 번꼴로 전화가 오더니 그 빈도가 잦아지면서 매일, 그것도 아침저녁으로 안부를 묻는 전화가 오기 시작했다. 다니던 회사를 정리한 여자는 평일에도 그의 학교까지 찾아왔다. 강의가 끝나기를 기다렸다가 그를 데리고 학교 앞 분식집이나 레스토랑에 들어가 이것저것 챙겨 먹이느라 분주했다. 여자의 눈은 처음 보았을 때와는 다른 광채로 빛나고 있었다. 코끼리처럼 평생 동안 서열까지 정해 함께 사는 부류도 있지만, 대개의 짐승들은 새끼가 어느 정도 제힘으로 먹잇감을 구할 정도가 되면 새끼에 대한 관심이 사라져 버리는 경우가 많다. 사람은 불행하게도 평생 피붙이의 업을 지고 간다. 학교에서 여자를 만나지 못한 날 자취방에 돌아가면 우렁이 각시라도 다녀간 것처럼 된장찌개가 보글보글 끓고 있었고, 구석에 밀쳐둔 옷가지들은 빨랫줄에서 하얗게 나부꼈다. 여자는 끝내 그가 우려하던 말을 꺼냈다.

"내가 편지를 보내지 말거나, 당신이 날 찾지 말았어야 했어요. 그렇다고 누구를 원망할 수도 없는 일이지요. 우리 딱 한 달만 함께 살아요. 더도 덜도 말고 딱 한 달만."

"하느님께 몸과 마음을 의탁하실 분이 그래도 되는 겁니까?"

"수녀는 개인의 상처나 슬픔을 씻어내기 위한 도피처는 아녜요. 결혼하지 않고 정결하게, 재산을 갖지 않고 청빈하게, 자기 자신의 뜻을 포기하고 순명하며 사는 삶을 다른 사람에게 보여주는 생활이지요. 그러기 위해서는 내 안의 미련과 상처는 오히려 바깥에서 치유해야 해요. 우리, 오누이처럼 딱 한 달만 같이 지내요."

결국 여자와 기이한 동거가 시작됐다. 그와 함께 밥을 먹고 산책을 하고 독서를 하는 일상적인 일에도 여자는 행복한 표정이었다. 그렇지만 그가 학교에서 늦게 돌아온다든지, 어쩌다 같은 과의 여자 동기들과 술이라도 한잔 걸치고 들어올라치면 여자의 표정은 화석처럼 굳어졌다. 여자의 얼굴에 어둠이 깃들고 있었다.

졸업을 앞두고 교수님들을 모신 가운데 사은회를 하는 날이었다. 여자는 그곳까지 따라와 그의 옆에 자리를 잡았다. 정해진 순서가 대충 진행되고 술잔이 서너 번 돌아가면서 좌중은 적당히 취흥에 젖어들었다. 교수들이 먼저 자리를 뜬 뒤에는 술판이 더욱 흥청거렸다. 동기들이 어깨동무를 한 채 일어서서 노래를 불렀다. 여자는 뒤쪽으로 빠져 홀로 벽에 등을 기댄 채 그들을 물끄러미 올려다보고만 있었다. 갑자기 술병이 깨지고 좌중이 어수선해졌다. 그의 옆에서 어깨동무를 하던 여자 동기의 얼굴에서 피가 흐르고 있었다. 여자는 벽에 기댄 채 그들을 쏘아보았고, 여자 동기는 여자에게서 날아온 소주잔에 맞아 피를 흘리며 얼굴을 감싸안고 주저앉았다. 여기저기서 고함 소리가 날라왔다. 그는 황급히 여자를 데리고 거리로 나섰다.

"이것이 당신이 원한 평화인가요? 도대체 뭡니까? 무얼 원하는 겁니까?"

그가 목소리를 높여 여자를 공격했다. 여자는 묵묵히 길을 걷다가 어둠 속으로 사라졌다. 붙잡지 않았다. 별들은 서로 적당한 거리에서 자신의 존재를 밝히고 있어야만 한다. 별들이 서로 부딪치면 재앙이다. 그도 여자에게서 애틋한 정을 느끼지 않았던 것은 아니다. 그러나 살아오면서 의도적으로 기억의 갈피 속에 접어두려고 노력했던 이유는 여자를 떠올릴 때마다 늘 어둠이 함께 따라 나왔기 때문이다. 그날 저녁 여자는 돌아오지 않았다. 다음 날도 여자는 나타나지 않았다. 그렇게 일주일이 흘렀을 무렵, 여자가 늦은 밤에 그의 방문을 두드렸다. 아무렇게나 흘러내린 머리칼이 스산했다. 여자는 방에 들어와 잠시 앉아 있더니 그에게 다가와 아무 말 없이 꼭 껴안았다. 여자의 따뜻한 입김이 그의 귓전을 간지럽혔다. 그를 껴안고 여자는 가만가만 몸을 흔들었다. 이튿날 그가 눈을 떴을 때 여자는 보이지 않았다. 여자가 남기고 간 접힌 쪽지가 문고리에 매달려 있었다. 미안해요. 당신을 보면 불 속에 남겨두고 나온 동생이 늘 생각나요. 세월이 흐르면 없어질 화인인 줄 알았는데 당신을 만나서 또 도졌네요. 남은 생일랑 밝은 곳에서 환하게 잘 사세요……. 여자의 몸은 종탑 밑에서 발견됐다. 종탑 방의 깨진 유리 틈에 찢긴 옷자락이 깃발처럼 펄럭였다. 벌판의 논둑길에는 새카맣게 탄 볏가리들이 검은 흔적으로 길게 이어져 있었다. 대학을 졸업한 뒤 그는 항공사의 조종사 모집 공고를 보고 응시했다. 다행히도 그는 합격할 수 있었다. 미국에 건너가 플로리다의 비행 학교에서 힘든 훈련을 견디어냈고, 단독 비행에 성공했다. 그가 지상보다 하늘에서 사는 삶을 택한 것은 여자 때문인지도 모른다.

예전에는 항법사가 나란히 앉은 기장과 부기장 뒷자리에 탔지만 요즘은 자동 항법 장치 덕분에 그 자리는 비어 있다. 각 포인트마다 위치 보고를 해야 하는 형편이어서 기장은 대화 중에 잠시 말을 끊곤 했다. 하늘에도 길이 있다. 하늘에서야말로 그 길에서 벗어나면 지상 못지않게 위험이 따르곤 한다. 냉전 시대에 소련 상공으로 접어든 우리 국적 민항기가 미사일에 격추된 경우도 항로에서 벗어났기 때문이다. 같은 항로라도 고도에 따라 길이 다르다. 고도를 잘못 선택하면 비행기끼리 충돌하는 불상사도 배제할 수 없다. 오늘 같은 밤은 비행기보다도 하늘에서 내려오는 죽은 별의 잔해를 더 각별히 조심해야 한다. 이륙 전에 받은 노탐(NOTAM)에는 유성우를 조심하라는 정보가 들어 있었다. 맑고 고요한 밤하늘 저편에 밝은 무리의 불덩이가 보이기 시작한다.

"고도를 조절할까요?"

"조금 더 지켜보자고. 아직 거리는 충분하니까."

태풍보다 빠른 속도로 날아가는 항공기가 새 한 마리와 부딪쳐도 엄청난 충격을 받는다. 하물며 운석 조각들과 부딪칠 경우 1만 미터의 고공을 시속 9백 킬로미터로 날아가는 항공기에게는 치명적이다.

"저 녀석들에게도 항로가 있다네. 우리가 가는 길과는 많이 달라. 다만 가까이 보일 따름이지."

기장은 여전히 여유가 있다. 지상에서도 그리 걱정할 게 없다는 교신이다. 환한 불 무더기의 유성우는 밤하늘로 올라간 여자가 흔드는 붉은 깃발 같다. 여자에게 말을 했어야 했다. 땅거미가 질 무렵이면 늘 당신 생각이 났다고, 낮과 밤 사이의 그 시각이 되면 늘 초조하고 어디론가 돌아가야만 될 것 같아 차라리 눈을 감아버렸다고, 밤보다는 낮을 향해 끊임없이 기수를 돌렸다고, 정작 그 밝은 대낮은 어둠보다 깊은 밤하늘이었다고, 과도한 집중도 착각을 부르지만 생에 대한 과도한 두려움도 항로의 각도를 잘못 입력시킬 수 있다는 사실을 이제야 조금씩 깨닫고 있다고.

탑승 전에 라운지에 보았던, 여자를 닮은 여자는 아이를 품에 안고 함께 나들이를 하는 남자와 다정하게 서 있었다. 여자는 환하게 웃고 있었고, 남자는 여자의 볼에 연신 입을 맞추었다. 별들의 궁전 아래를 날아갈 때는 늘 황홀하다. 별들은 멀리서 간절하게 누군가를 부르는 빛을 쏘아 보낸다. 구름이 별을 가린 지상에서는 그 빛을 수신할 수 없다. 적란운 밑에 사는 이들에겐 그 별의 존재조차 관심이 없다. 그들에겐 뇌우만이 걱정스러울 따름이다. 갈수록 밤하늘이 환하게 밝아진다. 유성우가 가까워진 모양이다. 이대로 돌진하면 죽은 별 조각들과 부딪칠 것만 같다. 뒤편에서 곤히 자고 있을 승객들은 지금 자신들의 운명을 알지 못한다. 연료 때문이 아니더라도 태평양 상공에서 회항을 한다는 것은 불가능하다. 기장은 여전히 태연하다. 옛날 사람들은 혜성을 무척 두려워했다. 다른 별들과는 전혀 다른 물체인 데다가 확실한 모양도 없이 잉크가 번지듯 희미한 꼬리를 뒤로 휘날리면서 사라지곤 했기 때문이다. 그들의 눈에는 이런 모습이 절규하는 여인의 머리카락처럼 느껴졌고, 그래서 라틴어의 머리카락이라는 뜻에서 파생된 이름을 붙였다. 잘려 나간 여인의 머리카락 부분이 지금 대기권과 부딪쳐 불꽃을 일으키는 중이다.

그리고 숲

나의 구주는

죄 지은 일이 없는데

다만 사랑 때문에 죽으려 하신다…….

마태수난곡

갯벌 끝으로 천천히 바닷물이 들어오는 중이다. 개흙에 반사된 붉은 석양이 남자의 얼굴을 비춘다. 남자가 어둡고 붉은 얼굴로 여자를 돌아본다. 여자의 얼굴도 붉디붉다. 남자의 얼굴을 물끄러미 들여다보던 여자가 등을 보이며 뭍을 향해 걷기 시작했다. 여자는 한 번 몸을 돌린 뒤로는 뒤돌아보지 않고 묵묵히 앞만 보고 걸었다. 저녁 해무 속에 여자의 윤곽이 희미해져 갔다. 바닷물이 발목까지 올라와 찰랑거린다. 남자는 갯벌 바닥에 길게 누웠다. 금세 잠이 몰려왔다. 하늘이 뿌옇게 지워지다가 캄캄해졌다. 파도가 얼굴을 덮쳤지만, 남자는 잠시 꿈틀거렸을 뿐이다.

1

남자는 식욕이 떨어지고 자꾸만 드러눕고 싶었다. 일도, 음악도, 사랑도 모두 시들해졌다. 모든 열정이 썰물처럼 빠져나갔다. 복통이 찾아올 때마다 동네 병원에 갔었다. 그때마다 의사는 대수롭지 않다는 듯 너무 무리하지 말고 쉬라는 말만 했다. 마지막으로 찾아간 종합 병원에서는 초음파 검사까지 한 뒤 의사가 조심스러운 얼굴로 보호자를 데려오라고 했다. 남자는 보호자가 없다고 잘라 말했다. 오랫동안 뜸을 들이던 의사는 끝내 보호자를 고집했다. 남자는 입원 대신 여행을 선택했다. 병원 문을 나설 때 가로의 플라타너스들이 코끼리 발바닥만 한 짙푸른 이파리들을 맑은 하늘을 배경으로 흔들어대고 있었다. 실내에 오랫동안 갇혀 있다가 강렬한 햇빛 속으로 나선 탓인지 나뭇잎들만 보였다. 나뭇잎을 제외한 풍경은 과다 노출로 희미해진 사진처럼 윤곽이 뚜렷하지 않았다. 서서히 사물의 윤곽이 드러날 무렵, 거리에 우두커니 서 있는 남자를 향해 여자가 다급하게 뛰어오더니 가슴팍에 얼굴을 묻고 한동안 움직이지 않았다. 남자가 여자의 얼굴을 조심스럽게 들어 올렸다. 집 나갔던 아이가 밤사이 돌아와 아비의 가슴에 파묻은 얼굴을 들어 올리듯, 둥지에 얼굴을 박고 잠을 청하는 어린 새의 잠을 깨우듯. 여자는 예전 모습과 조금도 달라지지 않았다. 헤어진 지 삼 년이 넘었는데도 여자는 그때 그 모습 그대로였다.

2

여자가 뛰어온다. 긴 머리칼이 바람에 나풀거린다. 한 손에는 검은 비닐 봉지가 매달려 출렁거린다. 여자가 뛰어오는 배경으로 광막한 들녘이 펼쳐져 있고, 그 사이로 강줄기 하나가 흘러간다. 들녘을 가로지르며 서해로 흘러드는 강은 바다가 가까워지면서 썰물과 밀물 때문에 양안에 갯벌이 형성됐다. 조각배들이 물 빠진 갯벌에 듬성듬성 박혀 있다. 여자가 아이스크림을 비닐 봉지에서 꺼내 한 입 베어 문 채 남자를 향해 입을 내민다. 남자는 잠시 주저하다가 여자의 입술을 받아들여 아이스크림을 핥았다. 여자의 입술은 예나 다름없이 달콤하다. 헤어지기 전보다 더 싱싱한 느낌마저 든다. 냉장고에서 금방 꺼낸 수박 조각을 성큼 베어 물었을 때처럼 서늘했고 젤리처럼 부드러웠다. 여자에게 그동안 어디서 무엇을 했으며, 누구를 만나 어떻게 살았는지 묻지 않았다. 여자도 이야기하지 않았다. 남자도 여자가 기꺼이 따라나선 이 여행이 어떤 의미를 담고 있는지 말하지 않았다. 여자도 묻지 않았다. 그녀는 생명력으로 충일한 나무 같은 여자였다. 그녀의 수액은 폭염이 지속되는 긴 가뭄에도 마르는 법이 없었고, 그 수액을 마시고 마셔도 늘 갈증이 채워지지 않았다. 그 나무가 어느 때부터인가 잎이 떨어지고, 간신히 매달린 이파리마저 누렇게 변하기 시작했다. 줄기에는 언 살갗이 터지듯 여기저기 균열

이 생겨났다. 차 안으로 돌아와 침묵을 지키다가 남자가 입을
열었다.

"그동안 잘 살았어?"

"늘 그리웠어요……."

여자는 서해로 흘러드는 강줄기를 바라보며 해무처럼 뿌연
목소리로 대답했다. 남자는 시동을 걸고 들녘으로 곧게 뻗어
나간 길을 달려나가기 시작했다. 여자는 너무 늦게 왔다.

3

대낮인데도 해무가 부두까지 밀려든다. 해무는 방파제를 넘
어 부두 옆 산봉우리를 지우고 아래쪽에 뻘겋게 드러난 황토
기슭까지 슬금슬금 내려오는 중이다. 방파제 끝 등대는 안개
가 바람에 밀려다닐 때마다 모습을 드러냈다 다시 감추기를
반복한다. 남자는 방파제 위로 천천히 걸어나갔다. 등대는 하
얀 빛깔이다. 페인트칠을 한 지 얼마 되지 않아 선명한 하얀
바탕에 검은 매직으로 꾹꾹 눌러 쓴 낙서들이 빼곡하게 차 있
다. 낙서들을 읽어 나가던 남자의 시선이 말 풍선에 가두어진
글귀에 머물렀다. 아프지 말고 잘 있어. 다음 주 토요일에 다
시 올게……. 망자에게 전하는 듯한 글들이 주위에 각기 다른
글씨체로 적혀 있다. 보고 싶어도 조금만 기다려. 심심해하지
말고, 파도에게 말을 건네봐……. 격포라는 이름에서는 울음

소리가 난다.

격포로 오는 길에 고부를 거쳤다. 고부 근방 지방도를 달리다가 아늑한 저수지에서 노랑어리연꽃을 발견하고 길가에 차를 세웠다. 저수지에 떠 있는 넓은 진초록 잎사귀 사이로 듬성듬성 고개를 들고 솟은 작은 꽃들이 다사로운 햇볕을 쬐고 있었다. 이승을 떠난 망자들이 쉬어 가기에 좋은 곳이다.

고부를 지나 곰소 초입에 이르렀을 때 길 오른편으로 염전이 나타났다. 낡고 거무튀튀한 소금 창고들이 줄지어 서 있었다. 목재로 지은 소금 창고 사이로 바닷물을 가둔 회갈색 염전이 보인다. 소금 창고 뒤쪽으로 난 소로로 차를 몰았다. 바퀴에 짓이겨지는 모래 알들이 내지르는 비명 소리를 들으며 천천히 창고들을 스쳐 지나갔다. 세월에 빛이 바랜 오래된 창고 안에 사구처럼 솟아 있는 허연 소금 더미들이 보였다. 곰소. 곰과 깊은 연못. 곰삭은 젓. 곰삭은 사랑. 오래되고 낡은 것에서 풍기는 죽음의 냄새. 소금 더미가 연상시키는 부패와 방부(防腐)의 이미지. 껍질을 벗고 부화한 영혼은 다른 세상으로 날아가지만, 이승에 남기고 가는 거푸집은 썩으면서 악취를 풍긴다. 남자는 자신이 남긴 껍질을 남은 사람들에게 보여주고 싶지 않다. 이승의 주민들은 자신들의 세상에서 쾌적하게 살아갈 권리가 있다.

격포에서 나와 채석강 쪽으로 달려나가는 길 연변에서도 안개가 피어난다. 논에 고인 물에서만 노천탕처럼 안개가 피어날 뿐, 주변의 야산이나 도로는 투명했다. 하늘은 청명하고, 여전히 햇빛이 맑은 한낮이다. 여자가 낮은 목소리로 속삭였다. 당신을 다시 만나서 행복해요.

4

완행열차가 서던 간이역은 그 자리에 없었다. 철길이 옮겨지는 바람에 원래 자리에서 멀찍이 동쪽으로 자리를 옮긴 역사의 대합실 바닥에는 꽁초와 페트병 따위의 쓰레기들만 널려 있었다. 이제는 완행열차마저 끊겨서 매표구 유리창도 베니어 합판으로 가려진 채 폐쇄됐다. 플랫폼에는 낡은 이정표가 서 있다. 오래된 이정표 하단의 광고에는 '金星 냉장고'가 별이 그려진 옛날 로고와 함께 빛이 바랜 채 남아 있다.

라디오가 생각난다. 들녘에서 손자들과 적적하게 지내는 할머니를 위해 아버지가 두툼한 전지를 고무줄로 본체와 함께 묶은 금성 트랜지스터 라디오를 사왔다. 태어나서 처음 접한 전자 제품이었다. 비 오는 밤, 누나와 할머니랑 듣던 연속 방송극이 떠오른다. 여름밤 그 납량 특집 연속극에서 공포스러운 배경 음악과 함께 무서운 이야기를 들었다. 그때 처음으로 살인이라는 단어를 접했다. 그때까지만 해도 죽임이나 죽음의 이미지가 아직 머릿속에 자리 잡기 전이었다. 잘 모르지만, 무서운 무엇인가가 세상에 존재한다는 막연한 두려움을 품었을 뿐이다. 살인이라는 놈은 험악하게 생긴 괴물 같은 존재일지도 모른다고 생각했다. 연속극이 끝나고 악몽을 꾸다가 눈을 뜨면 햇빛이 영롱한 평화로운 아침이었다.

가을에 추수가 끝나면 동네 집집마다 탈곡이 시작됐다. 거대한 무쇠 덩어리를 연상케 하는 발동기가 마당으로 옮겨지고 탈곡기가 연이어 실려 왔다. 발동기의 커다란 쇠바퀴에 피대를 연결하여 탈곡기를 돌리기 시작했다. 탈곡기에 벼를 넣으면 기세 좋게 낟알들이 훑어져 비닐 포대로 떨어져 내리고, 꽁무니에서는 볏단 부스러기가 먼지와 함께 힘차게 날렸다. 탈곡한 낟알들은 며칠 쉬었다가 간이역이 있는 마을의 정미소로 운반됐다. 한꺼번에 일감이 몰리는 기간이어서 정미소에 간 할머니는 순서를 기다리느라 밤늦게 돌아오곤 했다. 정미소 안의 풍경은 정말 장관이었다. 피대로 얼기설기 연결된 수많은 쇠바퀴들이 웅웅거리며 돌아갔다. 동네 여인네 한 명이 그 피대 곁에 서 있다가 휘말려 들어간 적이 있다. 긴 머리칼이 피대에 엉켰고 연이어 몸이 딸려 들어갔다. 여인에게는 홀로 키우는 남매가 있었다. 상여가 나가는 날, 어린 남매는 울다가 동네 사람들이 쥐어준 과자를 놓고 상여 뒤편에서 코를 훌쩍이며 서로 다투었다. 간이역이 있는 마을에서는 햇벼를 정미(精米)할 때 정미소 뒤꼍에 수북히 쌓이는 왕겨 냄새가 난다.

여자가 황량한 대합실을 두리번거리다가 남자에게 빨리 떠나자고 채근을 한다.

신작로 가의 오래된 선술집은 잡화를 파는 먼지 낀 구멍가게로 변했지만 외양은 예전 그대로다. 뒤편으로 공동묘지와 들판으로 이어진 소로가 그대로 남아 있고, 길이 시작되는 곳에 사당도 그대로 있다. 사당을 에워싼 담장에는 붉은 혼령을 매단 듯한 배롱나무들이 늘어서 있다. 조금도 변하지 않았다. 태극 문양이 그려진 낡은 문에는 녹슨 자물쇠가 채워져 있고, 잡풀이 무성하게 돋아난 오래된 기와지붕 밑에는 이끼 낀 비석이 서 있다.

언젠가 하교 길에 면 서기 집 마당에서 무당이 꽹과리를 두드려대며 굿을 하는 장면을 보았다. 마당에는 그 집 새색시가 짚으로 둘둘 말린 채 누워 있었다. 사람들은 새색시를 향해 몽둥이질하는 시늉을 했다. 면 서기 부부가 한동안 별 탈 없이 달콤한 신혼을 보냈는데, 어느 날부터인가 저녁에 자리를 펴고 누우면 어떤 여인네가 머리를 풀어헤치고 그들 부부 사이로 파고들었다고 했다. 하루 이틀이 멀다 하고 그런 일이 벌어지니 결국 새색시는 병이 났다. 병원에 가보아도 허사여서 결국 굿까지 하게 된 것이다. 알고 보니 면 서기가 총각 시절에 신작로 선술집 딸과 사귀었는데, 그 처녀가 실연을 당하자 마을 앞으로 흐르는 깊은 수로에 몸을 던졌다는 것이다. 굿을 벌인 이튿날, 수로에 가로놓인 다리 위에서 무당이 흰 천을 길게 물 위로 늘어뜨려 망자의 넋을 건지는 의식을 진행하고 있었다. 들녘의 수로 위에서 넋을 건지는 꽹과리 소리가 지평선까지 아득하게 울려 퍼질 때 할머니는 추수를 하다가 보이지 않는 아들을 찾으러 사방을 헤매고 다녔다. 아들은 초등학교를 졸업하고 더 배우고 싶다고 했다. 어머니는 가르칠 여력이 없었다. 아들은 친구가 중학교에 입학하던 날 들녘이 내려다보이는 야산에 올라가 하루 종일 울었다. 농부가 된 아들에게 선술집은 유일한 해방구였다. 그를 찾으러 온 어머니를 붙잡고 막걸리 냄새를 풍기며 유행가를 불렀다. 그 아들의 아들이 고향에 왔다. 아들의 아들의 아버지는 아들의 아들의 어머니보다 먼저 땅속에서 부패했다. 여자가 다시 채근한다.

5

남자가 유년기를 보냈던 성당은 옛날 모습과 조금도 달라지지 않았다. 입구에 하늘을 찌를 듯 높이 솟은 가죽나무 한 그루가 서 있다. 예전에도 이 나무가 존재했는지 모르겠다. 남자는 정작 가죽나무보다도 그 나무를 감싸고 하늘로 줄기줄기 올라가는 능소화 무더기에 먼저 눈과 마음을 빼앗겼다. 나팔 모양의 능소화들이 흐린 하늘을 향해 주홍빛 트럼펫 소리를 내고 있었다. 성당 안으로 들어가고 싶었지만, 늙은 수녀가 금세 뛰어나와 친정 조카 보듯 반길까 봐 남자는 입구를 조심스럽게 맴돌기만 했다.

오래된 사진 한 장이 떠오른다. 하얀 와이셔츠와 검정 반바지를 입은 어린 소년이 촛불을 들고 제단 앞에서 또래들과 함께 사제를 가운데 두고 찍은 흑백 사진이다. 반바지 아래에는 하얀 타이츠를 신었는데, 타이츠 위로 오른쪽 반바지의 밑동이 훌쩍 올라가 짝이 맞지 않는 우스꽝스러운 모습이다. 사진 하단에는 '첫영성체 기념'이라고 흘려 쓴 사진사의 글씨가 적혀 있다. 사진 속에는 나오지 않지만 제단 앞에서 할머니가 흐뭇한 미소를 띠며 소년을 바라보고 있었을 것이다.

사진과 함께 떠오르는 것은 눈 내리는 밤, 철길을 걸어 당도한 소읍의 상점들이 밝혀놓은 불빛이다. 어둡고 추운 먼 길을 헤매다가 만난 듯한 따뜻한 불빛이었다. 가로 불빛들이 끝나는 신작로 정중앙에 성당의 종탑이 오랫동안 걸어온 길의 종착점을 상징하고 서 있었다. 첫영성체 의식이 끝나고 소년은 성당의 종탑 방에 마련된 오찬에 초대되었다. 또래들 앞에는 불그스레한 빛깔에 기름기가 떠 있는 국물과 국수가 기다리고 있었다. 그 맛을 잊을 수 없어 마을에 돌아가 자랑을 했다. 처음 먹어본 그 맛있는 국수는 라면이었다. 할머니. 그미는 뇌염예방 주사를 맞히라는 이장의 말에, 언덕 너머 보건소에 제일 먼저 그를 데리고 가서 왼쪽 어깨에 주사를 맞힌 뒤, 다시 줄

뒤로 데리고 와 차례를 기다려 이번에는 오른쪽 어깨에 다시
맞혔다. 할머니는 동네에 돌아와 남들은 한 번 맞추기도 어려
운 주사를 당신 손자는 두 번이나 맞혔다며 자랑했다. 그 할머
니도 지금은 땅속에서 부패하는 중이다.

6

입구에서 맴돌기만 하던 남자가 성당 앞마당으로 들어섰다.
고요하다.

"어떻게 오셨어요?"

젊은 수녀 한 명이 소리 없이 나타나 경계의 눈빛을 띠며 조
심스럽게 물었다.

"어린 시절에 다니던 곳이라서 구경 삼아 오랜만에 한번 들
렀습니다."

"아, 예…… 성당을 찾는 분을 의심해서 죄송하지만 요즘
성당 안의 물건들이 자주 없어지기에……. 그럼 찬찬히 둘러
보세요."

소읍의 성당은 별로 변한 게 없다. 성당으로 들어서는 복도
시멘트 바닥에 여기저기 세월의 골이 패었을 따름이다. 어두
컴컴한 복도를 걸어가 커다란 나무 문을 지그시 밀치자, 나무
끼리 마찰하면서 나는 소리가 정적을 깨고 높고 넓은 공간에
크게 울려 퍼졌다.

성당 안은 깊은 물속처럼 고요하다. 높은 곳에 위치한 유리창 너머로 오후의 희미한 빛줄기가 사선으로 비껴들고 있다. 남자가 중앙에 위치한 제단을 향해 발걸음을 떼자 낭랑한 구둣발 소리가 텅 빈 공간을 휘저어 놓는다. 제단을 중심으로 양쪽으로 늘어선 벽에는 예수가 빌라도에게 사형 선고를 받은 뒤 골고다 언덕에서 십자가 처형을 당하기까지의 과정을 양각한 동판 열네 개가 걸려 있다. 남자는 어린 시절, 할머니의 손을 잡고 먼 길을 걸어와 크리스마스 자정 미사에 참례할 때마다 졸다가 깬 눈으로 그 동판들을 보며 의아해하곤 했다. 사람들의 죄를 대신 갚기 위해 무거운 십자가를 지고 언덕을 올라가야 하는 이유도 납득하기 어려웠을 뿐더러, 정작 그렇게 좋은 일을 하는 예수가 진 짐은 왜 아무도 나서서 덜어주지 못하는지 답답했다. 그런 생각 끝에는 연이어 공포가 밀려왔다. 언젠가 죽음을 맞게 되더라도 아무도 자신을 구할 수 없을 것 같은 현실에 대한 막연한 두려움 때문이었을 것이다. 어린아이에게 세상 모든 이의 고통을 덜어주려 했다는 예수라는 사내는 오래전에 이 땅을 떠나고 없는 아득한 존재일 따름이었다.

남자는 통로에서 의자들의 대열 속으로 들어가 앉았다. 의자 밑에는 무릎을 꿇을 때 사용하는 좁은 폭의 기다란 나무가 놓여 있지만 남자는 예전과는 달리 무릎을 꿇지는 않았다. 동판 속에서 십자가를 지고 가던 사내가 손과 발에 못이 박힌 채 고개를 옆으로 늘어뜨리고 제단 중앙에 메달려 있다. 남자는 등받이에 고개를 기댄 채 십자가의 사내를 응시했다. 갑자기 성당 안에 오르간 소리가 울려 퍼지기 시작했다. 이층 성가대석에서 들려오는 소리였다. 마태수난곡이다. 요한 제바스티안 바흐가 마태오의 복음을 기초로 예수가 빌라도에게 사형 선고를 받고 죽기까지의 과정을 극음악으로 형상화한 이 곡은 어린 시절부터 사순절 기간이면 어김없이 듣곤 했다. 슬프지만 장엄하고, 장엄하지만 투명하게, 2천 년 전에 이 땅에 살았던 한 인간의 죽음을 최상의 음악으로 빚어낸 곡이다. 배신과 죽음, 음모와 어리석음, 눈물과 사랑이 고루 배합된 극적인 드라마이기도 하다. 남자는 길고 긴 마태수난곡 중에서도 소프라노가 혼자서 맑은 고음으로 부르는 58번 아리아를 좋아했다.

나의 구주는
죄 지은 일이 없는데
다만 사랑 때문에 죽으려 하신다……

오르간 소리가 햇빛이 사선으로 비껴드는 높은 천장에 반사되어 넓은 공간을 돌아다녔다. 남자는 여자가 뒤따라오지 않았다는 사실을 퍼뜩 떠올렸다. 남자는 천천히 일어나 이층 성가대석으로 올라가는 계단 쪽으로 향했다. 어두컴컴한 나무 계단을 밟고 올라가 오르간을 바라보는 순간, 남자는 전율했다. 오르간 소리는 울리는데 연주자가 보이지 않았다. 남자는 여전히 성당 안에 퍼지는 오르간 소리에 귀를 기울이면서 사방을 둘러보았다. 여자는 여전히 보이지 않았다. 남자는 서둘러 아래층으로 내려와 다시 두리번거렸다. 제단 위까지 올라가 십자가에 매달린 사내 뒤편으로 돌아가 보았다. 그곳에도 여자는 없었다. 십자가상 아래 감실의 붉은 등만 사위어 가는 햇빛 속에서 빛나고 있었다. 남자의 시선이 성당 벽의 높은 유리창에서부터 아래로, 다시 통로 양쪽으로 열을 지어 놓여 있는 의자들로부터 반대쪽 벽까지 훑어갔다. 없다. 남자는 구둣발 소리를 울리며 중앙 통로를 달려가 나무 문을 열어젖히고 바깥으로 나섰다. 가죽나무만 하늘을 찌를 듯 서 있을 뿐 여자는 어디에도 없다. 성당 문 앞에 세워놓은 승용차까지 가보았지만, 차 안에도 여자는 없었다.

남자는 다시 성당 안으로 들어와 앉았다. 십자가 밑 감실의 붉은 등이 어두워져 가는 성당 안에서 홀로 빛나고 있을 뿐이다. 오르간의 수난곡 연주는 그쳐 있었다. 남자는 문득 고백소 문 위에 부착된 전구에 불이 들어와 있음을 발견하고 몸을 벌떡 일으켰다. 전구 불빛은 고백소 앞에서 차례를 기다리는 신자들에게 안에 사람이 있음을 알려주는 표지였다. 남자는 고백소 문에 귀를 대고 안쪽에서 새어 나오는 소리를 들어보려

했지만 숨소리조차 들리지 않았다. 조심스럽게 문을 열었다. 생각했던 대로 안에는 아무도 없었다. 문을 닫고 나오려는 순간, 칸막이 너머 사제석에서 목소리가 들려왔다.

"들어왔으면 고백을 해야지, 왜 그냥 나가세요?"

솜털까지 쭈뼛거리는 느낌을 간신히 누르고 사제석을 바라보았다. 남자는 잠시 숨을 고른 뒤 여자에게 말을 건넸다.

"못 보던 사이에 장난이 많이 늘었네. 신성한 고백소에서 이러면 어쩌자는 거야."

"장난이라고요? 당신, 나에게 할 이야기가 많지 않아요?"

"묻고 싶은 이야기도 많고, 하고 싶은 이야기도 많지. 하지만……."

"하지만, 그래서요?"

"이제 다 소용이 없어졌어."

"……."

"당신을 많이 원망했었지. 아무리 내가 미워도 그렇지, 그렇게 온다 간다 한마디도 없이 사라져 버리는 법이 어디 있어? 당신 가슴에 자리 잡은 누군가가 있었을지는 모르겠지만, 최소한 인사는 하고 떠나야 하는 것 아니었나?"

"미안해요. 하지만 지금 당신 입장을 돌아보면 이해가 될지도 몰라요."

"내 입장?"

"그래요. 당신 입장."

"……"

"당신은 내가 왜 떠났는지 알고 싶지 않아요?"

"알고 싶지 않아. 나를 견디기 싫었든, 더 좋은 사람이 생겼든, 다 아픈 이야기들 아닌가?"

"왜 두 가지밖에 생각 못해요?"

"아니면…… 그렇게 살갑던 당신이 하루아침에 떠나버렸는데, 어떻게 달리 생각하란 말이지?"

"나를 찾아볼 생각도 하지 않았나요?"

"왜 찾아보지 않았겠어. 당신이야말로 살아 있었으면 기별은 한 번 보냈어야 예의 아닌가."

"……"

"밤마다 당신 생각 때문에 잠을 설친 게 하루 이틀이 아니었어. 몸을 한 번 뒤척이면 바로 옆에서 당신이 뜨거운 숨을 내쉬며 내 입술을 향해 달려들 것 같았지. 누운 채로 손을 한 번 내저으면 당신의 따뜻한 젖가슴이 잡힐 것 같았고. 일어나서 한숨이라도 쉴라치면 당신이 금방 뒤에서 다가와 쇄골을 주물러줄 것 같았어. 비가 내리면 당신이 젖은 몸으로 들어올 것 같아 버스 정류장까지 우산을 들고 걸어가 오랫동안 기다리다 홀로 돌아온 적도 있었지. 그러다가, 그 불면의 밤들을 보내다가, 서서히 정리하기 시작했지. 당신에게는 나에게 보여줄 수 없는 마음의 지도가 있었다는 사실을, 그 지도를 읽지 못한 내 어리석음을……."

"들어보세요, 당신. 저도 당신을 떠난 이후 마음만은 한시도 당신에게서 벗어나지 못했어요. 과연 당신이 나를 다시 만나면 예전처럼 사랑할 수 있을까 많이 생각해 보았어요. 내가 떠날 무렵, 당신은 이미 싫증을 내고 있었어요. 당신에게 다른 사람이 생긴 건 아니라고 믿었지만 이전의 열렬하던 당신은 아니었어요. 알아요. 모든 사랑은 변한다는 사실을. 변하지 않는 것은 아무것도 없어요. 금강석조차 세월의 풍화를 견디어 내기는 힘들어요. 시간을 당해 낼 존재는 어디에도 없어요. 하물며 변하기 쉬운 인간의 감정이야 오죽하겠어요? 당신을 원망하는 건 아녜요. 말해 보세요, 당신. 예전처럼 다시 사랑할 수 있나요? 나를 원하세요?"

"당신을…… 원했었지. 하지만 지금은 시간이 없어."

"시간이 없다고요? 지금 당장 죽기라도 하나요? 당신, 지금 평계를 찾고 있다는 것 아세요? 우리 다시 시작해요."

"고마워. 행복했던 순간의 감정들을 그냥 냉동시켜서 보존하자고. 그리고 당신은, 떠나갈 용기를 냈던 것처럼, 그렇게 다시 살아가면 돼. 살다 보면 다른 사랑이 찾아올 거야."

"미안해요…… 당신을 떠난 건 내 의지가 아니었어요."

"누구나 그렇게 말을 하지. 다시 말하지만 나에겐 시간이 없어."

"당신, 손 한번 아래로 내밀어 봐요."

남자는 무릎을 꿇고 여자에게 말을 하는 중이다. 고백소에 들어오는 모든 이들은 무릎을 꿇어야 하지만, 그렇지 않더라도 남자는 여자에게 무릎을 꿇고 싶은 심정이었다. 더 이상 그로 인해 여자가 상처 받지 않고 남은 생을 잘 견디어주기를 간절하게 바라는 마음 때문일 것이다. 칸막이 아래로 손을 밀어넣자 여자가 두 손으로 남자의 손을 움켜쥐었다.

"한 가지만, 마지막으로 한 가지만 묻고 싶은 게 있어요. 시간이…… 말예요. 당신과 나에게 시간이 영원하다면, 만약에 그렇게 된다면, 당신, 그때는 나와 함께 살 자신 있어요?"

"영원한 시간…… 그래, 당신 말대로 천지가 개벽돼서 시간이 멈추어버린다고 해도 인간의 감정이 영원할 거라고 장담할 수 있을까? 이렇게 맞잡은 감각의 기억만이라도 지워지지 않는다면 좋을 텐데……."

남자는 천천히 일어나서 고백소 문을 열었다. 어쩔 수 없는 일이다. 남은 자들은 그들대로 상처를 싸매고 새 삶을 살아야 한다. 세월은 사랑조차 부패시키지만 새살을 돋우어 상처를 치유하기도 한다.

7

승용차로 돌아온 남자는 심하게 몰려오는 복통 때문에 허리를 구부린 채 신음하며 다짐했다. 이제는 여자를 보내야 할 시간이다. 정해진 운명이라면 빠르면 빠를수록 좋다. 미련은 상처만 덧낼 뿐이다. 폭풍처럼 밀려들던 통증이 잠시 주춤해질 무렵 정신을 차려보니 여자가 옆 자리에 앉아 묵묵히 앞을 바라보고 있었다. 여자의 옆모습은 차가운 청동 조각처럼 굳어 있었다. 바깥에는 이미 땅거미가 몰려오는 중이다. 낮과 밤의 경계에 스멀거리며 피어오르는 땅거미 앞에서 남자는 늘 속수무책이었다. 어디론가 돌아가야 하는데, 마치 갈 곳이 없는 사람처럼 늘 이 시각이면 허둥댔다. 밤은 밀려오고 갈 곳은 없는 심정. 이 시간이면 늘 그런 느낌에 사로잡히는 건 유년기에 어머니 대신 할머니가 집에서 기다리고 있었기 때문일 것이다. 어머니는 늘 부재중이었다.

남자는 땅거미를 뚫고 성당에서 내려다보이는 광활한 들녘 길로 나아갔다. 멀리 지평선은 이미 까맣게 지워졌고 점점이 박힌 들녘 마을에서 불빛들이 살아나는 중이다. 들녘을 가로지르면 다시 서해가 나올 것이다. 반쯤 열어둔 차창으로 들녘의 바람이 들이쳤다. 여자의 얼굴은 여전히 굳어 있다. 헤드라이트 불빛에 길이 나타나서 저 홀로 구부러지고 펴졌다가 다시 이어져 나갔다. 저녁 안개가 불빛에 푸르스름하게 반사된다.

긴 침묵이 흐르고 난 뒤 푸르스름한 길 너머로 붉은 네온사인을 밝힌 외딴 집이 불쑥 나타났다. 창문은 모두 어두운데 옥상에서만 붉은 간판이 빛을 내고 있다. 남자는 다시 밀려오는 복통 때문에 서둘러 모텔로 들어섰다. 프런트에서 인기척을 내며 한참을 기다리자 노파 한 사람이 느린 걸음걸이로 나타났다.

노파가 안내한 곳은 꼭대기 층의 구석방이었다. 창문을 열어젖히자 뜻밖에도 소금기가 섞인 바닷바람이 거세게 밀려들었다. 창밖은 시커먼 어둠뿐이었지만 가만히 귀를 기울여보니 바람결에 가느다란 파도 소리가 실려왔다. 그들은 이미 들녘의 끝까지 와버렸다. 노파는 방 안을 휘돌아본 뒤 남자에게 다시 말을 건넸다.

"여그가 외지긴 혀도 경치가 좋아서 여름에는 방을 구허기가 쉽지 않다우. 잘 쉬었다 가시요."

노파가 나가자 구석에 오도카니 서 있던 여자가 거리에서 다시 만날 때처럼 남자의 가슴팍에 얼굴을 파묻었다. 남자는 선 채로 여자의 등을 감싸 안고 요람에서 우는 아이를 달래듯 느리게 몸을 좌우로 흔들었다. 여자의 체온이 복통을 조금씩 누그러뜨렸다. 여자의 어깨가 들썩이는가 싶더니 가슴이 축축해졌다.

남자는 천천히 여자의 얼굴을 들어 입술을 찾았다. 까칠한 입술과 입술이 마주 닿자 부드러운 살덩이가 남자의 입 속으로 들어왔다. 남자는 심호흡을 하듯 여자의 길고 부드러운 살을 깊이 빨아들였다. 여자의 살이 남자의 입 속에서 부드럽게 움직이기 시작했다. 남자는 살아 있는 것들이 누릴 수 있는 축복을 음미하기 위해 눈을 감고 오랫동안 살의 감촉을 붙들었다.

창문을 열어놓은 채 남자와 여자는 알몸이 되었다. 창문을 넘어온 밤바람이 누워 있는 여자의 머리칼을 흔들었다. 여자의 왼쪽 가슴이 오른쪽보다 더 크고 두툼한 것은 여전하다. 눈을 감고 만져보아도 여자의 것은 어디서나 찾아낼 수 있다. 남자의 몸이 여자의 몸속으로 천천히 미끄러져 들어가자 여자는 가느다란 한숨을 내쉬었다. 살과 살이 만났을 때의 아득한 감동이란 늘 경이로운 것이었다.

이미 오래전에 땅속에서 부패해 버린 부친의 무덤을 열었을 때, 남자는 먼저 골반에 시선이 갔다. 살아 있을 때 살의 감촉을 최대한 누리던 부분은 생각했던 대로 아무런 흔적이 없었다. 살덩이는 자취도 없고 앙상한 뼈만 남아 있었다. 살과 피와 신경 줄과 감각이란 얼마나 오묘하고 아슬아슬한 생의 선물인지. 남자는 여자의 몸속에서 천천히 오랫동안 헤엄치며 그 감각을 비석에 새기듯 또렷하게 간직하고 싶었다. 여자는

눈을 감고 도리질을 치며 남자의 어깨를 끌어안았다. 남자가
여자의 몸속에서 빠져나오자 그녀는 다시 한 번 한숨을 크게
쉰 뒤 엎드려 누웠다. 거친 호흡을 정돈하는 여자의 등줄기가
흐느끼듯 오르내렸다. 남자는 말없이 여자의 등을 가만가만
쓸어내렸다.

여자의 호흡이 느려지면서 규칙적으로 변해 갈 무렵, 창밖
이 갑자기 환해지면서 멀리서 사람들의 목소리가 들려왔다.
남자는 여자가 깨지 않도록 조용히 일어나 창가로 갔다. 해변
에서 캠프파이어가 펼쳐지는 모양이었다. 젊은 학생들로 보이
는 십여 명의 남녀가 화톳불을 가운데 두고 둥그렇게 둘러앉
아 노래를 부르며 손뼉을 쳤다. 사회자로 보이는 한 명이 가운
데로 나와 무어라 너스레를 떨자 젊은 사람들은 고개를 뒤로
젖히며 웃어댔다. 진초록 빛 생명들이 밤 바닷가에서 싱싱한
생의 수액을 빨아들이는 중이었다. 어느 틈에 여자도 남자 곁
에 다가와 창밖을 내려다보았다. 해변의 화톳불이 여자의 눈
속에서도 타고 있다.

"우리도 나가 봐요."

여자가 남자의 귓전에 뜨거운 숨을 불어넣으며 속삭였다.
프런트를 지날 때 노파는 보이지 않았다. 벌써 잠든 모양이었
다. 하릴없이 남자는 방 번호가 새겨진 열쇠를 주머니에 찔러
넣은 채 여자와 함께 모텔을 나섰다.

창문 너머로 보이던 것보다 해변은 멀었다. 해변까지는 논길로 이어졌다. 남자가 좁은 논둑으로 앞장을 섰다. 개구리 소리가 요란하게 들렸다. 두 사람이 나란히 걷기에는 너무 좁은 길이라서 남자는 뒤따라오는 여자 쪽으로 자주 고개를 돌렸다. 걸음이 더딘 여자는 보이지 않고 저만치 뒤에서 발자국 소리만 개구리 울음소리에 뒤섞여 들려왔다. 논길이 끝나자 소나무 숲이 이어졌다. 해송 사이로 바람이 휘파람 소리를 내며 흘러갔다. 소나무 군락을 통과해서야 모래밭과 갯벌이 공존하는 서해 특유의 해변이 나타났다. 젊은 남녀들이 밝혀놓은 화톳불로 모래사장은 바야흐로 은성한 축제 마당이었다. 화톳불을 가운데 두고 남녀 두 명씩 짝을 지어 춤을 추고 있었다. 남자는 여자와 함께 그들 뒤편의 어둠 속에 앉았다.

여자가 더듬더듬 남자의 손을 찾아 꼭 잡으며 말했다.

"아까 성당에서 한 말, 진심이 아니지요? 시간이 많다면, 다시 만나는 거지요?"

남자는 고개를 돌려 여자를 바라보았다. 여자의 눈에서 화톳불이 바람에 일렁였다. 남자는 어금니에 힘을 주고 여자에게 다짐하듯 또박또박 말했다.

"시간이 멈. 춘. 다. 면……."

그제야 여자의 얼굴이 환하게 빛나기 시작했다. 여자가 남자의 목을 와락 껴안고 가쁜 숨을 몰아쉬며 속삭였다.

"이제 됐어요. 기다릴게요."

여자는 남자의 목을 풀어놓고 자리에서 일어나 화톳불을 향해 뛰어갔다. 젊은 군상이 춤을 추고 있는 한가운데로 섞여 들어가더니 여자는 그들과 함께 춤을 추기 시작했다. 두 명씩 짝을 지어 춤을 추던 젊은 학생들이 이제는 모두 뒤섞여서 집단적으로 몸을 흔들어대고 있었다. 여자가 끼어들어도 그들은 무관심했다. 여자는 해송 숲에서 불어온 한 줄기 바람처럼 그들 사이를 흘러 다녔다.

어느 순간 여자가 춤을 멈추고 모래사장에 붙박인 듯 가만히 서서 남자 쪽을 바라보았다. 남자가 손을 흔들어주어도 여자는 장승처럼 서서 바라보기만 했다. 남자가 천천히 일어나서 여자를 향해 걸어가려는 순간 여자는 몸을 돌려 화톳불 속으로 걸어 들어갔다. 함께 춤을 추는 젊은 사람들은 아무도 여자를 제지하지 않았다. 그들에게는 여자가 한 줄기 바람에 불과한 듯했다. 여자가 불 속으로 걸어 들어가자 불꽃이 잠시 크게 흔들렸을 뿐, 흔적은 금세 사라졌다.

누군가 거칠게 흔드는 바람에 남자는 겨우 눈을 떴다. 노파의 얼굴이 흐리게 시야에 들어왔다가 사라졌다. 다시 힘겹게 눈을 뜨자 화톳불에 반사된 여자의 붉은 눈동자가 잡혔다가 희미해졌다. 여자가 시야에서 사라지자, 어디선가 오래전에 들었던 낯선 사내의 목소리가 아득하게 들렸다. 쳐죽일

놈들, 사람을 받았으면 병원으로 옮겨야지 그냥 뺑소니를 쳐? 젊은 여자 생목숨을 하루아침에 끊어놓고……. 사내의 목소리에 이어 이번에는 노파의 두런거리는 소리가 가까이서 들려왔다.

"해가 벌써 중천인디, 그만 방을 비워주시요. 젊은 총각들이 업고 왔응게 그나마 다행이지, 갯가에서 객사힐 뻔했구만 그랴. 여자가 어디 있다고 그렇게 찾아쌓소? 어저께 여관에 처음 들어올 때부터 혼자던디. 보아허니 몸도 성치 않은 양반 같은디 이렇게 혼자 돌아댕기면 어쩐데요."

갯벌 위로 바닷물이 밀려들어 오는 중이다. 개흙에 반사된 붉은 석양이 남자의 얼굴을 비춘다. 남자가 어둡고 붉은 얼굴로 육지 쪽을 돌아본다. 석양에 반사된 먼 육지의 산 빛도 붉디붉다. 육지의 살아 있는 생명들이 남자를 향해 일제히 시선을 집중시키는 듯해서, 남자는 고개를 돌렸다. 한 번 몸을 돌린 뒤로는 뒤돌아보지 않고 묵묵히 앞만 보고 걸었다. 갯벌 끝에 이르러 남자는 주머니에서 알약을 한 움큼 꺼내어 입 안에 털어 넣었다. 바람에 몸을 맡기고 그대로 한참 동안 서 있었다. 저녁 해무 속에 사물의 윤곽이 희미해져 갔다. 바닷물이 슬금슬금 발목까지 밀고 들어왔다. 남자는 갯벌 바닥에 길게 누웠다. 갯벌의 생명들이 남자의 등을 간질여도 잠은 금세 밀물처럼 몰려왔다. 하늘이 뿌옇게 지워지다가 갑자기 캄캄해졌다. 파도가 얼굴을 덮쳤지만, 남자는 잠시 꿈틀거렸을 뿐이다.

쳇 ㅅ 흥 ㅠㅣ 횡ㅣ

"고기도 잡지 않으면서 무얼 하러 먼바다까지 나왔습니까?"
"내가 낚이고 싶어서 나온 거요."

"누구에게?"

"아무나……
이 지루한 세상에서 나를 낚아 올려줄 것이면 무엇이든지……"

천상유희

1

잠결에 음악 소리가 들려왔다. 같은 소절이 반복되는 높은 톤의 전자 멜로디였다. 몸은 자꾸만 가라앉는데 한 번 잠이 깬 뒤로는 다시 숙면을 취할 수 없었다. 지겹도록 반복되던 멜로디가 한순간 뚝 끊어졌다.

어두컴컴한 실내에 닭장처럼 배열된 이층 나무 침대들이 보였다. 사람 한 명이 겨우 지나갈 수 있을 정도의 좁은 통로를 가운데 두고 양쪽으로 늘어선 허름한 사각의 침대는 알몸에 아무렇게나 가운을 걸친 채 잠들어 있는 중년의 남자들로 빼곡했다. 가운조차 벗어던진 채 알몸을 드러내놓고 누워 있는 남자가 옆 자리에서 우렁차게 코를 골았다. 알코올 기운이 섞인 퀴퀴한 냄새가 천장이 낮은 폐쇄된 공간을 떠돌았다.

그제야 그는 지난밤 집 앞 사우나 수면실에서 잠이 들었다는 사실을 상기해 냈다. 아내가 사라진 뒤 집에서 자는 날이 갈수록 줄어들었다. 자정이 가까워지는 시각에 막상 집을 나서긴 했지만 갈 곳이 마땅치 않았다. 아침 일찍 집을 나섰다가 늦은 시각에 겨우 집으로 몸을 누이러 돌아오곤 했던 틀에 박힌 일상이었기에, 그는 정작 집 주위의 상가들에 대해서는 무지한 편이었다. 상가 빌딩 옥상에서 번쩍이는 목욕탕 네온사인을 발견하고 무작정 그곳으로 들어갔다. 다행히 밤새 영업을 하는 곳이었다. 탈의실에서 옷을 벗어 옷장 속에 집어넣고 담배 한 개비를 꺼내어 불을 붙인 뒤 욕탕 입구로 걸어갔다. 욕탕 앞에 놓인 긴 평상 위에 신문들이 널려 있었다. 샤워하기 전에 담배를 마저 피우기 위해 평상에 앉아 무심코 신문을 펼쳐 들었다. 가출 70%가 어른, 가정이 흔들린다. 사회면 기획 기사에 뽑힌 제목이었다. 그는 자기 이야기를 보는 것 같아 씁쓸한 미소를 짓다가 담뱃불을 서둘러 비벼 끈 뒤 욕탕으로 향했다. 실업의 날들이 길어지면서 아내의 신경은 예민해져 갔다. 정작 아내보다 신경 줄이 면도날처럼 더 날카로워지는 쪽은 그 자신이었지만, 턱까지 치밀어 오르는 말을 참아야 했다. 참지 않으면 속은 후련해질지 모르나 사태를 돌이키기에는 예전처럼 수월하지 않았다.

다시 멜로디가 들리기 시작했다. 지난밤 샤워를 마치고 수면실로 향하기 전에 이중으로 휴대폰 알람을 맞추어놓았다.
늦어도 새벽 3시 반에는 길을 나서야 정시에 부두에 도착할
수 있기 때문이다. 힘들게 몸을 일으켜 수면실 바깥으로 나왔
다. 텅 빈 목욕탕에 들어가 찬물을 틀어놓고 샤워기 아래 가만
히 서 있었다. 얼음처럼 차가운 물이 머리칼을 적시고 쇄골을
지나 가슴을 타고 사타구니로 흘러내렸다. 어린 시절 장대비
를 맞으며 하교하던 때가 있었다. 그 시절에는 비를 맞아도 곰
살궂은 손길로 그의 온몸을 수건으로 다독여줄 사람과 편안하
게 몸을 덥힐 아늑한 아랫목이 기다리고 있었다.

2

아직 어두운 부두에 낚싯배 수십 척이 어깨를 기댄 채 바람
에 흔들리며 삐걱거리고 있었다. 환하게 불을 밝혀놓은 낚시
점 앞에 낚싯대를 들쳐 메고 아이스박스를 하나씩 든 사내들
이 서성거렸다. 비도 오고 바람도 비교적 센 데다, 물때가 별
로 좋지 않은 날이어서 낚시꾼들은 그다지 많지 않은 편이었
다. 낚시점에 들어가 승선 명부에 이름과 주소를 적었다. 만약
의 사고를 대비해 마련한 듯한 연락처란에 무심코 휴대폰 번
호를 적다가 그는 잠시 망설였다. 바다에서 돌아오지 못한다
면 집으로 비상 연락이 가는 대신 물속에서 고기들과 놀고 있
는 자신에게 휴대폰이 울릴지도 모른다. 그는 실소를 머금고

연락처란을 검은 사인펜으로 지워버렸다.

멀리 덕적도 너머 울도와 선갑도 근해까지 나아가기 위해서는 파도를 헤치고 두 시간은 가야 한다. 비 내리는 컴컴한 부두에 포장마차가 불을 밝히고 있었다. 주인 아낙이 김이 펄펄 오르는 양동이에서 시원스럽게 국물을 퍼 담아 국수 몇 가닥과 함께 내밀었다. 그는 두 손으로 그릇을 감싸고 천천히 뜨거운 국물을 식도로 넘겼다.

"새벽부터 그렇게 소주만 드시면 낚시는 어떻게 하려고 그래요?"

갑자기 들려온 목소리에 고개를 들었다. 푸짐한 몸매에 인심 좋아 보이는 포장마차 주인 아낙이 안타까운 표정을 짓고 있었다. 그는 우동 국물을 마시다 말고 뜨악한 표정으로 주변을 둘러보았다. 모서리 쪽 플라스틱 의자에서 묵묵히 술잔을 기울이고 있는 사내가 눈에 들어왔다. 사내의 옆모습은 그와 흡사했다. 긴 소매의 남방 차림에다 머리칼은 자다가 깬 사람처럼 부스스했다. 그도 사우나에서 서둘러 나오면서 머리를 빗지 않았다. 부두까지 오는 동안 자동차 룸미러에 얼굴을 비추어 보고서야 모자를 꺼내 더부룩한 머리칼을 눌러놓았다. 사내의 얼굴은 여느 낚시꾼들답지 않게 행색에 비해 창백할 정도로 하얀빛이었고, 소주잔을 응시하는 눈매는 조용하고 깊었다. 사내가 고개를 들어 아낙을 향해 슬쩍 미소를 짓자, 아낙은 마지못해 소주 한 병을 더 내놓았다. 사내는 말없이 소주 병 마개를 딴 뒤 종이컵에 찰랑거리도록 술을 가득 부어 목젖을 쿨렁거리며 마지막 한 방울까지 들이마셨다. 옷소매로 입가를 쓱 훔치고 난 뒤 사내는 플라스틱 의자에서 일어섰다. 어둠 속으로 사라지는 사내의 뒷모습을 물끄러미 바라보다가 그도 자리에서 일어났다.

3

낚시꾼들이 많이 몰리는 물때 좋은 날이면 수십 척 배들이 일제히 불을 밝히고 출항 준비를 할 시각이었지만, 그날 새벽은 멀리서 그가 타고 갈 배 한 척만 등대처럼 불을 밝힌 채 낮게 그르렁거렸다. 그는 배와 배 사이를 넘고 넘어서 맨 끄트머리에서 기다리고 있는 배 위에 올랐다. 먼저 도착한 낚시꾼들이 좁은 선실을 차지하고 몸을 구부린 채 흩어져 있었다.

배가 부두를 빠져나오자 다시 사위는 푸르스름한 새벽 어둠 속에 휩싸였다. 꼭두새벽에 일어나 달려온 선실 안의 꾼들은 짐짝처럼 처박혀 곤한 잠을 청하는 중이었다. 날이 밝기도 전에 뭍으로부터 떠나가는 그들의 얼굴에는 아무런 기대나 설렘의 표정도 없었다. 피난민이나 야반도주하는 사람들처럼 무표정하고 피로한 모습으로 눈을 감은 채 출렁거리는 배의 움직임에 몸을 내맡기고 있었다. 미처 누울 자리를 찾지 못한 그는 하릴없이 뱃전에 나와 간신히 비만 피하는 형국이었다.

뱃머리가 시소를 타듯 거센 파도를 타고 올라갔다가 내려가기를 반복했다. 그때마다 포말이 뱃전을 덮쳤다. 무연히 포말 너머 먼 수평선을 응시하던 그는 뱃머리에 놓여 있는 시커먼 물체를 발견했다. 포장마차에서 보았던 허름한 남방 차림의 사내였다. 사내는 바윗돌처럼 앉아 비를 맞고 있었다. 선장이 조타실 창문으로 고개를 빼고 사내에게 큰소리로 외쳤다.

"오늘 낚시 다 망칠 셈이오? 빨리 들어와요!"

사내는 재촉에도 아랑곳없이 흘낏 선장 쪽을 바라보았을 뿐, 다시 바위의 자태로 돌아갔다.

"위험하다니까! 내 말 안 들려요?"

파도가 거센 탓에 키를 놓지 못하는 선장은 바깥으로 나오지 못하고 고함만 질렀다. 그는 조심스럽게 난간을 잡고 사내에게 다가갔다. 사내의 어깨를 거세게 두드리자 그제야 사내는 몸을 돌려 그를 바라보다가 천천히 일어섰다. 그는 사내와 함께 비를 가릴 수 있는 선실 앞 공간으로 돌아와 자리를 잡았다.

"왜 위험하게 뱃머리에서 비를 맞고 있었어요?"

파도와 엔진 소리 때문에 그는 거의 고함을 치듯이 사내에게 물었다. 사내는 한동안 말없이 바다 쪽만 바라보다가 들릴 듯 말 듯한 목소리로 말했다.

"저 자리가 제일 시원합니다."

"아무리 그렇다고 이 비를 다 맞으면 나중에 낚시는 어떻게 하시려고?"

"고기들이…… 낚겠지요."

"뭐라구요?"

고기들이 사내를 외면하지 않는 한 낚을 수 있다는 말인지, 고기들이 사내를 낚는다는 말인지 아무래도 엔진 소리 때문에 말을 놓친 것 같아 그는 다시 큰 소리로 물었다. 사내는 더 이상 대답을 하지 않았다. 선장이 그들의 대화를 듣고 있다가 엉뚱하게도 그에게 힐난을 했다.

"이 양반, 도대체 낚시를 작파할 작정이오? 당신 낚시 포기하는 건 문제가 아닌데, 사고라도 생기면 이 배에 탄 사람들이 모두 허탕을 치고 귀항해야 한단 말이오."

4

덕적도 근해 섬들을 지나갈 때 너울 파도가 밀려왔다. 섬들 사이의 좁은 물길이어서 조류가 빠른 데다 바람까지 거세게 불어 심하게 출렁거렸다. 너울 파도를 지나온 뒤 배는 서서히 속력을 줄이기 시작했다. 좁은 물길을 지나자 파도가 잔잔해지고, 안개 속에 바위 섬들이 나타났다.

검은 가마우지 한 쌍이 섬과 섬 사이로 비를 맞으며 날았다.

바위 섬 너머 먼바다의 수평선은 비에 젖어 어두운 회색 빛이다. 가마우지의 깃털도 젖어 있다. 앞에서 날아가는 가마우지는 큰 날개를 축 늘어뜨린 채 느리게 날고, 그 뒤를 따르는 가마우지는 앞서 가는 동료를 놓칠세라 날개를 빠르게 퍼덕거렸지만 속도가 나지 않았다.

바위 섬은 갈매기 분비물들로 허옇다. 수면에는 물안개가 자욱하다. 안개 속에서 고깃배 한 척이 출렁거리며 다가오다 다시 안개 속으로 사라져 간다. 고깃배 꽁무니를 갈매기들이 따라다닌다. 고깃배가 사라지자 갈매기도 안개 속으로 자취를 감춘다. 다시 낚싯배만 안개 속에서 출렁거리기 시작한다.

배가 멈추자 낚시꾼들은 선실에서 나와 부산하게 낚시 도구를 챙기기 시작했다. 그들은 먼저 양동이에서 활발하게 움직이는 미꾸라지를 건져내어 바닥에 세게 후려쳤다. 그냥 바늘에 꿰려면 미꾸라지들이 빠져나가려고 몸부림을 치기 때문에 일단 기절시켜야 한다. 미끄러워서 세게 내동댕이치지 못하면 꿈틀거리는 주둥이에 날카로운 바늘을 꿰는 일이 쉽지 않다. 요리조리 낚싯바늘을 피하는 탓에 어설프게 등이나 아가미에 꿰면 피가 나온다. 사람 피와 빛깔이 다르지 않은 선홍색이다. 하얀 목장갑에 피가 스며든다. 기절시킨 미꾸라지 몸뚱이를 장갑을 낀 손가락으로 움켜잡아도 녀석의 맥박이 선명하게 전달된다. 바늘에 꿰인 뒤에도 미꾸라지들은 요동을 친다. 선장이 고동 소리를 울리자 꾼들은 낚싯줄을 일제히 바다에 드리웠다. 수심 60미터는 좋이 됨직하다. 우럭은 주로 심해에서 돌틈에 깔린 먹이를 찾아 어슬렁거리는 어종이어서 바다 밑바닥까지 낚싯줄을 내려야 한다. 바야흐로 살아서 꿈틀거리는 생명을 바늘에 꿰어 매달아 바다 밑 세상에서 노닐고 있는 다른 생명체들을 인간들의 세상으로 끌어올리는 작업이 시작됐다.

사내는 뱃머리의 모서리 난간에 올라앉아 낚싯줄을 드리우고 있었다. 그가 앉은 위치에서 보면 등만 보일 따름이어서 사내가 낚시를 제대로 하고 있는지 분간하기는 어려웠다. 사내의 앞쪽으로는 섬과 안개와 가마우지가 보이고, 뒤쪽으로는 안개 속에 고깃배들이 유령선처럼 나타났다가 사라졌다. 선장이 고동을 울리자 낚시꾼들은 일제히 낚싯줄을 들어 올렸다. 선장은 고기들이 노닐 만한 곳을 골라 불과 5분 정도의 시간밖에 주지 않았다. 제때 낚싯줄을 들어 올리지 않으면 배가 움직일 때 거센 물살에 휩쓸려 걷어 올리는 일이 난감해진다. 자칫하면 낚싯줄은 물론이고 낚싯대까지 물살에 빼앗겨버릴 수도 있다. 사내는 아무래도 낚싯줄을 바닷물에 넣지 않고 수면 위로 드리운 모양이다. 그렇지 않고서야 남들은 부지런히 움직이는데 저토록 미동도 없이 수면만 응시하고 있을 수는 없는 일이다.

비가 그치고 구름 사이로 햇빛이 하늘에 거대한 부챗살 무늬를 그리며 바다로 쏟아져 내렸다. 하늘은 어둡고 밝은 부분으로 어지럽게 나누어져 있다. 뱃머리에 등을 보이고 앉아 미끼를 꿰고 있는 사내 너머의 바다는 각광을 받은 무대처럼 흐린 배경 속에서 유난히 눈부시다. 사내의 구부린 등은 검은 실루엣이다. 구름이 걷히자 바다는 옥빛으로 변한다. 주황색 뱃전과 하얀 밧줄, 그 너머 바다의 옥빛이 조화로운 화면이다. 그 화면 왼편에 낚시꾼은 보이지 않고 바다를 향해 고즈넉이 내려져 있는 낚싯줄만 보인다. 그는 잠시 낚싯대를 뱃전에 기대어 놓고 사내 옆으로 가보았다. 사내는 짐작했던 대로 낚시에는 관심이 없는 듯했다. 사내가 인기척을 느끼고 돌아보았다. 사내의 얼굴이 역광 속에서 검게 빛났다.

"고기도 잡지 않으면서 무얼 하러 먼바다까지 나왔습니까?"

"내가 낚이고 싶어서 나온 거요."

"누구에게?"

"아무나…… 이 지루한 세상에서 나를 낚아 올려줄 것이면 무엇이든지……."

사내는 몽롱한 말을 던지더니 아예 낚싯대를 버려둔 채 뱃머리에 길게 누워버렸다. 사내를 물끄러미 내려다보다 그도 옆에 누워 아픈 허리를 쉬었다. 배가 출렁거릴 때마다 그와 사내가 한 몸이 되어 흔들렸다.

5

여기저기서 탄성이 터져나왔다. 오전 내내 별 조과(釣果)가 없던 터라 지루해하던 꾼들의 낚시에 고기들이 연달아 올라오기 시작한 모양이었다. 그도 서둘러 낚시를 바다 속에 드리웠다. 낚싯줄이 내려가자마자 후드득 낚싯대가 흔들렸다. 그는 서두르지 않고 고기가 확실하게 바늘을 물 때까지 기다린 뒤 릴을 감아올렸다. 어지간한 중량감이 느껴지는 걸로 보아 대물인 듯싶었다. 우럭이 수면 아래에서 하얗게 포말을 일으키며 요동을 치는 모습이 눈에 들어왔다. 씨알은 중치였는데, 한꺼번에 두 마리가 낚싯바늘에 매달려 있었다. 꾼들이 흔히 쌍걸이라고 부르는 성공적인 조과였다. 바닥에 내동댕이쳐진 우럭들이 바늘을 아가미에 걸친 채 팔딱거리며 요동쳤다. 조심스럽게 아가미를 잡으려는 순간 녀석이 날카로운 등지느러미로 그의 손을 찔렀다. 심한 통증이 몰려왔다. 그는 회칼을 집어 들고 날카로운 칼날을 아가미 깊숙이 찔러 넣었다. 그제야 녀석은 움직임을 멈추고 피를 흘리며 잠잠해졌다.

회 맛을 돋우기 위해서는 잡는 즉시 피를 내야만 나중에 회를 칠 때 선도가 유지된다. 제일 먼저 부패하기 쉬운 게 생선의 피다. 피 흘리는 녀석을 잡아 아이스박스에 넣으려 할 때 뱃머리에 누워 있던 사내가 어느 틈에 몸을 일으켰는지 그가 하는 양을 물끄러미 바라보고 있었다. 그는 사내를 향해 싱긋 웃어주었지만, 사내는 부러움보다도 측은한 눈빛을 보내고 있었다. 머쓱해진 그는 다시 낚싯줄을 내렸다.

선장이 낚시꾼들에게서 추렴한 우럭을 선장실 앞 비교적 너른 공간에 모아놓고 회를 치기 시작했다. 방금 전까지도 살아 요동을 치면서 아가미를 뻐끔거리던 녀석들의 머리와 내장이 한칼에 싹둑 잘려 나갔다. 몸통만 남은 고기의 가운데 뼈 부위에 깊숙이 회칼을 밀어 넣어 두 조각의 살덩이로 펼쳐냈다. 이번에는 다시 꼬리 부분에서부터 껍질을 벗겨냈다. 잘려진 머리와 창자들이 뱃전에 수북히 쌓여갔다. 선장이 불필요한 부분을 제거하고 남은 살덩이를 칼로 뭉텅뭉텅 자른 뒤 꾼들에게 내놓았다. 회 한 점을 초장에 묻혀 입에 넣는 순간, 다시 눈길이 느껴져 뒤돌아보자 사내는 거의 울상을 짓는 표정으로 그를 응시하고 있었다. 그는 더 이상 그 별난 사내의 눈길에 신경을 쓰지 않기로 했다. 우적우적 회 몇 점을 더 씹어서 위장으로 내려보낸 뒤 선장이 끓여 온 매운탕과 도시락으로 간단히 점심을 마쳤다. 꾼들은 다시 낚시에 몰입했다. 그들은 서로 대화도 나누지 않았다. 별난 행동을 하는 사내조차 그들 눈에는 보이지도 않는 존재인 듯했다. 그들은 오로지 바다 밑 세상에 쉼 없이 싸움을 걸 뿐이었다.

6

다시 낚시꾼들은 모두 선실로 들어가 버렸다. 꼭두새벽에 나와 거친 바다 위에서 내내 고된 작업을 했으니 파김치가 될 만도 하다. 하지만 그는 오히려 정신이 투명해진 느낌이었다. 아름다운 풍광을 접하고, 맑은 바닷공기로 하루 종일 폐부를 채웠기 때문일까. 다시 뭍으로 돌아가야 한다. 선실 뒤편으로 돌아가 흩어져 있는 낚시 의자를 가져다 놓고 스크루가 일으키는 허연 물보라를 바라보았다. 하루 종일 낚시를 했는지 도를 닦은 것인지 게으르게 앉아 있던 사내도 흔들리는 배의 난간을 잡고 조심스럽게 뒤쪽으로 왔다. 배가 가르는 물살의 포말 때문에 앞쪽에 앉아 있기 어려웠던 모양이다.

"그래, 오늘 몇 마리나 잡으셨우?"

그는 조황을 넌지시 물어보았다.

"오전에 이곳으로 나올 때 덕적도를 넘어서면서부터 달라지기 시작한 아늑하고 평화로운 모습에서 위안을 받았습니다. 다른 세상으로 넘어가는 경계를 지난 듯한 느낌이었지요. 다시 돌아가야 하는군요."

사내는 엉뚱한 대답을 한 뒤 주섬주섬 배낭에서 소주병을 꺼내 그에게 종이컵을 건네며 한 잔 권하고 자기 컵에도 술을 가득 따랐다. 사내는 새벽 포장마차에서처럼 단숨에 종이컵을 비웠다.

"나는 이렇게 살아서 자유롭게 돌아다니지만 기실 감옥에 갇힌 죄인이나 다름없습니다. 나 때문에 한 생명이 좋은 세상인지, 암흑 세계인지 모를 곳으로 갑자기 떠나버렸지요. 세상은 아내가 자살했다고 하지만 나는 믿을 수 없습니다."

그는 도대체 무슨 엉뚱한 이야기를 늘어놓는 것인지 난감해져서 사내의 얼굴을 물끄러미 바라보기만 했다. 한 번 말문이 터진 사내는 아득한 눈빛으로 바다를 바라보며 방백을 하듯 말을 이어갔다.

"그날도 아내는 밤늦게 돌아왔습니다. 웬만하면 참을 수 있었는데, 그놈의 비 때문에 우울해져 있던 터라 그만 고함을 지르고 말았습니다. 아내는 정신없이 흥분한 내 모습을 보더니 공포에 질려 멈칫거리며 뒤로 물러서더군요. 아내는 무슨 말인가 하려 했습니다. 하지만 나는 아내가 입을 열 때마다 더 화가 나서, 아내를 향해 한 발씩 다가서며 추궁했지요. 도대체 왜, 무엇 때문에 밤마다 남편을 팽개치고 바깥으로 도는지."

묻지도 않았는데 저 홀로 가족사를 줄줄이 풀어놓는 사내의 얼굴은 창백하지만 더 이상 깊이 가라앉은 표정이 아니었다. 마치 아내가 앞에 있기라도 한 양, 사내 얼굴은 험악하게 돌변해 있었다.

"아내는 내가 한 발 한 발 다가설 때마다 뒷걸음질을 치다가 더 이상 물러설 수 없는 베란다 난간까지 몰렸습니다. 아내는 손을 뒤로 돌려 베란다 난간을 꼭 부여잡고 내가 다가서는 것을 두려운 표정으로 바라보았습니다. 나는 아내에게 하소연하려 했지요. 하지만 아내의 표정은 싸늘했고, 입가에는 냉소까지 띠고 있었습니다. 그 웃음에 격분했습니다. 내가 아내를 향해 뛰어드는 순간과 아내가 순식간에 몸을 돌려 베란다 너머로 사라지는 순간이 겹쳤습니다. 끝이었지요."

사내의 말은 대충 이런 식으로 정리할 수 있었다. 엔진 소리와 파도 소리, 그리고 소음성 난청 때문에 중간 중간에 잘 들리지 않는 말은 앞뒤 말을 이어 붙이는 수밖에 없었다. 사내는 말을 마치고 다시 소주 한 잔을 종이컵에 가득 부은 뒤 들이켰다. 바람에 날려온 포말이 사내 얼굴에 흩뿌려졌다.

"경찰에 불려 가 조사를 받다가 아내가 죽기 전에 노래방 도우미 생활을 시작했다는 사실을 알았습니다. 다 무능한 가장 때문이었지요. 결국 아내의 죽음은 자살로 처리됐습니다. 아내가 죽은 뒤로 낚시를 나오기는 처음입니다. 신혼 초에 아내는 주말마다 낚시를 간다고 타박하곤 했지요. 혼자 있기 싫다고. 낚시광인 남편의 리듬을 자신의 힘으로는 바꾸기 힘들다는 사실을 자각한 이후로는 더 이상 간섭하지 않았습니다. 행복했던 적이 있냐구요? 그걸 말이라고 합니까. 나는 세상에서 누구보다도 아내를 사랑했습니다."

사내는 말을 마친 뒤 다시 수평선 쪽으로 시선을 돌렸다. 사내의 눈빛은 텅 비어 있었다. 바람이 뱃전에 나뒹구는 봉돌이며 바늘이 달린 채비, 버려진 미꾸라지 시체들을 이리저리 휩쓸고 다녔다. 바닷물에 수없이 들어갔다 나오기를 반복한 미꾸라지 시체들은 허옇게 변해 있었다. 미꾸라지 몸뚱이는 우럭들이 물었다 놓은 이빨 자국과 바다 밑 바위들에 부딪힌 상처들로 자욱했다. 도대체 낚시꾼들이란 얼마나 가증스러운 존재들인가. 아프리카 세렝게티 초원에서 먹고 먹히는 먹이 사슬 가운데에 놓인 것도 아니고, 생업을 위해 바다에 나아가는 어부들도 아니고, 단지 즐기기 위해 살아 있는 생명들을 담보로 유희를 벌이는 잔인한 족속들인 셈이다.

그는 묵묵히 소주를 한 모금씩 넘기며 사내의 말을 듣고 있었다. 바다낚시를 오래 한 꾼들이라면 누구나 다 안다. 고기의 마음을 잡기 위해서는 성급함을 버려야 한다는 것을, 간단한 입질에 지레 흥분해 서둘러 낚싯줄을 들어 올리는 행위는 헛수고에 불과하다는 것을. 사내가 사랑했다는 아내를 대상으로 유희를 벌인 낚시꾼은 누구일까. 바람 소리와 엔진 소리에 뒤섞여 띄엄띄엄 들리는 사내 말을 종합해 보면 아내의 죽음은 결코 자발적인 선택일 수만은 없었다. 사내는 턱까지 치밀어 오르는 말을 참았어야 했다. 참지 않으면 속은 후련해질지 모르나 사태를 돌이키기는 어려웠을 것이다.

"백조기라는 고기를 아십니까? 여름에 서해안 무창포나 대천 앞바다에 나가면 어린아이라도 손쉽게 낚아 올릴 수 있는 게 그겁니다. 잡아 올리면 뱃전에서 마지막으로 복복 보굴보굴 꾹꾹…… 슬픈 울음을 운다 하여 보구치라고 불리기도 하지요. 듣는 사람마다 그 울음소리를 표현하는 방법이 조금씩 다르긴 하지만, 하여튼 보구치라는 이름은 울음소리에서 유래했답니다. 아내 생전에 피서를 겸해 무창포 앞바다에 가서 함께 보구치 낚시를 한 적이 있지요. 아내는 처음에 한두 마리를 잡아 올리더니 울음소리를 듣고는 더 이상 낚시를 할 생각을 못하더군요. 그런 아내의 여린 마음이 안쓰럽기도 하고, 또 한편으로는 귀여워서 꼭 안아주고 싶었지요. 아내와 함께 낚시를 했던 것은 그때가 처음이자 마지막이었습니다. 이후로 아내는 낚시에 따라오는 것을 철저하게 거부했습니다. 그렇다고 아내가 독실한 불교신도는 아닙니다. 아내는 마음이 여린 여자였습니다."

우는 물고기……. 그는 보구치들이 심해에서 저희들끼리 즐겁게 노닐다가 하루아침에 다른 세상으로 끌어 올려져 내지르는 언어를 해독하고 싶었다. 살려달라고 애원하는 말이거나, 바다 밑에 두고 온 아내와 자식들을 애타게 부르는 소리거나, 그도 아니라면 인간들에게 퍼붓는 저주와 욕설일지 모른다. 사내는 이번 주말쯤이면 물때가 좋아서 보구치 낚시가 절정일 것이라고 흐린 눈빛으로 말했다.

배가 서서히 방파제 사이의 좁은 물길을 지나 부두로 다가서기 시작하자 선실에서 잠들어 있던 꾼들이 일제히 일어나 주섬주섬 장비를 챙기기 시작했다. 배에서 내린 사내는 노을 진 바다를 등지고 주차장에 즐비하게 늘어선 승용차들 사이로 사라졌다. 비극적인 가족사를 술술 풀어놓을 정도로 그에게 마음을 열었다면, 떠나면서 눈인사라도 한 번 할 법한데 사내는 배에서 내리자마자 등을 보인 채 성큼성큼 걸어가 버렸다. 뒤에서 잘 가라고 소리를 쳐도 사내는 뒤돌아보지 않았다. 다시 뭍으로 돌아왔지만 땅을 밟아도 몸은 여전히 출렁거리고 있었다.

7

집에 도착했을 무렵에는 이미 어두컴컴한 저녁이었다. 아내는 집에 없었다. 아이들 방은 물론이고 화장실까지 샅샅이 찾아보았지만 아내는 없었다. 처음부터 아내와 사이가 좋지 않았던 것은 아니다. 그가 직장을 그만둔 뒤부터 사소한 문제에도 서로 신경이 예민해져 다툼으로 이어졌다. 아내는 가장의 무책임하고 나약한 행동에 대해 시비를 걸었다. 물론, 아내도 그가 사표를 내게 된 배경에 대해 알 만큼은 안다. 아내는 가족의 생계를 위해 상사의 가랑이 밑이라도 기었어야 마땅하다는 입장이었을까.

　청춘을 바쳐 일해 온 직장에서 그는 능력도 인정받았고, 장래도 보장된 듯했다. 그러나 그가 백일몽을 꾸며 살아왔다는 사실을 어느 순간부터 뼈저리게 깨닫기 시작했다. 그가 다니던 회사는 재벌 기업처럼 규모가 크지는 않아도 꽤 내실이 있는 중소기업으로 정평이 나 있었다. 그 회사를 일구기 위해 초창기부터 함께 땀을 흘렸던 사장이 뇌출혈로 갑자기 일선에서 물러난 뒤 사장 아들이 그 자리를 대신 차지했다. 어린 사장은 취임 직후부터 대대적인 개혁의 지휘봉을 휘둘렀다. 능력 위주의 인사라는 명분 아래 부장들은 대부분 그와 동년배인 사십 대 초반의 젊은 세대로 바뀌었다. 다행인지 불행인지 그의 부서는 그보다 나이 많은 사람이 외부에서 부장으로 영입됐다. 부장보다 나이가 많은 부원들이 처신을 어떻게 해야 할지 난감해하던 타부서에 비하면 그나마 다행이었다. 그러나 그에게는 더 고통스러운 날들이 기다리고 있었다. 새로 부임한 부장은 이른바 낙하산을 타고 내려온 사람이었다. 제대로 업무를 파악하지도 못한 신임 부장은 엉뚱한 지시로 부원들을 지치게 만들었다. 그는 후배들의 하소연을 들어주랴, 부장의 뜻을 맞추랴 안팎곱사등이 신세였다. 몇 개월이 지나자 사태는 엉뚱한 방향으로 전개되기 시작했다. 그를 만나면 다정하게 굴고 하소연까지 하던 후배들이 어느 시점부터인가 그를 데면

데면하게 보는 눈치였다. 심지어 회식 자리까지도 그를 배제한 채 부장과 그들끼리만 갖기도 했다. 가진 것이라곤 빚밖에 없는 처지에 그가 더 이상 인내심을 발휘하지 못하고 사표를 낸 결정적인 이유는 배신감 때문이었을 것이다. 회사에 대한 배신감도 배신감이지만, 후배들의 영악한 처신에 더 큰 상처를 입었다. 파김치가 되어 늦은 저녁에 퇴근을 하면 아내는 자고 있었다. 그는 곤히 자는 아내를 깨워 신세타령을 늘어놓곤 했다. 아내는 졸음을 겨우 참아가며 그의 이야기를 들어주었다.

사표를 낸 뒤 아내는 집에 있는 시간을 될 수 있는 한 줄이려 했다. 저녁 무렵이면 서둘러 식탁을 차려놓은 뒤 성장을 하고 다양한 명분을 내세워 외출을 했다가 밤늦게 들어와 입에서 술 냄새까지 풍겼다. 옆집 사람에게 아내가 노래방에서 낯선 남자들과 함께 나오는 것을 목격했다는 이야기를 들었던 날, 절규에 가까운 목소리로 아내를 몰아부쳤던 것은, 알량한 자존심 때문이었을 것이다.

8

눈을 떠보니 새벽 5시였다. 그는 낭패감에 머리를 흔들었다. 보구치 울음소리를 듣기 위해 무창포의 낚시점을 인터넷에서 수배해 전날 예약을 마친 상태였다. 서해안 고속도로가 생겨나 대천 나들목까지 예전에 비해서는 수월하게 갈 수 있지만, 6시 30분에 출항하는 보구치 배를 타는 것은 이미 무리였다. 그는 서둘러 옷을 챙겨 입고 세면도 생략한 채 주차장으로 내려갔다. 물리적인 계산으로는 그 시각까지 무창포에 도착하기 힘들어 보였지만, 갈 수 있는 데까지 가보자는 심산이었다.

고속도로는 설상가상으로 짙은 안개가 끼어 있었다. 다행히 차들은 많이 보이지 않아, 그는 있는 힘껏 액셀러레이터를 밟았다. 사물들이 안개 속에서 휙휙 스쳐 지나갔다. 앞 유리창에 물 알갱이들이 격렬하게 부딪쳐 굵직한 물방울로 흘러내렸다. 갑자기 차들이 안개 속에서 비상등을 켜고 서행을 하더니 아예 멈추어버렸다. 그는 조급한 마음으로 안타까운 탄식을 내뱉다가 무심코 창밖을 보았다. 대형 트레일러가 중앙 분리대를 부수고 가로로 놓여 있고, 승용차 한 대는 휴지 조각처럼 구겨진 채 뒤집어져 있었다. 그 옆에 요란한 경광등을 번쩍거리며 구급차가 서 있었다. 구급차에서 내린 사람들이 피로 범벅이 된 승용차의 운전자를 조심스럽게 들것에 올려놓고 있었다. 이미 살아 있는 목숨이 아닌 듯했다. 저 목숨은 어떤 미끼에 걸려 세상 밖으로 들어 올려진 것일까. 다른 세상으로 끌어 올려진 뒤 보구치처럼 울었을까. 다행히도 도로에 차들이 많아 이루어진 정체 상태가 아니라서 사고 지대를 천천히 벗어나자 다시 고속도로는 한산해졌다. 안개 속을 질주해 나갔다. 그가 바람의 속도로 무창포에 도착했을 때는 정확히 배의 출항 시각이었다.

그러나 정작 선장은 7시가 돼도 나타나지 않았다. 피서객들로 보이는 아이들과 여자들을 포함한 일가족도 보구치 배를 기다리고 있었다. 그중에 사내도 끼어 있었다. 그는 막연하게 다시 사내를 만날지 모른다는 생각을 했지만, 일행 중에 섞여 있는 사내를 보자 감정이 복잡해졌다. 사내는 시큰둥하게 그를 바라보다가 미소인지 찡그리는 것인지 모를 모호한 표정만 지었다.

선장은 출항 시각을 한참 넘겨서야 나타났다. 전날 저녁에 과음을 했는지 얼굴이 부석부석했다. 보구치 낚싯배는 부두를 빠져나간 지 채 삼십 분도 되지 않아 멀리 해수욕장이 보이는 바다에 멈췄다. 늦봄과 여름 한철 따뜻한 수온을 찾아 이곳에 떼로 몰려드는 보구치들은 전문 꾼들보다는 관광객들의 피서용 놀이 중 하나였다. 줄을 드리우자마자 보구치들은 요란하게 입질을 해댔다. 낚시를 시작한 지 채 일 분도 지나지 않아 여기저기서 꾹꾹거리는 소리가 터져나왔다. 뱃전에 올라온 보구치들의 울음소리였다. 그의 낚싯줄에도 하얀 비늘이 선명한 보구치가 매달려 올라왔다. 우럭처럼 등지느러미가 제법 날카롭게 솟아 있었지만 그리 위협적이지는 않았다. 바다 밑바닥에서 갑자기 다른 세상으로 올라온 녀석들은 수압이 사라진 탓인지 한결같이 붉은 풍선 모양의 부레를 아가미 바깥으로 길게 혀처럼 빼물고 있었다. 그의 낚시에 올라온 녀석은 미끼를 너무 깊숙이 삼켜서 바늘을 빼내기가 난감했다. 갯지렁이가 매달린 바늘이 창자 속까지 들어가 있었다. 바늘을 빼내려고 힘껏 잡아당겼지만 쉬 빠져나오지 않았다. 실랑이를 벌이던 순간, 바늘에 걸렸던 창자들이 툭 끊어지면서 아가미에서 흘러나온 피가 그의 손을 적셨다. 울음소리가 그쳤다.

사내는 자신의 낚시질은 팽개친 채 그가 보구치와 씨름하는 모습을 지켜보고 있었다. 사내의 얼굴은 조소인지 슬픈 눈빛인지 모를 야릇한 표정이었다. 이번에는 사내가 먼저 곁에 다가와 말을 붙였다.

"당신은 보구치에게 복수라도 하고 있는 것 같소."

"복수라니요? 이 하찮은 미물에게 복수를 해서 무엇 하려고?"

"당신의 아내를 낚아간 누군가를 향해 당신이 마치 신이라도 되는 양 엉뚱하게 분풀이를 하는 거 아니요?"

"내 아내? 지금 당신 이야기를 착각하고 있는 것 아니요?"

"……"

"당신은 지금 눈에 보이는 모든 남자들이 당신 처지라고 생각하는 모양인데, 오해하지 마시오. 내 아내는 당신 아내처럼 마음이 여리지도 않고, 베란다 난간을 뛰어넘지도 않았소. 어딘가에서 잘 지내고 있을 것이오. 햇볕이 너무 따가우니까 헛소리까지 하시는 모양인데…….”

그는 흥분해서 사내에게 구차한 자신의 집안 이야기까지 엉겁결에 까발리고 말았다. 아무리 자기 처지가 고통스럽다고 해도, 그에게까지 고통을 강요하는 사내를 참을 수 없었다. 사내는 흥분한 그의 목소리는 들리지도 않는다는 듯이 말을 이었다.

“하늘 위쪽 어딘가에서 우리처럼 낚시질하는 양반이 있는 모양인데, 당신 아내는 어떤 미끼를 물었소? 억울하진 않소?”

“보자보자 하니까 가관이네. 당신 처지를 나에게 덮어씌우는 사정까지야 당신이 제정신이 아니라고 칩시다. 그리고 지난번 낚시 때 당신 아내가 성급하게 베란다를 뛰어넘은 이유가 마음이 여렸기 때문이라고 당신의 범죄 행위를 합리화할 때까지도 그냥 듣고만 있었소. 그런데 이제는 심지어 당신 아내의 죽음을 운명 탓으로 돌리려고? 당신은 손톱만큼도 반성할 줄 모르는 지극히 이기적인 인간이오.”

그는 사내를 외면하기로 마음먹었다. 사내와 계속 대화를 하다가는 머리가 돌아버릴 지경이었다. 그는 피 묻은 보구치를 아이스박스에 던져 넣고 다시 낚싯줄을 드리웠다. 주변에서 울음소리가 쉼 없이 들려왔다. 두 번째 낚시에 걸려 올라온 녀석은 어린 새끼였다. 그는 잠시 녀석을 놓아줄까 말까 망설이다 뱃전에 던져놓았다. 울음소리가 그의 신경을 계속 건드렸다.

그는 낚싯줄을 드리우다 말고 다시 감아 올렸다. 새끼가 숨을 놓기 전에 바다에 빨리 놓아줄 생각이었는데 갑자기 새끼 보구치의 울음소리가 사라져 고개를 돌렸다. 사내가 그가 던져놓은 보구치 새끼를 날로 입에 집어넣고 우적우적 씹고 있었다. 부레와 창자가 터졌고, 하얀 비늘은 금방 핏물로 뒤엉켜 햇빛의 조각들이 사라져 버렸다. 사내의 입에서 피가 흘러내렸고, 입가에는 하얀 비늘이 어지럽게 붙어 있었다. 입 주변에 들러붙은 비늘에 햇빛이 반사돼 사내는 기이한 환영처럼 보였다. 어이가 없어 멍하게 사내를 바라보고 있는데, 사내가 뱃전으로 달려가 난간에 상체를 숙인 채 뱃속에 들어간 내용물을 게워내기 시작했다. 억억거리는 신음 소리와 함께 위장에 마지막 남은 푸른 물까지 모두 쏟아냈다. 구역질로 힘들어 하는 사내의 눈에서 눈물이 흘러내렸다. 사내는 힘들게 일어나서 비칠비칠 선실로 들어가 버렸다. 사내가 사라지자 선장이 곁에 다가와 등을 두드리며 말했다.

"아무리 급해도 그렇지, 칼질도 안하고 그렇게 통째로 씹어버리면 맛이 좋습니까? 입가에 묻은 비늘이나 좀 닦아내시오."

보구치를 날로 씹은 사람은 정작 따로 있는데 선장은 엉뚱하게 그의 등을 두드리고 있었다. 우럭 낚싯배의 선장도 사내 대신 그를 힐난했던 기억이 떠올랐다. 그는 사내가 사라진 선실로 기우뚱거리며 뛰어갔다. 좁은 선실에 사내의 자취는 보이지 않았다. 갑자기 보구치 비린내가 위장에서 역하게 올라왔다. 그는 바닥에 주저앉아 담배에 불을 붙였다. 담배 연기를 깊숙이 빨아들인 뒤 한숨처럼 길게 내쉬는 그의 뺨 위로 눈물 한 줄기가 흘러내렸다.

바람이 불어오면서 하늘에 구름이 낮게 깔리기 시작했다. 구름의 움직임에 따라 느린 사이키델릭 조명처럼 빛과 그늘이 바다 위에 교차됐다. 구름 사이에서 빠져나온 햇빛 한 줄기가 멀리 수평선 위로 낚싯줄처럼 내리꽂히고 있었다.

뿔뿌리
고양이는

"이곳에서 혼자 서 있으면
길을 잃어요.

우리에겐 뿌리가 없어요."

왈릴리 고양이나무

"고양이나무를 아세요? 고양이가 과일처럼 주렁주렁 매달린."

여자는 묘지로부터 조금 떨어진 도로변에서 남자를 기다리는 중이다. 남자는 여자가 시큰둥하게 던진 질문에 아직까지 대답하지 못했다. 고양이가 열매처럼 나무에 주렁주렁 매달린다…… 열매가 매달리기 전엔 어떤 빛깔의 꽃을 피울까. 검정 하양 오렌지색 잿빛 갈빛? 꽃 빛깔에 따라 나무에 매달릴 고양이들의 몸빛도 달라지는 것일까. 하오의 빛에 반사되는 묘석들이 하얗다. 바닷가 묘석들이 낡은 빛으로 도로변을 채색하는 중이다.

묘지 너머는 대서양이다. 하얀 건물들이 묘지 건너편 언덕에 줄지어 서 있다. 남자가 달리던 차를 세워 묘지 사진을 찍겠다고 하자, 여자는 운전사에게 차를 세우도록 능숙한 아랍어로 지시한 뒤 남자를 따라오지 않고 바닷가 주차장에 남았다.

파인더에 잡히는 이미지들은 늘 새롭다. 맨눈으로 보는 사물이나 풍경들과는 달리 파인더를 통해서 보이는 이미지들은 끊임없이 이야기를 건넨다. 바닷가 묘석들은 버려진 것들처럼 줄도 맞지 않고 여기저기 흩어져 있다. 파인더 속에서 그것들은 버려졌다기보다는 오히려 자유를 누리고 있는 것처럼 보인다. 대서양에서 불어오는 시원한 바람과 맑고 투명한 하얀빛 속에서 파인더에 비친 망자들은 한가롭게 바닷가를 산보하는 중이다. 촬영을 마치려는 순간, 파인더 속으로 멀리 묘석 밭 너머 하얀 건물 위에 검은 사내 하나가 묘석들과 바다를 굽어보는 모습이 들어온다.

"시간 없어요. 빨리 오세요. 차 조심하시고!"

여자가 여전히 멀찌감치 떨어진 도로변 주차장에서 남자에게 두 손으로 나팔을 만들어 소리친다. 묘지와 묘지 사이로 난 넓은 도로에는 차들이 속도를 높여 쉴 새 없이 달리는 중이다. 그 사이를 뚫고 여자의 차가 서 있는 곳까지 빨리 건너야 한다. 한국에서 전화를 걸었을 때 여자의 목소리는 자다 깬 듯한 희미한 음색이었다. 수화기 너머로 소란하게 오가는 발자국 소리들이 들렸던 것도 같다. 붉은 바탕에 녹색 별이 그려진 모로코 국기가 붉은 담 위에서 나란히 나부끼는 바닷가 주차장에서 여자는 대서양의 거친 파도를 내려다보고 있다. 가까이 다가가 어깨를 가볍게 건드리자 여자는 꿈에서 깬 사람처럼 움찔한다.

"다음 목적지까지 가려면 지금 서둘러야 해요. 어두워지면 힘들어요."

"이제 사진도 다 찍었으니 서둘러 갑시다. 그런데 아까 그 고양이나무, 고양이를 닮은 과일이 열리는 나무를 말하는 겁니까?"

여자는 희미하게 웃으며 다시 시선을 바다 쪽으로 향한 채 차를 향해 걸어간다. 그들이 다가가자 운전사 알리가 시동을 건다. 남자가 모로코에 온 것은 아프리카 사진집을 내기 위해서다. 아프리카의 이미지는 대부분 사바나 평원의 동물 사진이나 흑인 부족들의 원시적인 삶의 모습으로 덧칠되지만, 사실 예전 삶의 방식을 그대로 유지하고 있는 부족들을 찾아보기는 쉽지 않다. 국내 TV에서 자주 방영하는 아프리카 오지 체험 프로그램은 현지인들의 얘기를 들어보면 대부분 연출한 것이다. 대절한 버스에서 내린 부족들이 차 뒤에서 전통 복장으로 갈아입은 뒤, 프로듀서의 지시에 따라 영화를 찍듯이 일사불란하게 움직이는 모습들을 많이 보았노라는 얘기도 들었다. 그가 펴낼 아프리카 사진집에는 있는 그대로의 풍경들을 자신만의 앵글을 통해 시적으로, 때로는 다큐멘터리 스타일로 대상과 내용에 걸맞게 담아낼 작정이다.

대서양과 지중해가 만나는 아프리카 서북단의 모로코에서 가이드로 선택된 사람이 바로 여자였다. 교민들이 얼마 살지 않는 데다 이곳을 찾는 한국인 관광객들도 그리 많지 않아 가이드를 구하기가 쉽지 않았다. 여자는 모로코 한인회에 전화를 해서 어렵게 만났다. 삼십 대 중반쯤 돼 보이는 여자의 키는 그리 크지 않지만 전체적으로 균형 잡힌 몸매에다 어깨 아래까지 내려오는 긴 머리칼이 인상적이다. 비행기가 늦게 도착하는 바람에 카사블랑카 모하메드 공항에서 지루한 낯빛으로 기다리고 있던 여자는 그가 출국대를 벗어나 무거운 카트를 끌면서 바깥으로 나오자 반가운 표정을 지었다. 여자를 보는 순간 서둘러 그녀를 파인더로 보고 싶은 충동이 일었다. 여자의 눈동자는 강렬한 빛을 띠면서도 초점이 허공으로 비껴가고 있었다. 모하메드 공항의 웅성거리는 소음을 배경으로 유리문 바깥에서 쏟아져 들어오는 환한 빛이 여자를 역광의 실루엣으로 만들었다. 파인더를 통해서 보면 여자의 발은 지상에서 조금쯤 떠 있을지도 몰랐다.

차창 밖으로 광활한 올리브 숲이 빠르게 스쳐간다. 올리브를 수확하는 이들이 숲 속에 드문드문 서 있다. 나무 아래에서 넓은 보자기를 펴놓고 열매와 나뭇잎들을 골라내는 것은 여자들의 몫이고, 나무에 올라 열매를 긴 장대로 투덕이면서 밑으로 떨어내는 건 남자들의 일이다. 햇빛이 올리브 잎들의 밀생을 뚫고 잘게 조각난 채 차창으로 가득 들어온다. 햇빛 그물이 드리워진 여자의 얼굴을 파인더로 보고 싶은 욕망이 다시 강렬하게 솟구친다. 여자는 조수석에 앉아 앞을 바라보며 말한다.

"지금 우리가 가는 곳은 천년 전 미로가 그대로 보존돼 있는 곳입니다. 유네스코에서 세계문화유산으로 지정할 만큼 옛날 그대로예요. 가이드들도 처음 그곳에 들어가면 길을 잃는답니다. 저는 지금도 그곳에 들어가면 많이 헤매는 편이에요. 다행히 알리가 있으니 오늘은 걱정하시지 않아도 될 겁니다."

"가이드조차 헤매는 길이라면, 저는 줄이라도 하나 당신 허리에 매고 따라다녀야겠네요?"

남자가 농담 삼아 여자의 말을 받아도 여자는 이렇다 저렇다 감정을 드러내지 않는다. 올리브 숲은 한참을 달려도 끝이 안 보인다.

"원래 그렇게 말수가 적은 편인가요? 가이드를 하시려면 하기 싫어도 열심히 떠들어야 할 텐데……."

그제야 여자가 천천히 몸을 틀어 남자 쪽을 향해 웃음을 지어 보이며 말한다.

"미안합니다. 아직 익숙지 않아서요."

여자가 정색을 하며 사과를 하자, 남자가 오히려 머쓱해진다.

 "아닙니다. 저는 다만, 객지를 오래 떠돌다 보니 말벗이 그리워서 한 말일 뿐입니다. 단체 관광객들을 안내할 때처럼 공식적인 설명을 바라는 것은 아니니 편한 대로 하세요."

 여자는 다시 앞쪽만 바라보며 침묵 속으로 스며든다. 올리브 숲이 끝나자 산악 지역이다. 멀리 그들이 가려는 고도가 희미하게 보인다. 도시의 초입에 들어설 무렵 여자가 침묵을 깬다.

 "모로코에 온 지는 햇수로 십 년 됐지만, 가이드를 시작한 건 채 일 년도 되지 않았습니다. 아랍 문학을 공부하러 왔다가 이곳에 정착한 한국 남자와 결혼을 했는데, 그이가 먼저 제 곁을 떠났습니다. 한국에 남아 있던 유일한 혈육인 노모는 남편보다 일찍 세상을 떠났고, 그곳에서 저는 오래전에 잊혀진 거나 다름없어요. 아직은 남편의 체온이 남아 있는 이곳을 떠나고 싶지도 않고, 마땅히 갈 곳도 없습니다. 할 수 없이 가이드로 나섰지요. 한인회장님이 다른 유능한 가이드들도 많은데 저를 소개하신 건 그분 나름의 배려였겠지요. 하지만 오히려 누가 될지도 모르겠네요."

 "누라니, 천만의 말씀입니다. 회장님께 전문적인 관광 가이드보다도 이곳에서 오래 산 생활인을 추천해 달라고 한 건 접니다. 틀에 박힌 설명보다도 이곳에 살면서 느낀 자연스러운 감정들을 접했으면 했어요. 그보다도 고양이나무는 언제쯤이나 볼 수 있는 겁니까?"

여자는 머리를 조용히 흔든다.

"그런 나무는 없어요. 굳이 있다면 제가 그 나무인 셈이지요⋯⋯."

미로에 들어서서 남자는 귀를 막는다. 좁은 길과 길로 이어진 모든 골목이 수많은 소리들을 내고 있다. 차가 다닐 수 없는 좁은 길에 노새가 인간들의 짐을 대신 지고 채찍을 맞으며 걸어간다. 노새의 배설물이 점점이 떨어져 있다. 냄새가 골목을 떠돈다. 냄새의 진원지는 노새의 배설물만이 아니다. 미로와 미로 사이에 밀생하는 인간들의 냄새도 가세했다. 갈래갈래 이어진 골목들은 수십만 명의 사람들이 대대로 이어온 습관대로 살다가 죽고, 죽은 뒤에 다시 태어나는 곳이다. 미로가 건네는 이야기를 제대로 들으려면 맨눈보다도 역시 파인더의 시야가 더 유효하다. 굳게 닫힌 고동색 문 앞에 미로의 노인들이 앉아 느리게 지나가는 사람들을 쳐다본다. 줌으로 잡아당긴 노인들의 표정은 그냥 보는 것과는 달리, 전혀 무료하지 않다. 눈빛은 생생하게 살아 있고, 지나가는 사람들이 그들의 맑은 눈동자에 거울처럼 반사되고 있다. 파인더에서 눈을 떼면 그들은 천 년 동안 뿌리를 내리고 있는 미로 속의 풍경일 따름이다. 그들에게 미로 바깥의 정신없이 변하는 세상이란 먼 별 나라의 소문일지도 모른다. 뿌리 없는 유랑이란 그들의 사전에 없다. 미로 속에서 유랑은 악덕이다. 그곳에서 유랑이란 길을 잃어버리는 것과 같다. 길을 잃어버린 생명이란 이미 생명이 아니다. 영원히 집으로 돌아갈 수 없다. 고동색 문 밖으로 미로의 젊은 사내 하나가 목을 길게 빼고, 장의자에 앉아 있는 베르베르 복장의 노인과 이야기를 나누고 있다. 노인은 왼발을 오른발 위로 길게 올리고 안경 속의 진중한 눈빛으로 청년에게 인생의 교리를 설명하는 듯하다. 진지하게 고개를 기울이고 노인의 이야기를 듣는 청년의 머리 위로 미로의 지붕과 지붕 사이를 뚫고 빛이 내린다. 서두를 것도, 포기할 것도 없는, 느리지만 차분한 활력이 미로에 있다. 노인과 청년의 아랍어도 파인더 속에서는 들릴 것 같다. 구도를 바꾸자 저만치 노인들을 내려다보고 있는 여자의 모습이 파인더에 들어온다. 거대하고 오랜 뿌리를 가진 골목에서 여자는 물결을 따라 홀로 가볍게 부유하는 수생 식물 같다. 파인더 속에서 여자는 해류에 떠밀려 다니다 흐름이 멈추는 곳에 잠시 뿌리를 의탁하거나 다시 어디로 흘러갈지 모를 해초처럼 보인다.

파인더에서 눈을 떼고 찬찬히 사방을 둘러본다. 사람 두어 명이 겨우 비켜 갈 수 있는 길이 멀리 이어져 있다. 파인더로 보았을 때는 분명히 여자가 보였는데, 맨눈으로는 여자를 찾을 수 없다. 발걸음을 서둘러 옮긴다. 망치로 양은그릇을 두들기는 대장간을 지나치고, 진열된 생선들에 연신 물을 뿌려대는 어물전도 스친다. 골목을 굽어드니 노새 한 마리와 주인이 바닥에 주저앉아 있다. 여자는 어디로 갔는지 여전히 보이지 않는다. 세 갈래 갈림길이 나온다. 선택해야 한다. 잠시 망연히 서 있는데 어디선가 코란을 독송하는 듯한 합창 소리가 들린다. 그 소리는 여자들의 것이다. 남자는 과감히 그 소리가 들리는 왼쪽 길을 선택한다. 소리의 진원지는 작은 문이다. 문 틈으로 바라본 안쪽은 널찍한 마당이 펼쳐진 사원이다. 어두침침한 사원 안쪽에는 보자기로 머리를 감싼 여성들만 앉아 있다. 여자는 그 안에도 없다. 사원 마당에 석류나무가 오래된 뿌리를 드러낸 채 서 있다. 언제 다가왔는지 여자의 목소리가 들린다.

"이곳에서 혼자 서 있으면 길을 잃어요. 우리에겐 뿌리가 없어요."

페스의 미로를 떠나 서부 사하라로 가기 위해 아틀라스 산맥을 넘는다. 산들은 저마다 편안한 자세로 누워 있지만, 그들은 모두 갈색이거나 안개 속의 회색이다. 척박한 산악 지역의 구불구불한 길가에 개들이 유난히 많이 보인다. 주위에 민가는 보이지 않는다. 여자가 고갯길에서 차를 세운다. 해가 떠 있을 동안에는 아무것도 먹지 않는 라마단 기간이어서 낮에는 식당들이 모두 문을 닫기 때문에 여자는 미리 먹거리를 준비해 왔다. 주섬주섬 가방을 뒤지던 여자는 문을 열고 바깥으로 나선다. 우리네 삽살개 형상인데 덩치는 그보다 훨씬 큰 개 한 마리가 여자를 반긴다. 뒷다리 한쪽은 절고 있고 배가 불러 있다. 개는 여자가 던져준 음식을 게걸스럽게 순식간에 먹어치운다. 오랫동안 굶은 듯한 개의 눈빛이 처연하다. 여자는 더 던져줄 음식이 없음을 안타까워한다. 안타깝기는 개가 더한 듯하다. 개 뒤편으로 아스라이 모로코의 산들이 흐린 회색빛으로 펼쳐져 있다.

"아틀라스 산중개들이에요. 무리를 지어 민가를 찾아다니며 먹을 것을 구걸하지요. 굶어 죽는 놈들도 많아요. 이렇게 도로변에 나와 관광객들의 적선을 구하는 녀석들이 대부분인데, 그나마 요즘은 라마단이어서 관광객들조차 없으니 힘들었겠지요."

"민가에 있으면 편안하게 먹을 것을 구할 수 있을 터인데, 왜 굳이 이놈들은 떠도는 거지요?"

"집을 떠난 개들이 산에서 새끼를 쳐서 늘어나게 된 거예요. 그 많은 식구들을 받아줄 민가는 없을 겁니다. 저희들끼리 뭉쳐서 살다가 이제는 이곳 사람들로부터 박멸의 대상이 돼버렸어요. 아틀라스 산중개들이 전염병을 옮긴다고, 대대적인 소탕령을 내리기도 했지요. 자고 있는 녀석에게 올가미를 씌워 죽이는 모습도 TV에서 보았어요."

차가 출발하자 산중개는 다리를 절름거리며 따라오다 이내 처지고 만다. 멀리 골짜기마다 눈으로 길게 덮인 산맥이 보인다. 산맥만 넘으면 모래 바람이 이는 사막이다. 산맥의 끝자락을 돌아 내려올 무렵 여자가 다시 개 이야기를 꺼낸다.

"아까 본 산중개, 저와 처지가 비슷한 녀석들이에요. 오래전 집을 나와서 정착할 곳이 없어졌다는 것과 관광객들로 생계를 이어간다는 게……."

"지금이라도 다시 한국으로 돌아갈 수 있는 것 아닌가요? 당신을 기다릴 사람이 없다지만 돌아가 살다 보면, 버티다 보면, 다시 당신을 그리워하고 기다릴 사람들이 생겨나는 것 아닐까요?"

"글쎄요…… 돌아간들, 달라질 게 있을까요?"

사막의 일출을 찍기 위해 아틀라스 산맥을 넘어 도착한 곳은 인구 1만 명 정도의 작은 관광 도시다. 성수기에는 관광객들이 넘쳐났겠지만 휑한 호텔에 투숙한 사람이라곤 여자와 남자뿐이다. 여자의 방은 남자의 옆방이다. 여자는 사막에 가기 위해 새벽 3시에는 일어나야 한다고 남자에게 다짐을 받았다. 미리 예약해 놓은 랜드 로버가 소읍을 출발해 사막 가운데까지 가기 위해서는 세 시간 남짓 걸린다는 얘기다. 간단히 저녁

식사를 끝내고 남자와 여자는 새벽을 위해 일찍 각자 방으로 들어간다. 낮에 너무 먼 길을 달려온 탓에 남자는 채 씻지도 못한 채 서둘러 잠자리에 든다. 곤하게 잠이 들었던 모양이다. 누군가 방문을 오랫동안 두드리는 듯한 소리에 눈을 뜨려 하지만, 눈꺼풀이 무겁다. 남자가 서울에 남겨두고 온 아이가 제 방에서 나와 남자의 방문을 두드리는 듯한 착각에 사로잡힌다. 아이는 엄마가 살아 있을 때도 늘 새벽이면 몽유병 환자처럼 제 방에서 걸어나와 남자와 그의 아내 사이로 파고 들어오곤 했다. 아침이면 아이는 잠에서 깨어나 왜 자기를 밤새 데려왔냐는 듯 의아한 표정을 지었다. 아내는 교통사고로 죽었다. 남자가 해외 촬영을 다녀왔을 때, 이미 아내는 한 줌 재가 되어 강물에 뿌려진 뒤였다. 지방 국도에서 중앙선을 넘어온 트럭과 정면충돌해 아내는 낯선 사내와 죽었다. 남자는 진즉에 아내의 사진을 많이 찍어두지 못한 걸 후회했다. 파인더로 아내를 많이 보아두었더라면, 아내의 갈망을 보다 선명한 빛깔로 찍어낼 수 있었을 것이다. 아내가 죽은 뒤 아이는 할머니 집으로 보냈다. 꿈과 현실의 경계에서 방문을 두드리는 소리가 집요하게 들려온다. 남자는 힘들게 몸을 일으켜 풀어놓은 시계를 들여다본다. 아직 3시가 되려면 두 시간이나 남은 시각이다. 문을 열자 방문 앞에 여자가 슈미즈 차림으로 서 있다가 쓰러질 듯 남자의 방으로 뛰어든다. 남자는 쓰러진 여자를 안아서 침대에 조심스럽게 누인다. 여자는 죽은 듯이 쓰러져 숨만 고르게 쌔근거린다. 어깨 끈 한쪽이 흘러내려 여자는 반라의 모습이다. 여자를 내려다보던 남자는 깜짝 놀란다. 여자의 몸 군데군데 상처투성이다. 남자는 방문을 박차고 나가 여자의 방문을 열어본다. 여자의 방에는 아무도 없고, 그녀가 누군가와 다툰 흔적도 보이지 않는다. 여자는 한참 동안 남자의 침대에 엎드려 있다가 아무 일도 없었다는 듯이 자신의 방으로 돌아간다.

깜깜한 새벽 사막을 달린다. 모래 사막은 아직 멀다. 알리가 운전하는 길은 건사막이다. 굳은 모래와 암반으로 이루어진 건사막에는 바퀴 자국도 없다. 오로지 감각으로만 방향을 잡아 운전을 해야 한다. 알리는 거침없이 랜드 로버를 몰아간다. 그도 처음에는 이곳에서 여러 번 길을 잃었지만 이제는 자신의 감각을 스스로 믿는다고 했다. 랜드 로버는 강력한 헤드라이트 불빛을 이리저리 서치라이트처럼 비추며 달려 나간다. 알리가 언덕을 오르다 말고 갑자기 차를 세운다. 바퀴 하나가 구덩이에 빠져 헛바퀴를 돌리고 있다. 알리가 바퀴에 괼 것을 찾으러 언덕을 넘어가자 여자가 담배를 꺼내 물고 사막의 언덕에 걸터앉는다. 소슬한 바람 소리가 귓전을 웅웅거리며 스쳐간다. 푸르스름한 새벽 하늘 아래 여자의 담뱃불이 빨갛게 피었다가 사라진다.

"아까는 죄송했어요. 자다가 깨어보니 우리 아이들이 없는 거예요. 이곳이 사막인 줄도 모르고 허겁지겁 여기저기 찾아다니다가 당신 방을 두드린 겁니다. 너무 지쳐서 움직일 수가 없었어요."

"아이들이요? 그럼 집에 아이들만 남겨놓고 왔단 말입니까?"

"애들을 봐줄 사람을 하나 구해 놓았어요. 하지만 제가 빨리 가봐야 할 텐데……."

"본의 아니게 폐를 끼치고 있군요."

"뭘요. 덕분에 서너 달은 아이들 굶기지 않아도 되는데요. 오히려 제가 고맙지요."

"아이들이 몇 명이나 되나요?"

"처음엔 서른 마리까지 간 적도 있는데, 지금은 스무 마리 정도 남았어요."

알리가 어디서 구했는지 평평한 돌 하나를 들고 나타난다. 알리가 오자 여자는 담뱃불을 끄고 일어선다. 랜드 로버는 다시 건사막을 질주해 나간다. 랜드 로버가 멈춘 곳은 두어 채 가량의 검은 콘셋 막사 앞이다. 전통적인 베르베르 족 복장을 한 청년 두 사람이 낙타들 옆에 서 있다가 그들을 반긴다. 낙타에 올라 기우뚱거리며 사막 속으로 깊이 들어간다. 차라리 걷는 게 나을지도 모르겠다는 후회를 한다. 낙타의 키는 2미터가 넘어서 앉았다 일어설 때는 아찔하다. 걸음걸이가 느리긴 하지만 다리가 길어서 한 번 걸음을 옮길 때마다 심하게 흔들린다. 화산 분화구 같은 검은 모래 우물들이 군데군데 입을 벌리고 박혀 있다. 낙타는 모래 우물의 능선을 따라 흔들거리며 간다. 여자가 탄 낙타 뒤에서 남자는 여자의 몸에 자욱하게 피어 있던 상처를 생각한다. 낙타가 태우고 가는 건 상처들이다.

동쪽으로는 알제리 국경이 가깝고 서쪽에는 그들이 넘어온 아틀라스 산맥이 멀리 뻗어 있다. 알제리 쪽 하늘을 향해 모래 언덕 위에 앉는다. 받침대를 설치하고 카메라를 장착한 뒤 베르베르 청년들처럼 남자와 여자는 모래 위에 앉아서 동쪽 하늘을 응시한다. 아직 해가 떠오르려면 삼십 분은 더 기다려야 한다. 사위의 먹빛이 많이 묽어져서 멀리 모래 언덕들의 윤곽이 희미하게 시야에 들어온다. 미풍이 쉼 없이 귓전을 스쳐 간다. 고운 분말 같은 모래들이 풀풀 일어나 여자와 남자 주위를 흘러 다닌다. 남자는 일어나서 카메라 방향을 돌려 능선 아래쪽에 앉아 있는 베르베르 청년들을 향해 렌즈를 맞춘다. 베르베르인들은 눈만 내놓고 두건으로 얼굴과 머리를 모두 가렸다. 검은 두 눈만이 그들의 표정을 말해 준다. 낙타 눈썹처럼 그들의 속눈썹도 길다. 여자를 향해 렌즈의 방향을 돌린다. 여자의 갈망도 찍고 싶다. 여자가 카메라를 의식했는지 고개를 돌린다. 긴 머리칼이 모래와 함께 서쪽으로 날린다.

"고양이를 키우시나요?"

남자는 하릴없이 카메라에서 떨어져 여자 옆에 앉으면서 묻는다.

"맞아요. 남편이 아이 하나 심어놓지 않고 서둘러 가버린 뒤부터였을 거예요. 거리에 불쌍하게 버려진 고양이들이 이곳 모로코엔 유난히 많거든요. 녀석들 몇 마리를 데려다 밥을 해 먹였더니, 금세 친구들을 데리고 와서 우리 집은 고양이 천지로 변해 버렸어요. 밤에도 제 머리에서 발끝까지 조르르 몰려와 붙어서 자는 바람에 아침에 일어나면 녀석들이 할퀸 상처들로 온몸이 성할 날이 없었어요. 그래도 녀석들을 떼어놓을 수가 없더군요."

"고양이들과 사느니 한국으로 돌아가는 게 남편의 죽음에서도 벗어나는 지름길이 아닐까요?"

"남편을 이 땅에 묻어둔 채 혼자 떠나기는 싫네요. 시간이 더 흐르면 다시 어디론가 흘러가겠지요. 우리 그이, 살아 있을 때도 너무 외로웠어요."

메마른 사막에 뿌리를 내린 잔풀 하나가 눈에 띈다. 이미 말라버린 풀 주위에 식물이라곤 그것 하나뿐이다. 어쩌다가 바람에 날려 떨어진 사막에서 다른 씨앗들은 싹도 못 틔우고 스러졌는데, 질긴 씨앗 하나가 외롭게 세상 구경을 하게 된 모양이다. 하지만 녀석도 오래 버티지는 못했다. 한곳에 뿌리를 내리지 못하고 파인더의 눈으로 세상을 떠도는 남자도 조만간에 저렇게 말라갈지 모른다. 남자는 죽은 아내가 있는 한국으로 돌아가고 싶지 않고, 여자는 죽은 남편이 묻힌 땅을 떠나려 하지 않는다. 아틀라스의 산중개들은 집을 떠나 굶어 죽어가고 있다.

미로는 페스에만 존재하는 건 아니다. 천 년 동안 같은 모양새를 유지했다는 사실 하나만으로, 페스의 미로가 문화재로까지 지정되는 건 모순이다. 모든 세상의 골목이 변하지 않는 미로인 것을.

끝내 사막에 해는 떠오르지 않는다. 아니, 두터운 구름장 뒤편에서 이미 지상으로 올라오긴 했지만, 얼굴을 내밀지 않는 것이다. 바람이 점점 거세어진다. 멀리 사막의 지평선이 짙은 회색빛으로 뭉개지기 시작한다. 능선 아래쪽에 앉아 있던 베르베르 청년들이 남자와 여자를 향해 빨리 내려오라는 손짓을 한다. 남자는 아직도 미련이 남았다. 일출은 보지 못했지만, 해가 구름에서 나오면 황금색으로 찬란하게 빛날 사하라의 모래 평원을 파인더로 보고 싶다. 사막의 말을 듣고 싶다. 여자가 채근한다.

"모래 바람이 몰아치면 금세 이 능선 하나쯤은 없어져 버려요. 당신이나 저나 사막에 묻혀버리는 건 시간 문젭니다. 어서 일어나요."

"이 정도 바람이라면 조금 더 버텨도 될 것 같은데요. 우리 조금만 더 기다려봅시다. 해가 나면 금방 내려가요."

여자가 난감한 표정을 짓다가 다시 모래 위에 주저앉는다. 베르베르 청년들도 손짓을 그만두었다. 해가 구름 속에서 나오기는커녕 시간이 흐르면서 멀리 지평선 쪽이 캄캄해지기 시작한다. 귓전을 스쳐가는 바람 소리도 제법 소리가 커졌다. 여자가 다시 남자에게 채근을 한다.

"당신도 이제 보니 욕심이 너무 많으시군요. 내려갈 때를 알아야죠."

귀에 익은 대사다. 남자의 깊은 심중에서 무엇인가 고개를 쳐든다. 그 대사를 즐겨 사용한 사람은 아마도 아내였을 것이다. 죽은 아내를 생각할 때마다 남자는 심한 배신감에 전율을 해야 했다. 그래서 자신도 모르게 공격적인 말이 튀어 나갔을 것이다.

"한 번 간 사람 붙잡고 있는 건 미련인가요, 욕심인가요?"

여자의 표정이 일그러진다. 여자에게 결코 감정은 없다. 무심코 던진 말일 뿐이다.

"쉽게 말하지 마……."

여자는 말을 채 끝내지도 못하고 비명을 지르며 다리를 감싸쥔 채 모래 위로 고꾸라진다. 연한 고동색 물체 하나가 쏜살같이 받침대 사이로 지나간다. 종아리를 감싼 여자의 손가락 사이로 선홍색 피가 흘러내린다. 여자는 의외로 침착하다. 여자가 손을 떼자 왼쪽 종아리에 짐승의 발톱에 긁힌 자국이 보인다.

"모래 고양이예요. 어두울 때만 돌아다니는 사막 동물인데, 오늘은 일기가 어수선해서 낮을 밤으로 착각한 모양이에요. 여자들이 고양이를 닮았다고들 하지만, 고양이만큼 솔직하고 착한 동물도 드물어요. 저 녀석들이라도 없었다면 견디기 힘들었을 겁니다."

모래 바람이 심상치 않다. 남자는 그제서야 사진을 포기하고 서둘러 받침대를 걷어 접는다. 카메라를 가방에 넣은 뒤 둘러메고 여자에게 손을 내민다. 여자가 남자의 손을 잡는다. 따뜻하다. 그리 깊은 상처는 아닌 것 같은데도 다리의 통증이 만만치 않은 모양이다. 남자는 여자를 부축하며 능선을 내려가기 시작한다. 어깨 위로 느껴지는 여자의 체온이 뜨겁다. 바람이 갈수록 더 거세진다. 발밑의 모래들이 들썩거리는 정도도 훨씬 드세졌다. 모래 바람이 그리 멀지 않은 곳까지 당도한 모양이다. 능선 아래 기다리던 베르베르 청년들이 서둘러 낙타를 몰기 시작한다. 앞을 분간하기가 힘들 정도로 모래가 날리

고 있다. 여자도 낙타 등에 죽은 듯이 엎드려 있다. 눈을 뜨고
있기가 힘들다.

　사막에서 호텔로 돌아올 때까지 여자는 아무 말이 없었다.
온몸에 뒤집어쓴 모래를 털어내고 샤워를 마친 뒤 늦은 아침
식사를 끝낼 때까지도 여자는 입을 굳게 닫았다. 다시 아틀라
스를 너머 왈릴리까지는 먼 거리다. 로마의 유적지가 아프리
카 북서부까지 뻗쳐 있을 줄은 몰랐다. 로마에 합병되어 로마
주의 대표적인 내륙도시로 번성하던 이곳은 로마가 망한 뒤에
도 오랫동안 로마의 자치도시로 유지됐다. 그만큼 지리적으로
로마와 멀리 떨어져 있을 뿐만 아니라 정복자 입장에선 별로
중요하지 않은 변방이었던 덕분에 이곳에 터를 잡았던 사람들
은 자신들만의 소왕국을 꾸려갈 수 있었다. 호텔을 떠나면서
부터 남자는 내내 잠을 청했다. 청했다기보다는 그동안의 피
로가 한꺼번에 밀려오면서 자연스럽게 잠에 빠져들었다. 사막
에서 나오면서부터 내내 입을 닫아버린 여자 때문이기도 하
다. 남자도 더 이상 특별히 서로 신경을 자극할 말은 삼가야겠
다고 판단했다. 어차피 일로 만났는데, 상대방의 예민한 기타
줄을 건드릴 필요는 없는 것이다.
　내처 서너 시간은 잔 것 같다. 눈을 뜨자 차창 밖으로는 풀
한 포기 살지 않는 화염산들이 길게 성벽처럼 줄을 잇고 있다.

아무것도 살 수 없는 화염산. 여자의 산에는 그나마 고양이들이라도 깃들고 있지만, 그의 삶은 아무것도 깃들지 못하는 화염산이다. 그가 맨눈으로보다는 파인더를 통해 세상을 구경하려 한 것은 사람들과 사물의 표정을 보다 깊이 들여다보고 싶었기 때문이다. 그동안 그의 맨눈은 시력을 완전히 상실해 버린 것인지도 모른다. 파인더 속에서는 불필요한 배경과 잡다한 모티프들을 얼마든지 제거하고 그가 보고 싶은 대로 구도를 만들 수 있었다. 정색을 하고 카메라를 들이대면 처음에는 긴장하며 표정을 만들어 짓던 사람들도 어느 순간 정체를 드러내버리곤 한다. 순간순간 스치는 미묘한 표정들을 내내 감출 수는 없는 것이다.

아내는 많이 외로웠을 것이다. 남자도 세상을 파인더로 들여다보며 떠돌면서도 많이 쓸쓸했다. 파인더 속의 앵글로 만들어낸 세상의 풍경은 아름다웠지만 맨눈으로 보는 것들은 끊임없이 신경을 자극했다. 저쪽 배경은 이렇게 잘라내고, 이쪽 모티프는 수평으로 맞추고, 인물의 동작은 조금 더 기다렸다가 셔터를 눌러야 되는 것 아닌가, 하는 조바심에 늘 시달렸다. 그렇게 잡아낸 한 순간의 진실을 영원히 표구할 수 있다는 신념이 남자에게는 있었다. 남자가 할 수 있는 모든 말보다도, 그가 찍어서 보여줄 한 장면의 진실이야말로 말을 능가하는 영원히 정지된, 변할 수 없는 진실이라는 믿음이 그에게는 있었다. 그러나 그렇게 표구된 진실은 그가 억지로 뿌리 내려준 정지된 순간일 뿐이라는 자각이 새삼스럽게 밀려온다. 고양이와 더불어 사는 여자도 어딘가에 뿌리를 내리고 싶었을 것이다. 여자가 모래 바람이 몰려오기 전에 사막에 주저앉아 들려주던 말이 떠오른다.

고양이에게 상처를 받는다고 그놈들을 모두 두들겨 패줄 수는 없어요. 그 녀석들, 사람들에게 편견을 안겨주고 있지만 개나 다른 동물들과 똑같아요. 지들을 좋아하는 사람에게는 한없이 응석도 부리고, 친구들을 데려와 함께 박수도 쳐요. 녀석들이 나에게 상처를 주기 위해 발톱을 세운 적은 없어요. 주로 어린 녀석들이 할퀴는 편인데, 어릴 때는 발에 힘을 주어야 제대로 걸을 수 있으니까 본능적으로 발톱을 세우는 거예요. 사람이 안아주어도 안는 순간에 형평을 잃어버리면 발톱을 내밀지요. 처음에는 다친 고양이 다섯 마리를 집으로 들였어요. 녀석들이 차츰 친구와 가족들을 불러들이더니 서른 마리로 늘어났지요. 옛날에 엄마가 장정밥을 해준다는 말을 한 기억이 나요. 덩치가 큰 사내들, 가을 들판에서 노적가리를 지게에 가득 짊어지고 마당에 부려놓으면 그들을 위해 밥을 산처럼 그릇에 담아 내놓는 그 장정밥 말이죠. 쌀로 밥을 짓고, 생선을 사들이고, 당근을 썰고 비싼 말고기도 저며 넣어 고양이들을 먹였지요. 어린것들이 즐겁게 먹는 모습을 보고 있으면 사치스러운 외로움 따위는 저 멀리 도망가 버려요. 산중개들이 자다가 올가미에 걸려 목이 졸리는 모습을 TV에서 볼 때는 하염없이 울었어요. 함부로 집을 떠난 죄밖에 없는 녀석들이에요. 내 남편도 그런 사람이었어요.

아내를 고양이 같다고 느낀 적이 많았다. 슬쩍 농을 걸라치면 한마디 말에도 새침하게 반응하며 길게 고집을 부리던 여자였다. 남자가 집을 떠날 때마다 문간에 나와 모래 바람처럼 어두운 표정을 짓곤 했다. 지금 생각하면, 그가 집을 나설 때마다 아내의 가슴에는 회색 모래가 날렸을지도 모르겠다. 남편이라는 자는 늘 떠나서 떠돌고, 집에 붙어 있는 사람의 가슴에는 바람이 불어대고……. 아내가 함께 죽은 남자를 사랑했는지는 모르겠다. 하지만 적어도 아내는 후회하지 않았을 거라는 확신이 있다. 아내는 늘, 자신의 가슴에 정주할 사람을 찾고 있었을 것이다. 모로코행 비행기를 타기 전에 암스테르담 공항의 면세점에서 산 브랜디가 생각나 남자는 주섬주섬 가방을 뒤진다. 조수석에 앉은 여자는 여전히 고개를 길게 뒤로 기댄 채 눈을 감고 차가 흔들리는 대로 몸을 맡겨두고 있다. 알리가 침묵이 지겨웠던지 카세트테이프를 꺼내 깊게 밀어 넣는다. 청이 높은 여자의 선동적인 목소리가 차 안을 가득 메우기 시작한다. 가사는 전달이 되지 않지만 여자의 목소리를 파인더로 들여다보고 싶다. 자고 있는 듯하던 여자가 차 안에 음악이 돌기 시작하자 불쑥 말을 꺼낸다.

"샌드캣이라는 예명을 가진 여자 가수예요. 고음이 신비로
울 정도지요. 이곳 가수들은 한국처럼 가요톱 텐 같은 화려함
은 없지만, 다들 가슴으로 노래를 부르는 사람들이라는 느낌
이 들어요. 평생을 두건 속에 머리칼을 감추고, 사원에 나가
알라신에게 합창을 하는 여자들의 막힌 가슴을 확 뚫어주는
드문 여자지요. 아까 사막에서 당신에게 욕심을 부린다고 한
말, 용서해 주세요."

왈릴리에 도착했을 때는 이미 해가 지평선 너머로 사라진
뒤다. 아직은 해의 잔영이 남아 있어서 들판 가운데 서 있는
로마 석축들의 윤곽이 선명하다. 이곳 역시 유네스코의 지원
으로 보존되고 있다는 표석을 입구에서 보았다. 관리인을 아
무리 불러도 대답이 없어, 남자와 여자는 무작정 올리브 가로
수 길을 걸어 비옥한 진고동색 들판이 펼쳐진 모로코의 로마
폐허까지 걸어 들어간다. 푸르스름한 하늘에 삼 분의 일쯤 닳
아진 달이 환하게 빛을 내는 중이다. 향나무도 아닌 것이, 끝
이 뾰족하고 어둠 속에 이파리들은 모두 검정색인 것이, 길게
하늘을 향해 목을 내밀고 있다. 야생 벤자민고무나무는 붉은
빛으로 나무 아래 옆으로 퍼져 있다. 들판에 불빛 하나가 따뜻
하게 빛나고 있다. 훈풍이 몰려온다. 사막의 바람과는 질감이

전혀 다르다. 산맥을 하나 넘어오면 이렇게 달라지는 것인지. 거추장스러운 옷을 모두 벗어던지고 훈풍에 몸을 내맡기고 싶다. 어둠 속에서 아랍 사내 한 명이 걸어오며 반갑게 말을 건넨다. 이미 폐장된 관광지에 들어선 낯선 이방인들이 관리인 사내에게는 반가울지도 모르지만, 남자는 그가 부담스럽다. 가뜩이나 관광객들도 없는 판에, 뒤늦게, 달이 떠오르는 밤에, 사내에게는 하루의 먹이를 벌 수 있는 뜻밖의 기회가 온 셈이다. 사내와 여자가 들판을 배경으로 석축 옆에 서 있다. 파인더로 그들을 들여다보지만 플래시를 터뜨리지 않는 한, 너무 어두워서 노출이 떨어지지 않는다. 여자가 남자에게 다가온다.

"이곳은 옛날 목욕탕이었대요. 저 흔적은 오르페우스의 집이라는 명명을 낳게 한 문양이에요. 저거 보세요. 바닥에 모자이크로 기타를 연주하는 사내의 모습이 희미하게 보이죠? 물고기들이 헤엄치고 있는 무늬가 깔린 저곳은 바다의 신이 거주하는 집이었어요. 근육이 불끈거리는 저쪽 바닥은 헤라클레스의 집이었구요……."

잘려 나간 석축 뒤편으로 진고동색의 비옥한 들판이 펼쳐져 있고, 멀리 지평선에 아득하게 누운 산맥이 흘러간다. 굳게 닫고 있던 입을 열어, 긴 잠에서 깨어난 것처럼 남자가 여자에게 응답을 한다.

"우리도 천 년쯤 뒤에 이런 흔적을 남길 수 있을까요?"

모로코 사내는 남자가 건네준 지폐를 주머니에 찔러 넣고 석축 사이에 지어놓은 움막을 향해 어둠 속으로 사라진다. 고개를 돌려 들판 반대쪽을 바라보니, 높은 산 중턱에 불빛들이 옹기종기 모여 있고, 산 위 높은 하늘에 달이 삼 분의 일쯤 닳아진 빛으로 자욱히 들판에 빛을 뿌리고 있다. 여자가 들판을 내려다보다가 남자 쪽으로 얼굴을 돌린다. 여자의 얼굴 위로 검은 올리브나무 잎새가 하늘거리고, 달이 조각난 잎새 사이로 파란빛을 뿌린다. 파인더로 보이는 풍경은 이제 온통 파란 세상이다. 달빛은 푸르고, 들판의 불빛 한 점이 빨갛다. 들판에서 밤이 몰려오는 중이다.

아이리스의
죽음을 애도하는
카르멘 올림

카르멘, 붉은 정열의 여인!

잘 아시죠?
당신이 좋아했던 아이리스는 적들의 공격으로 죽었어요.

아이리스의 죽음을 애도하는 카르멘 올림

　오랫동안 꿈을 꾸어온 것 같다. 몇 개의 이미지를 제외하면 도시에서의 기억들은 안개 속에 희미하게 존재할 따름이다. 아무도 없는 곳으로 떠나왔다. 차를 오래 타고 왔고, 낯선 곳에 짐을 부렸다. 아직 초저녁이지만 베란다 너머 바다는 깊은 어둠에 잠겨 있다. 어둠은 도시보다 까맣고 깊다. 사위가 적막하다. 공기 중에 떠도는 소립자들이 서로 부딪치는 미세한 소리만 귓전에서 웅웅거릴 뿐이다. 미루어둔 설거지를 끝내고 쌀을 씻어 밥솥에 안쳤다. 김치를 썰어 꽁치 통조림과 섞어놓은 냄비도 가스레인지 위에 올려놓았다. 밥물 끓는 냄새와 도마 소리와 찌개 끓는 냄새가 흘러 다니던 그녀의 집 식탁이 떠오른다. 도시에서 꿈을 꾸던 시절, 그 식탁에서 유일하게 평화를 느꼈던 것 같다. 싱크대에 걸린 하얀 수건으로 손의 물기를 대충 닦고 베란다로 나와 담배에 불을 붙였다. 멀리 어두운 수평선에 불이 들어오기 시작했다. 오징어잡이 배들이 조업을 시작하는 모양이다. 하루가 또 이렇게 저물어간다. 오늘도 휴대폰은 울리지 않았다.

베란다 아래 7번 국도로 차량들이 질주해 나갔다. 한결같이 적어도 시속 100킬로미터가 넘는 속도들이다. 타이어가 아스팔트 표면과 마찰하면서 굉음을 내질렀다. 도시의 속도를 피해 낯설고 한적한 동해 바닷가로 왔지만, 코앞에서 보란 듯이 내달리는 차량들의 질주가 그의 머릿속을 헤집어놓았다. 돌이켜보면 짧은 수면 시간을 빼놓고는 한시도 컴퓨터와 떨어질 수 없었다. 컴퓨터와 떨어져 있으면 불안했다. 퇴근해서 잠을 자다가 아이디어가 떠오르면 새벽 한두 시라도 회사로 뛰어들어가 컴퓨터 앞에 앉아 정리를 해놓아야 마음이 놓였다.

그는 인터넷 포털 사이트에서 새로운 콘텐츠를 개발하는 업무를 맡고 있었다. 동종 업체와 늘 치열한 경쟁을 벌이는 처지에서 그에게 낮과 밤, 근무 시간과 퇴근 시간은 아무런 의미가 없었다. 네티즌들이 만들어내는 문화는 무서운 속도로 빨리 변했고, 어디로 튈지도 몰랐다. 그즈음 최고 인기 검색어는 누구나 예상할 만한 로또나 누드 따위의 것들로 나타났지만 텔레비전 퓨전 사극 동호회에서 발전한 폐인 열풍이나 심지어 츄리닝(추리닝)을 사랑하는 모임인 츄족처럼 인터넷에서 잠시만 눈을 떼고 있으면 네티즌들의 기상천외한 흐름을 놓치기 십상이었다. 더욱이 인터넷 업체에서 근무하는 그로서는 어떤 현상이 어느 정도 가시화되기 전에 그 움직임을 미리 감지해 전략적으로 대응해야 하는 입장이었기 때문에 한시라도 인터넷 세상으로부터 자유로울 수 없는 입장이었다. 영화 매트릭스가 그에게 눈물이 날 정도로 실감 나는 현실로 다가온 것도 이런 업무 환경과 무관하지 않았을 것이다.

현란할 정도의 빠른 반향과 결집, 끊임없이 새로운 방향을 좇아 쏠려가는 모습들을 보고 있노라면 거대한 수족관에서 물고기들이 떼를 지어 이리저리 몰려다니는 모습이 연상되기도 했다. 그는 그 물고기 떼보다 앞서서 더 잽싸게 물살을 가르며 부지런히 지느러미를 움직여야 하는 입장이었다. 무선 네트워크가 도입되면서부터는 노트북을 소지하고 다니면서 그의 일상 전체가 디지털 공간에 갇혀버렸다. 그에게 인터넷 공간을 통해 들여다보지 않는 세상이란 무의미했다. 컴퓨터를 통하지 않고 육신에 내장된 눈과 귀로 보는 세상이란 밋밋하기 그지없었다. 처음에는 업무 때문이기도 했지만, 차츰 그는 이러한 환경에 길들여져 인터넷과 휴대폰이 없는 세상은 상상조차 할 수 없게 되었다.

그가 몸담았던 포털 사이트가 동종의 다른 경쟁 사이트와 통합되면서 그는 그 일상의 컨베이어 벨트에서 내려와야 했다. 그의 사이트가 언제부턴가 조회수가 떨어지기 시작하면서 경쟁 업체의 사이트로 네티즌들이 몰리기 시작했다. 겨우 수익 구조가 손익 분기점을 넘어서는 시점에서 이런 일이 생기자 창업 당시부터 함께 일했고 지분의 대부분을 투자했던 사장은 기민하게 움직였다. 사장은 어쩔 수 없이 상대방에게 전략적 제휴를 요청했지만, 그쪽에서는 무조건 투항을 요구했다. 사이트도 그쪽의 인원들로 가동하되 최소한의 필요한 추가 인력만 이쪽에서 지원 받는 조건이었다. 초창기부터 함께 일했던 젊은 사장은 합병된 사이트가 시너지 효과를 얻어 더 많은 인력이 필요하게 되면 그때 반드시 그를 부르겠노라고 다짐했다.

다행히 그녀는 살아남았다. 사근사근한 성격에다 일 처리 능력도 뒤지지 않아 사장의 사랑을 받아온 그녀였다. 사이버 공간에서 채팅으로 만났다가 그의 추천으로 입사해 그녀가 같은 회사에서 일을 하기 시작한 지 꽤 시간이 흘렀다. 그녀는 그의 실직을 그리 대수롭지 않게 생각하는 듯했다. 도시를 떠나기 전 마지막으로 들렀던 그녀의 집 식탁에서 그녀는 환한 미소를 지으며 다감하게 말했다. 선배의 능력이라면 언제든지 더 좋은 조건에서 일할 수 있을 거야. 우선 몸부터 추스르는 게 좋겠어.

사장의 부름만을 앉아서 기다릴 수는 없었다. 다른 동종의 업체들을 기웃거리지 않은 건 아니지만, 무엇보다도 악화될 대로 악화된 건강이 문제였다. 담배와 술, 숱한 불면의 밤과 누적된 스트레스, 거기에다 해고의 충격까지 겹쳐 그는 쓰러지고 말았다. 의사는 무조건 쉴 것을 권유했다. 더 이상의 스트레스는 극약이라는 의사의 권유를 따라 인터넷도 단절되고 유선 전화도 없는 낯선 바닷가 빈집으로 스며들었을 때, 그는 빠른 속도로 돌아가는 세상의 바퀴로부터 바깥으로 튕겨 나온 듯한 느낌이었다. 무엇보다도 인터넷 금단 증세가 심했다. 네트워크로부터 차단당한 상황에서는 그의 눈앞에 보이는 바다나 나무나 잔풀들의 풍경이야말로 그에겐 오히려 가상현실로 다가왔다. 그것들은 세상이 돌아가는 데 아무런 작용도 하지 못하는 정물일 따름이었다. 눈으로 보고 손으로 만질 수 있는 대상이란 네트워크 바깥에서 존재하는 단순한 배경에 불과한 것일 수도 있다. 만질 수는 없지만 눈에 보이는 네트워크의 기호들이야말로 세상을 움직이는 진정한 실체일지 모른다. 말하기 좋아하는 이들이 틈만 나면 자연의 풍요로움과 느림의 미덕을 강조하곤 하지만, 그들의 그런 발언조차 디지털 커뮤니케이션 창구를 통하지 않으면 공허한 혼잣말이 되는 세상이다. 그는 세상에 존재하되 존재하지 않는 무중력 상태의 이방인이 되었다. 세상 바깥으로 유배된 것이다.

낮부터 불기 시작한 바람이 밤이 깊어지면서 더욱 거세졌다. 담배 연기가 빠져나가도록 바깥 창을 열어놓고 들어온 탓에 바람은 맹렬한 휘파람 소리를 내며 베란다로 들어와 요동을 쳤다. 바깥에서 누군가 현관문을 열려고 시도하는 듯한 달그락거리는 소리가 들려왔다. 현관 쪽으로 발소리를 죽여 다가서서 어안 렌즈를 통해 바깥을 내다보아도 검은 어둠뿐이다. 현관문을 와락 열어젖혔다. 복도에는 아무도 보이지 않고 바람만 거세게 내달렸다. 잠시 조용하던 바깥에서 다시 달그락거리는 소리가 들리기 시작했다. 일자형 복도를 휘젓고 다니는 바람의 장난일 것이다. 바닷가에 짐을 부리고 난 뒤 그는 그녀가 예고도 없이 불쑥 찾아오는 상상을 하곤 했다. 하지만 그것은 말 그대로 희망 사항일 뿐이었다.

처음 일주일 동안은 매일 그녀로부터 안부 전화가 걸려왔다. 이 주일째 접어들면서는 규칙적으로 일정한 시간대에 걸려오던 전화가 아무 때나 불쑥 걸려오더니 그나마 횟수도 줄어들기 시작했다. 전화가 아예 끊긴 지 벌써 일주일이 흘렀다. 사무실에 전화를 걸면 그녀는 늘 출타 중이었고, 휴대폰은 신호음만 지루하게 울릴 뿐 받지 않았다. 그동안 졸음이 몰려오거나 몸이 피로하면 언제든지 쉽게 쓰러져 잠을 잔 탓에 낮과 밤의 구분이 없어져버렸다. 최근 들어서야 낮과 밤의 리듬을 확보하는 일이 중요하다는 자각을 하게 됐다. 억지로 잠을 청해 보지만 현관 쪽의 소음이 계속 신경을 건드리는 탓에 쉬 잠이 오지 않는다. 내일은 소읍의 피시방에라도 나가서 그녀에게 메일을 띄울 작정이다.

아침이 와도 날씨는 여전히 흐리다. 처음에는 동해에서 뜨는 해를 아파트 베란다에 서서 맞을 수 있으리라는 기대가 있었다. 정작 와서 보니 베란다에서 내려다보이는 바다는 북동쪽에 가까웠다. 해가 떠도 오른편으로 길게 뻗어 나온 곶 너머에서 붉은 기운이 비껴들 따름이었다. 사선으로 비껴드는 옅은 햇빛을 받아 오른편의 바다는 황갈색 물빛이고, 정면으로는 보이는 바다는 검은빛이다. 진회색 수평선 위에 구름들이 낮게 떠 있다. 구름 위로 연푸른 하늘이 숨통을 틔우듯 인색하게 얼굴을 드러냈을 뿐, 하늘은 온통 시커먼 구름으로 가득하다. 좁은 틈새로 먼 수평선의 맑은 세상이 한 뼘 정도 드러났다.

다시 해가 구름 속에서 조금씩 얼굴을 내밀기 시작한다. 비에 젖은 도로가 번뜩거린다. 왼편의 송림 앞으로 파도가 허연 거품을 물고 달려온다. 인근에 해수욕장을 끼고 있는 임대 아파트는 여름 휴가철이나 단풍철을 제외하고는 거의 텅 비다시피 하는 공간이었다. 현지에 거주하는 사람들보다는 외지인들이 콘도미니엄 대용으로 사두는 경우가 태반이다. 게다가 겨울이라서 그가 기거하는 아파트는 밤이 되어도 불 꺼진 창들이 대부분이었다.

　가까운 곳에 식당이 있는 것도 아니어서 끼니는 스스로 해결하거나 그것도 귀찮으면 인근 소읍의 허름한 식당까지 걸어가는 수밖에 없었다. 아침에는 간단히 계란 프라이나 우유 정도로 끼니를 대신하고 오전 11시가 넘어서면 이른 점심 겸 산보 삼아서 해수욕장이 있는 소읍까지 걸어다녔다. 처음에는 차량들이 질주하는 국도로 걸었는데, 갓길이 채 50센티미터도 되지 않아 아예 없는 것이나 마찬가지였다. 유난히 대형 화물차들이 많이 다니는 길을 그는 위험하게 걸었다. 차량의 옆구리와 옷깃이 스치는 아슬아슬한 고비도 여러 번 넘겼다. 겨울 바닷바람을 정면으로 맞으며 그는 최대한 가드레일 쪽으로 바짝 몸을 붙여 걸어다녔다.

　정오를 지나 해가 다시 산맥을 넘어가기 시작해도 휴대폰은 울리지 않았다. 세상과 소통할 수 있는 누군가의 목소리가 절실했다. 그녀는 그의 전화를 아예 받지 않기로 작심했는지 여전히 신호는 가지만 응답이 없다. 그의 번호가 분명 발신자 표시란에 찍혔을 것이다. 그녀는 얼마든지 송신자를 선별할 수 있다. 하루가 새롭게 시작되어도 그다지 큰 의미가 없다. 그에게 시간의 흐름을 알리는 표지는 시시각각 달라지는 베란다 바깥의 조명과 위장이 비어 있음을 알리는 규칙적인 허기였다. 그 허기조차 도시에서처럼 끼니때를 맞추어 찾아드는 것은 아니었다. 하루에 한두 끼니로도 충분했다.

하는 일 없이 누워 있거나 그것도 지겨우면 책을 보거나 그 또한 지겨워지면 그제야 게으르게 산보를 나갔다. 오늘은 위험한 국도가 아닌, 바닷가 쪽으로 소읍까지 가는 길을 찾아보리라 마음을 먹었다. 천천히 일어나 무성하게 돋아난 수염을 밀고, 오랜만에 세면을 한 뒤 현관문을 나섰다. 엘리베이터를 타고 아파트 앞마당에 내려갔을 때 얼마 되지 않는 아파트의 현지인들이 경비실 앞에 모여서 두런거리고 있었다. 그들 곁을 지나는데 지난밤에 빈집털이들이 다녀갔다는 얘기들이 들려왔다. 복도에서 들리던 달그락거리는 소리가 밤손님들이 내는 소음이었던 모양이다. 여름 휴가철에는 주로 도시에서 활약하는 그 손님들이 비수기인 겨울철에는 휴가지로 출장을 나오는 것일까. 그들은 첨단 만능 키를 가지고 다닐 뿐만 아니라 스파이더맨처럼 가스 배관을 타고 올라가 베란다 창문을 깨고 침입하는 조직을 갖추고 있다는 이야기를 들은 기억이 난다. 비 오는 날일수록 그들에겐 유리하다고 했다. 주민들이 우산을 쓰고 다니면 위를 쳐다보기 힘들기 때문에 스파이더맨에게는 좋은 여건인 셈이다. 어떤 간 큰 빈집털이는 아예 열쇠공을 불러 집주인인데 열쇠를 잃어버렸다고 현관문을 열게 한 뒤, 유유히 금품을 털어 달아났다는 웃지 못할 사건도 사회면 휴지통에서 본 적이 있다. 심지어는 도둑 카페도 포털 사이트에 만들어진 적이 있다. 도둑들의 숙명이란 숨어 사는 것인데, 버젓이 사이버 공간에 만든 카페는 다분히 장난기가 섞인 발상일 게다. 도둑들이야말로 외로울 것이다.

차들이 빠른 속도로 내달리는 사 차선 도로를 가로질러 바다 쪽으로 나아간다. 시멘트 포장로가 갑자기 끝나면서 마른 풀숲 사이로 엉성한 길이 보였다. 내처 걷는데 외딴집의 개들이 뛰쳐나와 사납게 짖으며 뒤를 쫓아왔다. 줄에 묶이지 않은 방목 상태의 야생 개들이다. 주위에는 사람 그림자도 보이지 않아, 여차하면 고립무원 상태에서 속절없이 당할 수밖에 없는 상황이다. 온몸의 솜털이 일어났다. 녀석들의 공격에 대비해 여차하면 구둣발을 무기 삼아 방어하려고 마음먹으면서도 걷는 속도는 짐짓 일정하게 유지했다. 이런 경우 갑자기 뛰거나 당황한 반응을 보이면 오히려 짐승을 자극할 수도 있다는 이야기를 들었던 것 같다.

개 짖는 소리가 사라진 뒤에도 안전해질 때까지 계속 걸어가다 슬쩍 뒤돌아보았더니 녀석들은 보이지 않았다. 하지만 난감하게도 길이 막혀버렸다. 물웅덩이가 길을 끊어놓고 있었다. 다시 개들이 있는 곳으로 돌아 나가야 한다. 개들은 어김없이 낯선 사람이 다시 나타나자 정신없이 달려와 기를 쓰고 짖어댔다.

개들을 피해 늪지로 들어섰다. 발목까지 빠지는 길을 겨우 벗어나 바닷가 쪽으로 나아간다. 늪지에서 끊어진 길이 소읍 쪽으로 희미하게 이어졌다. 늪지를 피해 소나무 숲을 지나 끊어진 길로 접어들었다. 길은 국도 밑 터널을 통과해 소읍으로 이어지고 있었다.

소읍은 바닷가로 흘러드는 개천을 중심으로 양편에 들어선 모텔들과 서너 개의 음식점 그리고 슈퍼마켓과 농협, 파출소, 피시방들이 들어선 비교적 작은 규모의 아담한 곳이었다. 해수욕장 쪽 백사장은 썰렁하기 그지없었다. 사람들이 찾을 리 없는 텅 빈 겨울 백사장에는 지난여름의 흔적들만 쓰레기가 되어 바람에 날아다녔다. 호프 집의 어두컴컴한 계단을 올라 이층에 자리 잡은 피시방으로 들어섰다. 칙칙하고 비좁은 실내에는 소읍의 청년과 학생들이 게임에 몰두하는 중이다. 청년은 피시방 주인인 듯한 아가씨와 입으로는 진한 사투리로 농담을 주고받으며 충혈된 눈은 모니터에 떠오르는 적들을 향해 고정시킨 채 연신 손을 바쁘게 놀리고 있었다.

바깥은 흐린 날씨다. 바다는 점점 광포해지기 시작하고 소읍의 간판을 흔들고 지나가는 바람이 수상해도, 사이버 공간에 코를 파묻고 있는 한 그들은 다른 세상의 주민이 될 수 있었다. 외진 바닷가 소읍에 사는 청년들의 신경망도 디지털로 대체된 듯하다. 컴퓨터 속의 세상은 그가 없어도 여전히 잘 돌아가고 있었다. 그는 마른 목을 축이듯 허겁지겁 도시에서 자주 드나들던 사이트를 전전했다. 그가 가지고 있는 메일 계정 서너 개를 섭렵했지만 그의 안부를 묻는 메일은 없었다. 차라리 피시방에 들어오지 않고 그대로 세상의 안부를 모르는 게 더 마음이 편했을지도 모른다. 그녀에게 조난 신호를 보냈다.

잘 지내지? 나는 요즘 낮과 밤, 하루와 하루 사이의 경계가 허물어지는 나날을 보내고 있어. 차분히 세상과 담을 쌓고 시간을 보내다 보면 그동안의 스트레스와 조급증 같은 게 어느 정도 풀리면서 건강도 좋아지리라 생각했는데, 정작 머릿속에서는 늘 도시에서의 생활이 자동적으로 되풀이되어 흘러가네. 잘 지내리라고 믿어. 사장도 잘 있지? 언제나 나를 다시 부를지 모르겠는데, 그나마 당신이라도 그 사람이 애정을 가지고 잘 챙겨주니 다행이라고 생각해야지. 당신의 생활, 얼마나 바쁘게 돌아가는지 누구보다도 내가 더 잘 알아. 하지만 이제 하루에 한 번쯤 피시방에 들를 예정이니 소식 좀 줘. 메일이 힘들면 전화도 좋고, 그것조차 짬이 나지 않으면 문자 메시지만 남겨놓아도 조금은 위안이 될 것 같네. 요즘 일상은 중력이 사라진 우주 공간을 떠다니는 느낌이야. 무중력 상태에 아직은 적응이 잘 안 되네. 세상은 두 종류로 나뉘어졌다는 생각이 들어. 디지털 회로가 혈관에 흐르는 피처럼 우리의 오감과 연결되는 세상과, 그 회로가 차단된 무중력의 공간 말이야. 무중력의 우주에서 적응해 나가려면 외계인이 아닌, 따뜻한 피가 흐르는 같은 인간이 옆에 있거나 있다는 흔적이라도 있어야 견딜 수 있을 것 같아. 스트레스 속에서 정신없이 살아갈 당신에게 내가 너무 한가한 투정을 늘어놓은 건 아닌지 모르겠네. 어쨌든 갈수록 추워지는 날씨에 감기 조심하고, 식사 거르지 말기! 안녕.

피시방 계단을 내려왔을 때 바깥에는 거센 비바람이 몰아치고 있었다. 긴 우산을 펴자마자 광포한 바람의 힘을 못 견디고 우산살 하나가 뚝 부러져버렸다. 망연히 비 내리는 소읍의 거리를 바라보다가 가까운 슈퍼에 들어가 주인 아낙에게 버스편을 물어보았지만, 그가 거주하는 곳까지 가는 버스는 없다고 했다. 아낙은 맞은편 파출소에 가서 순찰차를 태워달라고 부탁해 보라고 했다. 어차피 순찰도 다녀야 하는 터에 가끔 촌로들을 태워다 주기도 한다는 것이었다. 그는 쓴웃음을 지었다. 나이 든 인근 주민들이야 그런 봉사까지 가끔 받을 수 있다손 치더라도 타지의 낯선 사내가 비바람 몰아치는 날씨에 파출소에 나타나 대뜸 무리한 부탁을 한다는 것은 어색한 일이었다.

사선으로 날리는 빗줄기를 물끄러미 바라보다가 비바람 속으로 들어섰다. 바다가 광란에 가까운 소리를 내지르고 있었다. 먼바다에서 기를 쓰고 달려와 바위에 부딪힌 파도의 포말이 바람에 날려와 빗방울에 가세했다. 바다가 이토록 높고 큰 비명을 길게 내지를 줄은 몰랐다. 우산은 이미 무용지물이었다. 파도의 포말이 뒤섞인 빗물이 정수리를 끊임없이 두드려 댔다. 이마에서부터 흘러내리는 얼음처럼 차가운 빗물이 눈썹을 적시고 광대뼈를 넘어 목줄기를 타고 가슴패기로 스며들었다.

지난밤 내내 그는 고열에 시달렸다. 차갑고 거센 비바람 속을 오랫동안 걸어온 탓에 심한 오한이 몰려왔다. 다시 아침이 와도 몸을 일으키기가 힘들었다. 그녀의 단아한 이마가 떠오른다. 채팅 사이트에서 처음 만난 그녀는 아이리스라는 아이디를 갖고 있었다. 아이디가 신선하고 순결한 이미지일 뿐더러 그녀가 구사하는 어투가 사이버 세계와는 어울리지 않을 정도로 정중해서 단박에 호감이 갔었다. 웹 디자인을 공부했다는 그녀와 처음 채팅을 할 때는 밤을 새우기도 했다.

그 당시 한참 리니지 게임에 빠져 있던 그녀는 사이버 공간에서는 죽었다가도 얼마든지 새로운 사람으로 다시 살아날 수 있는 점이 가장 큰 매혹이라고 했다. 수많은 사람들이 동시에 접속해 혈투를 벌이는 온라인 머드 게임 리니지의 영토에서는 현실 세계와 마찬가지로 친구를 사귀기도 하고 사랑을 나누다가 결혼도 할 수 있다. 그 공간에서도 혈맹을 맺어 힘 있는 자들끼리 가족 관계도 형성할 수 있고, 사기꾼이나 살인자가 등장하는가 하면 군인이나 상인 군주도 존재한다. 서로 지배하고 지배당하며 물건을 사기도 하고 팔기도 하며, 심지어 혁명까지 일으킨다. 그녀는 그 게임의 영토에서는 아무리 흠집이 많은 아바타라도 죽었다가 새로운 아바타로 태어나면 아무도 과거를 들출 수 없다는 점이 현실 세계와는 다른 매력이라고 얘기했다.

산스크리트어에 어원을 두고 있는 아바타는 고대 인도에서 신의 화신을 뜻하는 말이다. 신이 인간으로 몸을 바꾼, 신의 분신이 바로 아바타다. 그 아바타가 고대 인도에서 21세기의 사이버 공간으로 날아와 가상의 육체를 지닌 애니메이션 캐릭터로 혹사당하는 셈이다. 그는 채팅을 하다가 그녀에게 현실계에서 만날 것을 제안했다. 그녀는 잠시 뜸을 들이더니, 현실계에서도 아바타를 인정할 수 있느냐고 물었다. 그는 가벼운 마음으로 응낙했다.

한강 변의 카페에서 그녀를 처음 만났을 때 그녀는 자신의 아바타처럼 맑은 표정과 훤한 이마가 돋보이는 여자였다. 말투도 채팅할 때처럼 정중했다. 그렇다고 무거운 분위기의 여자는 아니었다. 진중함 속에 가벼움이 있었고, 가벼운가 하면 나름대로 자신만의 살아가는 방식이 분명한 여자처럼 보였다. 지방에서 올라와 여고 시절부터 혼자서 자취를 해온 터라 홀로 살아가는 법에 관한 내성도 만만치 않았다. 약속을 어긴 적은 지금까지 없었던 것 같다. 맺고 끊는 게 분명한 그녀의 성정이고 보면 어제 그가 피시방에서 보낸 조난 신호를 외면하지 않았을 것이다. 그녀의 답신이 궁금했지만, 몸을 일으키려 해도 마음처럼 따라주지 못하는 것 같다. 입안은 바싹 말랐고, 누군가 땅속에서 완강하게 끌어당기기라도 하듯 몸을 세우기가 버겁다.

광포하게 울부짖던 바다는 다시 순한 노래를 부르는 아이로 돌아와 있었다. 모처럼 햇빛이 맑게 백사장을 비춘다. 사람들이 거의 찾지 않는 겨울 백사장에는 발자국 몇 개만 선명하게 한 줄로 길게 찍혀 나가고 있었다. 노인 하나가 개를 데리고 백사장 능선 너머 파도 곁을 느리게 산책하는 중이다. 노인의 하체는 모래 능선에 가려 보이지 않고 상체와 모자를 쓴 뒷모습만 보인다. 멀리 바다 쪽으로 길게 튀어나온 해안은 가는 모래들이 바람에 날려 뿌옇다. 그는 천천히 소읍 쪽을 향해 모래톱을 걷다가 잠시 주저앉아 두 손으로 모래를 퍼 올렸다. 부드러우면서도 까슬까슬한 감촉이 기분 좋게 손바닥을 간질인다. 햇빛은 맑지만 겨울 바닷바람 때문에 온기는 없다. 백사장 가운데로 전등을 매단 전봇대들이 길게 줄을 지어 이어지다가 소실점으로 사라진다. 모처럼 유배지에 평화가 찾아든 느낌이다. 아이리스의 가슴에 볼을 대고 누웠을 때 귓전에서 들리던 그녀의 심장 소리와 따뜻한 체온이 그립다.

　스물네 시간 운영하는 피시방은 오후가 되어서야 하루의 리듬을 다시 만들어가려는 모양이었다. 밤을 새운 흔적들을 주인 여자가 비로 쓸어내는 통에 먼지가 좁은 공간을 자욱하게 부유하고 있다. 청년 하나가 먼지는 아랑곳없이 구석에 앉아 모니터에 코를 박고 있다. 머리칼은 아무렇게나 헝클어져 있고 재떨이에는 담배꽁초가 수북히 쌓여 있다. 꽁초 몇 개는 테이블 위로 넘쳐서 떨어져 있다. 온라인 게임 하나에 한꺼번에 십만여 명이 동시에 접속해 치열한 전투를 벌이는 제3의 공간에서 소읍의 청년은 당당한 전사가 되어 하룻밤을 지새운 모양이다. 비록 외진 바닷가 소읍의 허름한 피시방이지만 청년에게는 새로운 세계의 화려한 중심인 셈이다. 그는 잠시 먼지들이 가라앉기를 기다렸다가 컴퓨터 앞에 앉았다. 컴퓨터가 부팅되고 메인 화면이 뜰 때까지 기다리는 짧은 시간 동안 잠시 설레었지만, 그녀의 답신은 없었다. 그녀는 아직 그의 메일을 열어보지도 않은 상태였다. 망연히 모니터를 바라보다가 천천히 자판을 두드리기 시작했다.

　무중력 상태도 시간이 더 흐르면 어느 정도 익숙해질 것 같아. 늘 달구어진 필라멘트처럼 뜨겁던 머릿속도 서서히 식어가는 중이야. 비를 맞고 걸어다닌 탓에 몸이 뜨겁기는 하지만 하루 이틀 누워 있으면 다시 열도 내려가겠지. 어린 시절에 할머니 손을 잡고 일요일이면 늘 십 리 길을 걸어서 성당에 나가곤 했는데, 겨울이면 그 길을 걷기가 죽기보다 싫었어. 바닷가 길을 걸어서 왕복하다 보면 그때가 떠오르곤 해. 꼭 피난길에 서 있는 것 같기도 하구. 분명히 어딘가 목적지가 있긴 할 터인데 방 안에 가만히 누워 있어도 나는 늘 그 길 위에, 그것도 바람이 불고 비가 오는 피난길에 섞여 있는 느낌이야. 당신의 집 식탁에서 느꼈던 평화가 이토록 그리운 것도 난민의 추위 때문일지도 모르지. 당신과 누렸던 시간들이 자꾸만 꿈처럼 아득해지네. 무슨 일이 생긴 건 아니지? 걱정도 되고 궁금하기도 하고……. 이만 쓸게.

베란다 너머로 다시 밤이 왔다. 모처럼 수평선 위 하늘에 달이 떠올랐다. 꽉 찬 보름달이다. 달빛은 수평선에서부터 점차 폭을 넓히며 길게 뻗어 나와 모래톱에 이르러서 파도와 함께 하얗게 부서졌다. 수평선에 둥근 점으로 빛나는 오징어잡이 배의 수은등도 수면 위로 내려온 작은 달처럼 보인다. 베란다 바로 아래 국도에도 주황색 가로등들이 불을 밝혀놓았다. 연전에 아흔여덟 살로 세상을 떠난 그의 할머니는 기력이 쇠잔해져 바깥출입이 어렵게 되자 매일 베란다에 나와 쭈그리고 앉아서 밖을 내다보는 게 하루 일과였다. 조카들이 키우는 강아지도 개를 싫어하는 그의 형이 퇴근하거나 출근하지 않는 휴일에는 하루 종일 베란다로 쫓겨나 멍하게 바깥을 쳐다보곤 했다.

도시에서 일상의 고속도로를 질주할 때는 난민 의식 같은 건 틈입할 여지가 별로 없었다. 바닷가로 내려온 뒤부터 도시에서의 일들은 가물가물해지고 어린 시절의 칼바람 불던 성당 길이 선연하게 머리 한구석에서 떠나지 않았다. 성당은 어린아이의 피난처이자 목적지였고, 다시 집까지 돌아가야 하는 고통이 더 남아 있음을 분명하게 상기시켜주는 반환점이기도 했다. 걸어도 걸어도 끝나지 않을 것 같은 길, 그 막막함에 대한 선명한 이미지가 무의식에 이처럼 깊이 각인돼 있을지는 그도 몰랐다.

베란다 앞 7번 국도에 화물차 검문소가 보인다. 일반 승용차나 버스들은 속도를 줄이지 않고 왕복 사 차선으로 별다른 제지 없이 달려 나가지만 모든 화물차들은 무조건 별도로 양쪽에 만들어놓은 길을 통과해야만 한다. 그 특별한 길에는 화물차의 무게를 계측할 수 있는 저울이 바닥에 매설돼 있다. 전광판에 나타나는 무게가 기준을 넘어서면 빨간 불이 켜지고 화물차 운전자는 벌금을 물거나 면허를 정지당한다. 손으로 만질 수도 느낄 수도 없는 그녀의 아바타에도 무게가 있을까. 그도 그 저울 위로 걸어가 도시에서 꾸어온 꿈의 중량을 달아

보고 싶다.

갑자기 날카로운 호루라기 소리가 들렸다. 적재함을 주홍색 포장으로 덮은 덤프트럭 한 대가 속력을 줄이지 않고 계측대를 날쌔게 빠져나가는 중이다. 대부분의 화물차들은 계측 장치가 매설된 길을 통과하려면 반드시 서행을 하게 마련인데, 원체 빠른 속도로 달려 나간 탓인지 화물 계측 신호등은 몇 초 후에야 빨간 불을 켰다. 검문소 당직자들이 호루라기를 불며 달려 나왔지만 덤프트럭은 이미 멀리 달아나고 있었다. 당직자들이 빨간 플라스틱 막대기를 휘두르며 쫓아가다 하릴없이 돌아서는 순간, 덤프트럭은 가드레일과 가로등을 들이받으며 지그재그로 움직이다가 중앙선 분리대를 들이받고서야 멈춰섰다. 조수석에 탔던 사내 하나가 길가 풀숲까지 튕겨져 나갔다. 트럭이 브레이크를 밟으며 끌고 다닌 어지러운 바퀴 자국이 베란다에서 내려다보는 시야에 선명하게 잡혔다. 앰뷸런스와 경찰차와 견인차들이 일제히 경광등을 번쩍이며 요란한 경적과 함께 경주하듯 달려온 것은 사고가 일어난 지 이십여 분이나 지난 후였다. 앰뷸런스에서 내린 사람들이 풀숲에서 끌어올린 사내의 머리에서 흘러내리는 피를 닦아낸 뒤, 흰 천을 길게 드리워 피 묻은 얼굴에 쏟아지는 달빛을 덮었다. 쓰러진 트럭 너머 모래톱으로 먼바다에서 오랫동안 달려온 파도가 키를 높이고 있었다.

산맥을 가로지르는 터널을 지나자 눈부신 햇빛이 차창으로 스며들었다. 산맥의 동쪽 해안에서는 계속 비가 내리고 바람이 부는 날씨였는데 산맥 하나를 경계로 이처럼 하늘의 조명이 달라질 수 있다는 사실이 신기했다. 그가 스스로에게 했던 다짐을 깨고 서둘러 도시로 가는 버스를 타게 된 것은 조바심 때문이었다. 그가 아는 그녀의 성품이라면 사고가 난 경우를 대입시키지 않는 한 이렇게 연락이 두절될 리 없었다. 그렇다고 그녀의 안부를 함부로 주변 사람들에게 전화로 물어보는 것도 조심스러웠다. 사실, 이런저런 핑계보다도 그녀가 보고 싶었다는 게 가장 솔직한 이유일지도 모른다.

　그녀가 홀로 사는 연립 주택의 이층 창문으로 은성한 식탁의 불빛이 배어 나오고 있었다. 그녀에게 사고가 생긴 건 아니었다는 사실에 우선 안도했다. 그러나 연이어 밀려온 의구심과 서운함 때문에 그는 그녀의 집으로 향하는 계단을 오르다 말고 그 자리에 우뚝 서서 한동안 구두코만 내려다보았다. 계단 중간에 서서 휴대폰을 꺼내 들었다. 그녀의 휴대폰은 여전히 신호만 갈 뿐 응답이 없었다. 이번에는 다시 그녀의 집으로 전화를 걸었다. 신호음이 세 번쯤 울리고 난 뒤 그녀가 전화를 받았다. 말없이 그녀의 목소리를 듣고 있다가 전화를 끊었다. 그는 발길을 돌려 계단을 천천히 내려와 그녀의 집 창문이 올려다보이는 술집으로 들어갔다. 그녀는 지금쯤 다른 세상에서 공주가 되어 배필이 될 만한 왕자들을 접견하고 있을지도 모른다. 아니면 세상의 악을 응징하는 여성 전사가 되어 부하들을 호령하며 현실 세계에서는 누릴 수 없는 벽을 넘어서고 있을까. 사이버 공간은 물론 현실 세계에서조차 가까이에 없는 그의 존재는 이미 희미하게 지워져 가는 나무나 풀 같은 배경에 불과할 수도 있을 것이다.

도시로 올라오는 내내 대뇌의 한 부분에서 일렁이던 흥분이 사라지면서 그는 바닷가에서 외출한 것을 후회하기 시작했다. 상대방의 감정을 끝까지 확인해 보려는 행위는 때로 미욱한 짓일 수 있다. 술집 통유리 너머로 올려다보이는 그녀의 집 창문에 그림자 하나가 어른거렸다. 그는 머리를 흔들어 상념을 떨쳐낸 뒤 취기 어린 눈으로 그리운 그림자를 올려다보았다. 그림자가 몇 번 더 움직이더니 창문이 어두워졌다. 그가 아이리스의 불 꺼진 창을 올려다보며 맥주병을 서너 개쯤 더 비워냈을 무렵, 그녀의 집 계단으로 사내 하나가 내려오고 있었다. 사내는 아무도 없는 현관 입구에서 뒤따라 내려온 여자의 어깨를 감싸고 다정하게 포옹을 했다. 그녀는 그와 함께 있을 때 집에서 늘 즐겨 입던 드레스 차림이었다. 옷 색깔만 아이리스 빛깔에서 붉은빛으로 바뀌었을 따름이다.

터널을 빠져나오자 예상했던 대로 어두운 하늘에서 비가 내린다. 터널에 들어서기 전 맑은 햇빛 아래에서 보았던 산맥 건너편의 동쪽 하늘은 먹구름에 뒤덮여 있다. 바닷가에서 도시로 나올 때의 기상 조건과 조금도 달라지지 않았다. 산맥 하나가 가볍게 세상을 두 갈래로 나누고 있었다. 그는 지난밤의 숙취 때문에 내내 잠을 자다가 겨우 눈을 떠서 바깥 풍경을 바라보는 참이었다. 혼자서 대취한 뒤 언제 여관으로 들어갔는지 기억이 제대로 나지 않는다. 차창 너머 계곡의 나무들이 비를 맞고 있었다. 나무들에겐 인간들의 세상이 사이버 공간일지 모른다. 나무들이 눈으로 직접 볼 수 없는 인간들의 행동 반경은 한곳에 붙박여 있는 그들로서는 상상력으로 채울 수밖에 없을 것이다. 계곡이 구름에 젖어 있다. 산맥의 능선을 타고 넘어가는 버스 차창 너머로 보이는 안개는 안개가 아니라 구름이다. 그는 구름과 나란히 산맥을 넘어 다시 유배지로 가는 중이다. 버스에서 내려 소읍에 당도했을 때는 아직 오후의 해가 스러지기 전이었다. 그는 그녀에게 마지막 메일을 띄우기 위해 피시방으로 올라갔다. 뜻밖에도 그녀의 메일이 들어와 있었다.

오래 연락 못 드려서 미안해요. 그동안 아바타를 바꾸었어요. 적들의 공격이 집요하기도 했지만, 사실 저도 아이리스로 사는 게 지겹기도 했어요. 무엇으로 바꾸었는지 궁금하시죠. 카르멘! 제가 새롭게 살아가기로 한 캐릭터의 이름이에요. 카르멘, 붉은 정열의 여인! 잘 아시죠? 당신이 좋아했던 아이리스는 적들의 공격으로 죽었어요. 그래도 꽤 괜찮은 아바타였는데, 뭐 어쩔 수 없죠. 여러 캐릭터로 다양하게 살아보는 것도 나쁠 것 같지는 않구요. 바닷가 생활이 적적할 텐데, 아이리스가 죽어버려서 어쩌죠? 빨리 우리 세계로 돌아오세요. 아이리스의 죽음을 애도하는 카르멘 올림.

전봇대가 길게 줄지어 선 바닷가 길은 파도 소리만 도시의 자동차 소음처럼 무리 지어 달려올 뿐 사방이 캄캄하다. 그녀는 아바타만 바꾸면 현실의 몸도 바꿀 수 있으리라는 순진한 환상을 진실로 믿는 것일까. 무엇이 환한 이마를 지닌 그녀에게 현실과 사이버 세상의 경계를 떠돌도록 만들었을까. 그가 좌절감에 빠져든 것은 사이버 영토에 정착하지 못했기 때문일지도 모른다. 정착은커녕 사이버 세상으로부터 스스로 유배당한 그 또한 그녀의 논리대로라면 사이버 영토의 시민권을 얻어 새로운 아바타로 거듭나면 될 것이다. 순진한 쪽은 그녀가 아니라 그일 수도 있다. 국도를 달리는 자동차의 헤드라이트 불빛들이 사이키 조명처럼 바람에 쓰러진 길가의 잔풀들을 비추고 달아났다. 잔풀숲 사이로 자동차의 깨진 유리 조각들이 널려 있다. 덤프트럭의 전복을 목격하고 불길한 예감에 서둘러 도시로 떠난 게 잘못이라면 잘못이었다.

바람결에 어디선가 벨 소리가 들려왔다. 딩,동. 짧지만 맑은 여운을 남기는 소리다. 그는 서둘러 바지 앞주머니에서 휴대폰을 꺼내 액정 화면을 살펴보았다. 분명히 문자 메시지 도착을 알리는 벨 소리였는데 휴대폰의 액정 화면은 말끔했다. 바다에서 파도가 규칙적으로 내지르는 새된 신음이 바람 소리에 뒤섞여 들려왔다. 바람이 아프다. 얼굴을 때리는 바람의 갈기마다 날카로운 바늘을 매달고 있는 것 같다. 아직 바닷가 아파트까지는 적어도 삼십 분은 더 걸어야 한다.

다시 벨 소리가 들렸다. 멀리서 개 짖는 소리까지 가세했다. 누군가 문 앞에서 초인종을 누르는 소리 같기도 하다. 망설이다가 다시 휴대폰을 꺼내 들었지만 액정 화면에는 현재 시각을 알리는 큼직한 디지털 기호만 점멸하는 중이다. 개 짖는 소리가 더 가까워졌다. 길은 여전히 어둡다. 전봇대 아래 잔풀들 사이로 반딧불이처럼 반짝이는 파르스름한 불빛이 보였다. 그는 서둘러 불빛을 향해 다가가 풀숲을 헤쳤다. 아직 배터리가 나가지 않은 휴대폰이 풀숲에 떨어져 있었다. 중앙선 분리대를 들이받고 적재함의 짐들이 사방으로 흩뿌려지는 순간, 피격된 전투기에서 비상 탈출하듯 허공으로 솟구쳐 올랐다가 잔풀숲으로 떨어졌던 사내가 떠올랐다.

풀숲에서 명징한 벨 소리가 다시 울렸다. 5분 무료 대화방 비밀번호 4554 〔광고〕 수신거부 080-770-8888. 그는 액정 화면에 떠오른 메시지를 확인하다가 죽은 사내의 휴대폰을, 달려오는 개를 향해, 힘껏 던졌다. 멀리 어둠 속에서 파도가 전차 군단의 캐터필러 소리를 내며 진군해 오는 중이다.

네르갈 향수

여행지에서 만난 사람과 여행지에 그대로 눌러앉아
그 한 사람과 여행을 마치는 것.

그것은 축복일까
어리석은 짓일까.

베르겐 항구

철길 옆 눈 무더기만 차창 너머로 겨우 분간할 수 있을 뿐, 나머지 배경은 자우룩한 회색 눈안개로 지워져버렸다. 물방울이 차창을 타고 천천히 흘러내린다. 열차는 하얀 천지를 뚫고 지나가는, 움직이는 터널 같다. 이승도 터널일까. 오늘 아침 신문사에 기행문을 전송하면서 국제 전화로 후배의 부음을 들었다. 같은 부에서 일하는, 아직 삼십 대를 넘기지 않은 그 후배는 일 년 전에 위암 수술을 받았지만 암이 재발한 뒤 오래 살지 못할 거라는 통보를 받았었다. 후배는 어김없이 가버렸다. 할머니가 위독하다는 전화를 받고 황급히 내려갔을 때는 그토록 살뜰해하던 손자 놈에게 말 한마디 남기지 않고 이미 서둘러 떠난 뒤였다. 마지막 숨을 힘겹게 몰아쉬다가 며느리 볼을 한 번 쓰다듬은 뒤 숨을 놓아버렸다. 아버지는 할머니보다 십여 년 일찍 떠났다. 이렇게 가다 보면, 이승보다도 저승에 살뜰한 이들이 더 많이 가 있을 것 같다. 이제 불과 사십대 중반에 들어선 내가 이런 감정이고 보면, 노인네들의 심정은 더할 것이다. 보고 싶고 만지고 싶은 이들이 이승보다 저승에 더 많은 현실을 그들은 어떻게 지루하게 견디고 있을까. 선배는 지난해 호스피스 병동에서 마지막으로 만났다. 아직 그녀의 의식이 명징하던 때였다. 그녀 또한 어김없이 총총히 떠나버렸다. 선배가 다른 세상으로 떠난 뒤 나는 이승에서의 긴 여행을 준비했다. 마침 신문사에서 장기 해외 취재를 기획하는 중이었고, 나는 그 대열에 합류할 수 있었다.

오슬로 중앙역을 출발해 눈 속을 뚫고 한나절 내내 달려온 열차가 베르겐 역에 들어선다. 열차에서 내려 역 앞에서 대기 중이던 택시 한 대를 골라 호텔까지 달렸다. 호텔 옆은 베르겐 항구다. 한국에서 예약했던 서류를 카운터에 들이밀자 중년의 친절한 여인이 금방 열쇠 꾸러미를 내준다. 묵직하다. 여닫이 문이 달린 낡은 엘리베이터를 타고 삼층으로 올라가 거리 쪽으로 창문이 난 방으로 들어선다. 낡은 건물이어서 실내는 빛이 바랬지만, 전반적으로 깔끔하게 정리된 느낌을 준다. 창밖으로 오래된 도시의 낡은 지붕들이 보인다. 지붕들 너머로 늙은 베르겐 항구에 검은 바닷물이 출렁인다. 한국을 떠나올 무렵에 들렀던 절의 스님은 다시 용맹 정진을 위한 준비를 시작해야겠다고 말했다. 그 스님에게 이승의 시간은 강을 건너기 위해 뗏목을 만드는 준비 기간일지도 모른다.

짐을 풀어놓은 뒤 항구로 나왔다. 갈매기들이 유난히 많다. 파도가 거세다. 빨간 화물선 마스트 너머로 첨탑을 거느린 성당이 보인다. 전반적으로 어둡다. 검은 구름 사이로 빛이 희미하게 투과될 뿐이다. 노르웨이 노파 하나, 멍하니 서 있는 나를 툭 치며 종종걸음으로 허리를 굽힌 채 걸어간다. 골목에서 바람 한 무더기가 굴러 나온다. 죽음이란 다른 세상으로 가는 비행기를 타는 일쯤일까. 인천국제공항을 떠나 벌써 비행기를 열 번째 갈아탔다. 그때마다 다른 풍광, 다른 사람들이 나타난다. 죽음으로 가는 여행길이 이승의 여행과 결정적으로 다른 점은 출발했던 곳으로 다시는 돌아갈 수 없다는 사실이다. 병실을 떠날 때 내 손을 꼭 쥐고 놓지 않던 선배의 손은 따뜻했다. 그녀는 텅 빈 눈빛으로 나를 배웅했다.

베르겐의 사내 하나가 항구의 오래된 포석 위에 좌판을 벌이고 있다. 턱수염이 더부룩한 주황색 비옷 차림의 사내는 이방인이 호기심을 보이자 주둥이가 실로 묶인 바다가재 하나를 수족관에서 건져내어 들쳐 보인다. 가재는 발가락만 바둥거릴 뿐, 꽉 묶인 주둥이로는 공격은커녕 신음 소리조차 낼 수 없다. 날이 어두워지면서 맹렬한 속도로 우박까지 동반한 돌개바람이 불어와 거리의 모든 것을 날려버릴 듯한 기세다. 하늘이 시커멓게 뭉개지고, 뒤돌아본 항구 너머 바다는 이미 수평선이 지워져버린 채 짙은 회색빛이다. 일요일 거리에 사람은 거의 보이지 않는데, 늙은 노르웨이 여인은 그 텅 빈 거리에서 우산이 뒤로 접혀버리는 바람에 어찌할 줄 모르는 모습이다.

솔베이지의 노래를 작곡한 그리그의 집은 베르겐 항구의 남서쪽에 있다. 안내 지도를 보면 그리 먼 곳은 아닌데 궂은 날씨 때문에 걸어가기가 쉽지 않을 것 같다. 겨울이라 북구 여행객이 많지 않아서인지 택시 정류장에는 택시들이 노란 표지를 지붕에 올려놓고 늘어서 있다. 언덕의 능선을 따라 한참을 달린 끝에 택시가 안내한 그리그의 집도 사람이 없기는 마찬가지다. 빗방울이 제법 굵어졌다. 바닷가 그리그의 집은 금방이라도 외출했던 그리그가 돌아올 것처럼 현관에는 외등을 밝혀놓았고, 유리창 너머로 세간들이 보인다. 현관 앞에 고양이 한 마리가 앉아 있다가 사람 기척에 놀라 바닷가 언덕 아래로 사라진다. 바닷가 절벽 아래 있다는 그리그의 무덤을 찾아 내려가 보았지만, 묘지는 아무리 둘러보아도 찾을 수 없다. 묘지는 정작 절벽 중간에 붙어 있다. 절벽에 구멍을 뚫어 그 속에 유해를 안치하고 석판으로 닫아놓은 것이다. 겉으로 보기에 묘지는 절벽에 붙어 있는 네모난 석판일 뿐이다. 그 석판 위에 글씨가 새겨져 있다. 이승에 왔다 가는 일은, 관광지에 새겨진 낙서와 별반 다르지 않을지도 모른다. 모월 모일 모시, 아무

개, 여기 왔다 간다……

페르귄트가 긴 방황과 방탕의 여행을 끝내고 고향으로 돌아왔을 때, 그때까지 그를 기다리고 있던 솔베이지를 만난다. 기다림에 지쳐 호호백발 할머니가 돼버린 솔베이지는 그제야 페르귄트에게 머리를 기댄 채 기다림의 여행을 마치고, 다른 세상으로 떠난다. 여행 속에 여행이 있다. 솔베이지는 처음에는 페르귄트가 금방 돌아올 것이라는 믿음 때문에, 그 다음에는 관성 때문에, 또 그 다음에는 기다리지 않으면 자신의 존재 자체가 부정돼 버릴 두려움 때문에 그 오랜 세월 망부석이 돼버렸을 것이다. 페르귄트가 결국 돌아옴으로써, 솔베이지의 생은 적어도 형식적으로는 완성된다. 이제 언제 죽어도 그녀의 삶은 아주 그럴듯한 낙서를 남길 수 있게 된 것이다. 그리그도 솔베이지의 노래를 작곡함으로써 자신이 남기고 갈 낙서에 중요한 몇 줄을 추가하게 되었다. 낙서는, 낙서일 뿐이다.

선배가 이승에 남기고 간 낙서는 무엇이었을까. 불과 마흔넷의 나이에 서둘러 떠나면서 그녀가 남기려 했던 건 어떤 흔적이었을까. 관광지에 갔다가 본인이 스스로 이름을 새기는 경우는 도덕적 지탄을 받게 마련이다. 환경이나 유물을 훼손하는 몰지각한 행위다. 선배는 스스로 이승의 유물이나 환경을 훼손하진 않았다. 그녀는 조용히 머물다가 사라진 여인이었다.

그녀가 이승에 착륙한 연도가 1958년이니까 나보다 삼 년이나 빨리 온 셈이다. 교사 부부 사이에서 태어난 둘째 딸이었고, 청주에서 고등학교까지 마쳤다. 그녀가 서울에 올라온 것은 1977년 봄, 재수 학원에 다니기 위해서였다. 다음 해 원하던 대학에 합격을 해서 나와 같은 캠퍼스, 같은 동아리에서 만난 것은 1981년 봄이었다. 선배는 이미 사 학년이었고, 나도 선배처럼 재수를 한 뒤 갓 입학한 신입생이었다. 동아리의 단합 대회에 처음으로 얼굴을 내밀었던 선배에게 우리 신입생들은 갓 태어난 노란 병아리처럼 귀여웠을 것이다. 불과 삼 년의 나이 차야 사회에 나오면 그리 대단할 것도 없지만, 대학 시절에 일 학년과 사 학년이란 이십 대와 사십 대의 차이만큼이나 크게 느껴지게 마련이다. 선배는 그 나이에 어울리지 않는 단발머리였다. 바로 위 선배들이야 후배들을 지도하는 입장이었으니 다소 경직된 자세로 우리들을 대할 수밖에 없었겠지만, 그녀는 아이들 노는 데 잠시 구경하러 온 셈이어서 훨씬 더 자유로웠을 것이다. 선배는 스스럼없이 환하게 자주 웃었고, 우리 신입생들에겐 자상한 누님 같았다. 우리 모두는 그때 선배의 익살스러운 한마디 때문에 즐겁게 웃었는데 그 기억이 지금도 새롭다.

"너희들, 새가 울 때 무슨 말을 하면서 우는지 아니?"

우리는 서로 얼굴만 바라보며 머리를 긁었다. 그러자 선배는 장난스러운 표정으로 입술을 뾰족 내밀고 새처럼 말했다.

"너희들이 우리 종족도 아닌 사람들을 '짭새'라고 부르는 게 원통해서 운다."

선배는 쾌활하고 스스럼없는 성격이었지만, 어딘지 모르게 그늘이 느껴지기도 했다. 나중에 자연스럽게 알게 되었는데, 선배와 남자는 일 학년 때부터 유명한 캠퍼스 커플이었고 남자는 이 년 전에 긴급조치 위반으로 감옥에 끌려간 뒤 사상범으로 몰려 석방되기가 쉽지 않은 형편이었다. 당시에 배우자나 직계 가족이 아니면 면회가 불가능해서, 선배가 자발적으로 남자와 혼인신고까지 마친 뒤 옥바라지를 하고 있다는 얘기였다. 그런 그늘에도 불구하고 선배가 그토록 쾌활할 수 있었던 것은 남들이 바라보는 연민의 시선과는 달리, 자신의 사랑에 대한 나름의 따뜻한 충만감이 있었기 때문이었다.

여행지에서 만난 사람과 여행지에 그대로 눌러앉아 그 한 사람과 여행을 마치는 것, 그것은 축복일까 어리석은 짓일까. 여행은 여행일 따름이니 너무 깊은 정은 주지도 말고 받지도 말자. 이건 무슨 부패 방지 표어에서 따온 것처럼 들릴지 모르지만, 곰곰 새겨보면 그리 틀린 말만은 아닐 것이다.

그리그의 집을 나와 솔베이지의 노래를 작곡했던 감레 베르겐의 바닷가 오두막집으로 간다. 빗방울이 더 굵어졌다. 진눈

깨비까지 합세한다. 하늘은 두꺼운 먹장구름으로 뒤덮여 한낮
인데도 카메라의 노출이 떨어지지 않는다. 감레 베르겐, 우리
말로 옮기자면 베르겐 민속촌쯤 될까. 역시 이곳도 사람 그림
자가 없기는 마찬가지다. 그리그의 오두막집은 아무리 찾아
도 나타나지 않는다. 안내 지도에는 분명히 나와 있는데 막상
같은 길을 몇 번씩이나 다람쥐처럼 돌아도 눈에 띄지 않는다.
다시 찬찬히 지도를 살펴보고 방향을 잡아 길이 없을 곳 같은
곳으로 무작정 나아가자, 키가 큰 나무 뒤편으로 바다 쪽을
향해 자그맣게 서 있는 뾰족 지붕의 오두막이 나타난다. 그
작은 집의 창문은 베르겐 항구 쪽으로 나 있다. 그리그는 항
구와, 그 뒷산 구름 위로 가끔 얼비치는 햇빛과 바다를 바라
보며 돌아오지 않는 페르귄트에 대한 애절한 그리움의 곡조
를 떠올렸던 것일까. 햇빛이 두꺼운 구름 가장자리를 후광처
럼 장식하고 있다. 고공에는 바람이 거세게 부는 것인지 구름
조각들이 움직이는 속도가 빨라졌다. 구름과 구름 사이로 잠
깐 사이에 해가 드러났다가 숨기를 반복한다. 하늘에 느린 속
도의 사이키 조명을 달아 놓은 듯하다. 빗방울은 그 사이에도
진눈깨비와 함께 오두막집 천장으로 쉼 없이 떨어진다. 사이
키 조명의 느린 변화에 따라 오두막 앞 거센 파도의 빛깔도
수시로 변한다. 바다와 하늘과 구름과 바람, 진눈깨비와 빗방
울, 오두막을 내려다보는 키 큰 나무들. 오두막 안에는 낡은

피아노와 악보가 놓여 있다. 그 속에 앉아 있던 그리그는 이미 오래전에 떠났다. 그가 간 곳은 아무도 모른다. 선배가 간 곳도 알 수 없다.

선배의 남자는 선배가 졸업한 뒤로도 사 년이나 더 복역하다가 군사 정권이 유화 국면을 펼칠 때 겨우 석방됐다. 그렇지만 선배와 남자가 같이 산다는 얘기는 못 들었던 것 같다. 남자는 감옥에서 나온 뒤 아주 다른 사람처럼 변해 있었다. 남자는 부산에서 대형 선단을 거느리는 선주의 장남이었다. 그는 출옥한 뒤 고향에서 아버지 일을 돕다가 유학을 떠났다. 미국에 가서 경영학을 공부한다는 소문을 들었다. 그즈음에 선배는 구로 공단에 설립한 노동자 상담소에서 일하고 있었다. 졸업 후 기자가 되어 취재차 선배를 찾았을 때, 선배는 송수화기를 양손에 든 채 정신없이 바쁜 상황이었다.

"그래요, 걱정하지 말고 한 번 찾아와요. 당신 같은 사람들이 한둘이 아니에요. 부끄럽게 생각하지 말아요. 자신의 권리를 자신이 지키려는 의지가 없으면 아무도 도와줄 수 없어요. 그래요, 공단 사거리에서 오른쪽으로 접어들어서 치킨 집 간판이 보이는 골목으로 들어오면 돼요. 언제든지 오세요!"

선배는 걱정했던 것과는 달리 여전히 힘차고 쾌활한 모습이었다.

"아이구, 우리 후배님이 오셨네. 무얼 도와드릴까? 성폭력이라도 당하셨나? 남자들이 당하는 것까지 내가 도와줄 여력은 없는데, 이거 큰일이네."

농담도 여전했고, 적어도 표정과 말투에는 어떤 그림자도 보이지 않았다. 선배가 급한 일을 대충 마무리할 때까지 기다리다 치킨 집으로 자리를 옮긴 것은 밤 10시가 넘어서였다. 가끔 통화는 했지만 졸업하고 선배를 직접 만나기는 그때가 처음이었다.

"선배, 여전하네요. 사는 게 어때요?"

"야, 사는 게 어떠냐니? 보면 몰라? 이렇게 산다. 근데 너는 신수가 훤해 보이는구나. 그래 너야말로 사는 게 어떠냐?"

"형님은 유학을 가셨다면서요? 혼자 살기 외롭지 않으세요?"

"외로움? 그런 것 난 몰라. 사람은 늘 기다리면서 사는 동물이야. 사랑도 시대도 세월도 열심히 살면서 견디다 보면 자기 자리를 찾아간단다. 너 그거 몰라? 이 세상에 변하지 않는 것은 변한다는 사실뿐이라고. 내가 어떻게 변할지, 그이가 무엇을 준비해서 돌아올지, 그건 세월을 견디어낸 사람만이 증명할 수 있는 것들이라구."

선배는 말하자면 이승을 여행지로 생각하지 않는, 확고한 무게 중심을 확보한 유물론자였다. 하지만 그녀라고 왜 사랑을 모르겠는가. 그녀는 아직도 싱싱한 삼십 대 초반이었다.

치킨 몇 조각을 시켜놓고 연거푸 들이마신 생맥주 잔이 늘어나면서 선배도 차츰 예전 모습이 살아나는 듯했다. 단발머리 대신 길게 늘어뜨린 생머리를 뒤로 질끈 묶은 모습이 매혹적이었다. 청바지에 운동화 차림이었지만, 갸름한 얼굴의 붉은 입술은 그녀의 생명감을 더욱 충만하게 장식하는 아름다움이었다.

"네가 말하는 그 형님이라는 사람, 변해도 엄청 변해 버렸어. 감옥에서 나온 뒤 고향에 내려가서 한 일 년 사는가 싶더니, 완전히 영혼을 자본에 팔아넘겨 버린 사람처럼 아버지 재산을 끌어내 사업을 한다고 이리 뛰고 저리 뛰다가 여의치 않으니까 유학을 가버렸어. 나, 그 사람 안 만난 지 오래됐다. 그렇다고 내 청춘 돌려달라는 신파 조의 말은 하고 싶지 않아. 내가 내 의지로 선택해 사랑한 사람이었으니까."

그날 선배와 늦게까지 술을 마신 뒤 노래방까지 가서 선배의 십팔번을 들었다. 그녀의 감성은 의외로 고전적이었다. '동백 아가씨'를 고장 난 레코드판처럼 되풀이하는 선배를 겨우 들쳐 업고 선배의 집까지 운반해야 했다. 선배의 따뜻한 가슴이 내 등 뒤에서 거친 맥박으로 뛰고 있었다.

피오르드로 가는 열차 주변은 어제 오슬로에서 베르겐으로 올 때의 풍경보다도 훨씬 더 하얗다. 열차 지붕 위로 가지를 늘어뜨린 나뭇가지들은 두꺼운 눈옷을 입고 있다. 가파른 산

허리들 곳곳에서 흘러내리는 크고 작은 폭포들은 얼어 있다. 열차가 눈의 터널을 휩쓸고 지나갈 때마다 나뭇가지들이 자욱한 눈보라를 날린다. 하얀 세상 속으로 끝없이 빨려 들어가는 느낌이다. 눈의 터널을 지나면 철로 주변으로 호수가 펼쳐지고, 호수 너머로는 하얀 설산이 햇빛에 반짝인다. 얼어붙지 않은 폭포들도 간혹 눈에 띈다. 여행객들이 늘 탄성을 지르는 풍경이지만, 폭포나 산이나 나무들은 홀로 무상하다. 선배도 돌이나 나무처럼 한 자리에 붙박인 풍경이 되기 위해 이승에 왔던 걸까. 솔베이지는 이른바 사랑 때문에 오로지 임을 위해 헌신적으로 기다린 순정파 여인으로 미화돼 있지만, 선배는 자신이 적극적으로 기다림의 주체가 되어버린 이승의 풍경이었다.

페르귄트는 애인 솔베이지를 버리고 산속의 마왕 딸과 눈이 맞아 혼을 팔아넘긴 채 돈과 권력을 좇아 세상 여행을 떠났다. 노예 장사를 해서 큰 돈도 벌지만, 인디언 추장의 딸을 농락하다가 함정에 빠져 모든 것을 잃게 된다. 오랜 세월의 방황 끝에 지쳐서 고향으로 가는 배를 탄 페르귄트는 그 배마저 풍랑에 휩쓸리는 바람에 겨우 목숨만 건져 귀향한다. 고향에는 뜻밖에도 다 늙어버린 솔베이지가 기다리고 있었다. 그리그가 페르귄트 설화에 곡을 붙인 솔베이지의 노래는 북구의 청명한 대기와 어울려 은빛 아름다움으로 애절하게 흐른다.

시대가 변하고 정치적 지형이 완전히 바뀌었을 때, 사범대를 나왔던 선배는 고등학교 국어 교사가 되어 있었다. 선배는 여전히 아이들과 쾌활하게 지내고 있었지만, 남자가 선배에게 돌아왔다는 이야기는 듣지 못했다. 전교조를 취재하던 당시에 선배를 다시 만났다. 봄이었다. 목련 이파리와 벚꽃들이 바람에 날리는 교정 벤치에 나란히 앉았다. 훈풍이 불어와 선배의 긴 머리칼 위에 벚꽃을 하나 머리핀처럼 얹어놓았다. 하얀 저고리에 검정 치마만 입혀놓으면 그대로 조선의 봄처녀처럼 보일 건강한 아름다움이 물씬 풍겨났다.

"선배는 시집 안 가요?"

"한 번 갔으면 됐지, 두 번씩이나 번거롭게 그걸 또 가니?"

"선배, 외롭고 심심하면 나한테 오는 건 어때?"

"야, 자꾸 유혹하지 마. 그렇지 않아도 요즘은 너처럼 등판이 넓은 듬직한 사내 하나 있었으면 좋겠다는 생각이 든다. 하지만 혼자 살아도 어려운 건 없어. 가끔씩 외롭다는 생각이 들긴 하지만 말이야."

"선배는 무엇 때문에 형님을 그렇게 무작정 기다리는 거요? 그 형, 소문으로는 미국에서 돌아온 뒤 정치판에 뛰어들었다던데…… 고향에서 차기 국회의원 선거 공천을 받기 위해 동분서주하는 모양이더라구요. 선배에게는 아무런 연락도 없었어요?"

"응, 나도 알고 있어. 가끔씩 연락이 오긴 해. 하지만 그인 이미 다른 여자와 결혼해서 아이까지 낳았어. 이미 나하곤 상관없는 사람이야."

"……."

마냥 쾌활한 표정만 짓던 선배가 고개를 수그린 채 땅바닥에 떨어진 목련 잎을 발로 짓이기고 있었다. 바람이 거세지면서 하늘이 어두워졌다. 습기를 가득 머금은 바람이 몰려왔다. 아무리 거세어도, 그 바람은 어쩔 수 없는 봄바람이었다. 바람이 선배의 볼을 부드럽게 애무하다가 긴 머리칼을 날리더니, 그녀의 머리칼에 함뿍 담긴 향기를 안고 내게 불어왔다. 그날 처음으로 선배와 근사하게 이른바 데이트라는 걸 했다. 대학 시절은 물론 지난 시대라면 상상도 하지 못할 부르주아식 데이트. 선배를 데리고 간 곳은 63빌딩 스카이라운지였다. 취재원들과 함께 몇 번 들렀던 곳인데, 한강과 서울 시내 야경이 일품인 장소였다.

"야, 살다 보니 너랑 이런 데도 와보는구나!"

선배가 어색한 듯 자리에 앉기도 전에 너스레를 떨었다. 술이 웬만큼 올랐을 때 내려다본 한강 변은 붉은 빛줄기가 띠를 이루어 뱀 꼬리처럼 뻗어 나가고 있었다. 선배도 홀짝거리던 위스키가 제법 취하는 모양이었다.

"나 말이야, 그 사람이랑 더도 말고 딱 일 년만 함께 살아보 았으면 좋겠어. 사람 생각이 달라지면 얼마나 달라지겠니? 그 까짓 이념이야, 세상이 만들어낸 거지. 인간이 그 기준에 따라 달라지는 건 아니지 않니? 누구나 변할 수는 있어. 하지만 세 상에는 한 번 깊이 들인 정을 떼지 못하는 바보 같은 사람들도 있는 모양이야, 나처럼……."

"선배! 하지만 그 형님은 이미 다른 여자의 남편이잖아요. 더구나 선배에게 다시 온들, 예전의 그 사람은 아닐 거예요. 선배의 마음은 충분히 알지만, 이제 선배야말로 변해야 하는 거 아녜요?"

"그래, 어쭙잖은 미련이란 거 알아. 하지만 말이야, 예전의 그 목소리, 그 얼굴, 그 마음, 그 혈기……. 그 모든 걸 가슴에 묻어두고 다른 세월을 살기에는 내가 아직도 준비가 덜 된 모 양이야."

여행길 스쳐가는 풍경에 마음을 모두 빼앗기는 것만큼 어리 석은 일은 없다. 하지만 선배에게 이승은 결코 여행길이 아니 었고, 이곳 이 땅의 삶이 그녀에겐 모든 것이었을지 모른다. 그날 그 고층 빌딩 스카이라운지는 비행접시처럼 서울 하늘에 둥둥 떠 있었다. 발 아래는 허공이고, 그 허공 위에서 세상을 굽어보며 우리는 많은 술을 마셨다. 그날 밤, 어떻게 선배의 집까지 가게 됐는지 기억이 잘 나지 않는다. 자다가 갈증이 나서 눈을 떴더니, 선배의 침대 위에 내가 누워 있고 선배는 소파에 기댄 채 잠이 들어 있었다. 선배의 집은 원룸 형태였다. 거실 벽에는 야생화를 판화로 새겨놓은 그림이 하나 걸려 있었고, 사방 벽은 책들로 가득 채워져 있었다. 책상 옆에는 만진 지 오래된 듯한 기타 하나가 먼지를 뒤집어쓴 채 거꾸로 박혀 있었다. 인기척에 눈을 뜬 선배가 말없이 주방 쪽으로 걸어가 꿀물 한 잔을 타서 들고 왔다.

"왜 조금 더 자지 않구?"

"속살이 뜨거운 여자가 옆에 있는데 어떻게 잠을 자요?"

"이거 봐라, 취한 놈 겨우 건져놓았더니 이제 보따리 내놓으라네? 언감생심, 엉뚱한 생각일랑은 아예 치우고 정신 차려! 지금 나가기에는 너무 이른 새벽이니까, 한숨 더 자. 아침에 술국 끓여줄게, 먹고 출근해라."

"좋아, 선배. 내가 한숨 더 자줄 테니 내 옆에서 자장가 좀 불러줄래요?"

그날 우리는 한 침대에서 서로의 따뜻한 체온을 확인하며 새벽을 맞았다. 새벽의 어둠은 금세 달아나 버렸다. 그날 선배가 자장가를 불러주었는지, '동백 아가씨'를 불렀는지는 전혀 기억나지 않는다. 나는 다만 그날 오랫동안 젖에 굶주린 어린아이였고, 지상에서 오랜만에 피붙이를 만난 이산가족이었다.

설산 계곡 사이로 열차가 달려간다. 협곡 아래 먼 곳에 몇 채의 집들이 옹기종기 모여 있다. 굴뚝에선 연기가 피어오른다. 조금만 더 가면 구드방겐이다. 그곳에서 배를 타고 육지로 깊숙이 파고 들어온 바닷물 위로 배를 타고 달릴 예정이다. 빙하가 내려앉아 형성된, 바다와 연결된 육지의 탯줄. 그 시리고 깊은 탯줄 같은 물길 위로 나아갈 것이다. 열차가 멈춘다. 미르달 역이다. 이곳에서 구드방겐까지 가는 산악 열차로 다시 갈아타야 한다. 열차에서 내려 무릎까지 빠지는 플랫폼의 눈을 헤집고 작은 대합실로 들어가면서 뒤돌아보니 진녹색의 동체에 헤드라이트를 밝히고 있는 열차가 눈 속을 헤집고 달려온 검은 짐승 같다. 구드방겐행 플람라인은 더욱 깊어진 눈 속을 달려 나간다. 눈으로 뒤덮인 산속을 달리는 열차는 다리 한쪽에 상처라도 입은 노루의 외마디처럼 짧고 슬픈 여운을 남기는 기적 소리를 울린다. 눈꽃 속을 헤집고 끝없이 달려 나가는 객차 안이 환하고, 그 객차에 몸을 실은 이방인의 마음속까지 하얗게 표백되는 느낌이다. 열차는 이승의 터널 같은 눈 속을 하얗게 달려 나간다. 열차의 속도가 서서히 줄어들기 시작하면서 창밖으로 몸통이 허연 자작나무들이 나타난다. 눈도 자취를 감추기 시작하고, 지붕에 퍼렇게 이끼가 낀 북구 특유의 뾰족한 집들이 보인다. 퍼런 물이 호수처럼 잔잔하게 제방 아래서 출렁거리는 풍경이 눈에 들어온다. 채 떨어지지 않은 지난여름의 붉은 장미 한 송이가 멀리 하얀 설산을 배경으로

구드방겐 역에 피어 있다. 철을 잊은 채 오연하게 고개를 들고
서 있는 붉은 장미. 구드방겐의 바람은 귀를 에일 듯 차갑다.
소형 낚싯배보다 약간 큰 페리호가 제방의 둥근 기둥에 몸을
매고 있다. 나지막이 둘둘거리는 엔진 소리가 피오르드의 푸
른 물에 파문을 일으키다가 앞산의 절벽에 부딪혀 작은 메아
리를 만들어낸다. 어디로 가자는 배인가. 지구의 탯줄을 타고
내려가면 어떤 세상이 다시 열리는가.

　선배가 학교에서 해직됐다는 소식을 접한 것은 그 후 일 년
만이었다. 가끔 전화 통화는 했지만, 나는 당시 기획 취재팀에
배속돼 밤낮을 구분할 수 없을 정도로 정신없이 바쁘게 살았
고 선배 또한 전교조 일로 정신이 없었을 것이다. 엉뚱하게도
선배의 해직 소식을 접한 것은 선배의 남자로부터였다. 어느
날 그 남자가 나를 찾아왔다. 제각기 여러 분야에서 흩어져 살
고 있는 동아리 선후배들의 중간 다리 역할을 본의 아니게 맡
고 있던 나에게, 그가 찾아온 것이다. 그는 나에게 선배의 연
락처를 물었다. 선배가 해직된 이후 다른 후배들도 사는 곳을
모른다는 것이었다. 그 순간 심한 갈등이 일었다. 몇 다리만
건너면 선배의 거처야 쉽게 알아낼 수 있겠지만, 그에게 꼭 가
르쳐주어야만 하는지 망설여졌다. 그는 초췌한 모습이었다.
미국에서 돌아와 부친의 강권에 못이겨 현실과 타협하고 난
뒤부터, 그는 선배 생각을 아예 머릿속에서 지우기 위해 노력

했노라고 고백했다. 현실 권력을 확보해야만 지난 시절 목소리를 높였던 주장들을 점진적으로나마 실현할 수 있으리라는 주변의 권유를 받아들여 자신이 벌이던 사업을 정리한 자금으로 선거에 나섰지만, 오랫동안 탄탄한 조직을 꾸려온 상대 후보에게는 역부족이었다는 것이다. 선거에서 패배한 뒤 갈등의 골이 깊어진 아내와 헤어졌고, 딸 하나 데리고 홀로 살고 있다고 그는 말했다. 순간, 불길한 예감과 함께 분노의 감정이 끓어올라 나는 그때 그에게 냉정하게 잘라 말했다. 선배가 애써 간직하고 있는 당신에 대한 좋은 감정마저 짓밟을 생각일랑 아예 말고, 살아왔던 대로 당신의 길을 가라고. 그것이 과연 나의 최선이었을까. 그때라도 그이와 선배를 만나게 해주었더라면 선배의 그 짧은 여행길이 조금은 더 충실해질 수 있었을까.

지구상에서 육지 사이로 이렇게 깊이 파고든 바다는 이곳 피오르드밖에 없다. 하지만 실제 물맛을 보기 전에는 과연 이 물길이 바다인지 호수인지 구분이 되지 않는다. 수천 미터가 넘는 수심에 싱싱한 새우 떼가 몰려다니는 육지 속의 퍼런 바닷길. 열차에서 내린 몇 안 되는 승객들을 태우고 페리호는 서서히 미끄러져 나가기 시작한다. 배 안의 승객은 일본인으로 보이는 젊은 남녀와 서너 명의 백인들뿐이다. 배가 피오르드 깊숙이 들어갈수록 바람은 얼음 칼날처럼 콧등과 볼을 후려친다. 그렇지 않아도 짧디짧은 북구의 해는 이미 기울었는데, 그 해마저 구름 속으로 들어가버려 사위는 설산의 하얀빛만 아니라면 짙은 어둠 속으로 금방이라도 잦아들 것 같다. 엔진 소리는 낮게 그르릉거리고, 배가 지나간 뒤편에는 허연 물보라가 몸을 뒤채다가 이내 출렁이는 물결 속으로 사라진다. 뱃전에 불이 들어온다. 승객들은 갑판 위의 추위를 도저히 견디기 어려웠는지 아래층 선실로 모두 내려가버렸다. 노출이 떨어지지 않는 탓에 촬영을 제대로 마치지 못해 갑판 위에 그냥 남았다. 갑자기 앞이 흐려지면서 사위가 불투명하게 보인다. 안경을 벗고 눈을 비비려는데, 안경의 무게가 가볍다. 안경알이 빠져서 갑판 위로 나뒹굴고 있다. 하릴없이 안경을 벗어 주머니에 넣고 다시 촬영을 시작하는데, 사물이 제대로 보이지 않는다. 촬영을 포기하고 맨눈으로 물보라와 설산과 뱃전의 붉은 등을 바라본다. 세상이 어지럽고 칼바람이 귓전을 강타한다. 눈을 가린 채 깊숙한 곳으로 빨려 들어가는 느낌이다. 더듬더듬 난간을 짚어가며 아래층 선실로 내려가다 계단에서 고꾸라진다.

예상했던 대로 선배는 결국 남자를 받아들였다. 배신감 비슷한 감정이 밀려들었고, 질투심도 일었던 것 같다. 하지만 선배를 비판할 마음은 추호도 없었다. 다만 그 바보 같은 순정이 얄미웠고, 남자가 부러웠을 따름이다. 선배의 행복을 빌었다. 그 뒤 삼 년쯤 지나서 나도 오랜 노총각 신세를 면하고 장가를 갔다. 선배를 만난 것은 내 결혼식장에서였다. 선배는 아이를 둘씩이나 데리고 식장에 나타났다. 하나는 강보에 싸서 들고 왔고, 또 하나는 아장아장 걷는 아이였다. 도대체 하룻밤에 몇 번씩이나 씨름을 했기에 벌써 아이를 둘씩이나 만들었느냐며 주위에서 아무리 익살스러운 농담을 던져도 선배는 마냥 웃고만 있었다. 하지만 선배의 짧은 행복은 거기까지였다. 그해 겨울 선배를 만난 것은 중환자실에서였다. 선배가 나를 보고 싶어 한다고 남자로부터 전화가 왔다. 폐선암 말기. 그것이 선배가 이승을 떠나기 위해 예약한 패키지 여행 상품의 이름이었다. 대략 삼 개월 후쯤이면 떠나야 한다고 했다. 코에 플라스틱 관을 끼운 채 힘겹게 호흡을 하던 선배가 나를 보더니 반갑게 눈인사를 했다. 목소리는 의외로 또렷했다.

"바쁜데 와줘서 고맙다. 이런 때 핑계 삼아 널 부르지 않으면 만날 콩 튀듯이 사는 기자 나리를 언제나 보겠니?"

"먼 소리를 그렇게 섭섭하게 허셔. 빨리 나아서 퇴원하면 우리 은밀하게 만나는 거야. 넘들 다 하는 불륜이라는 거, 우리도 한번 해보지 뭐."

그때까지만 해도 선배는 자신이 암 말기라는 사실을 모르고 있었던 모양이다. 곁에 서 있던 남자가 눈짓을 하기에 호흡이 가빠 뒷말을 잇지 못하는 선배를 남겨두고 남자와 함께 병실

복도로 나왔다. 남자의 눈은 퉁퉁 부어 있었다. 옥상으로 올라가 담배를 꺼내면서 남자는 저간의 사정을 말해 주었다. 지난 가을부터 선배가 배가 아프다고 하소연하기에 동네 병원에 가보았더니, 의사가 큰 병원으로 가보라고 해서 대학 병원에 입원했는데 최종 진단이 폐선암 말기라고 했다. 차마 본인에겐 얘기할 수가 없어서 이제나 저제나 틈을 보고 있는 중이라고 했다. 남자는 그동안 너무 힘겨웠던지 시멘트 옥탑에 이마를 기댔다. 갓난아이와 세 살배기 아이들 할머니가 맡고 있는데, 세 살배기가 엄마를 자꾸만 찾는 통에 할머니도 지쳐서 링거 주사를 여러 차례 맞았다고 했다. 선배도 아이들을 찾지만 중환자실까지 아이들을 데리고 올 수 없어서 조금만 참아달라고 달래는 중이라며 남자는 끝내 오열을 터뜨렸다. 오열 끝에 남자는 중얼거렸다. 좀 더 일찍 돌아왔어야 했는데, 그랬더라면 아내가 저리 빨리 가지는 않을 텐데…… 너무 비겁했고 돌아오는 길은 험했어……. 남자의 등 뒤로 도시의 불빛들이 혓바닥을 날름거리며 현란하게 춤을 추고 있었다. 그 불빛들 사이에서 네온의 십자가들도 고개를 빳빳이 쳐들고 도처에서 붉은빛을 쏘아 올렸다.

더듬더듬 선실로 들어와 겨우 창가에 앉는다. 선창으로 물방울이 흘러내린다. 실내와 바깥의 기온 차가 심해 손바닥으로 선창을 문질러도 금방 뿌옇게 흐려진다. 흐린 창 너머로 천

길 물속에 깊숙이 내린 설산의 뿌리들이 보인다. 새우 떼는 제철을 만난 것처럼 깊은 물속에서 아름다운 유영을 하고 있을 것이다. 창에서 눈을 떼고 선실을 둘러본다. 배는 기우뚱거리며 여전히 달려 나가는데 사람들이 보이지 않는다. 다시 갑판 위로 올라간 모양이다. 아무도 없는 선실에서 바깥으로 스쳐 가는 검푸른 물보라를 내려다본다. 언제 끝날지 모를 여행길이 자꾸만 아득해진다. 길이 끝나는 곳에서 여행은 과연 다시 시작되는 것인지, 삼도천과 레테는 같은 강 이름인지 아니면 서로 다른 곳에 있는 관광지인 것인지. 선배와 마지막 작별을 한 것은 호스피스 병동에서였다. 그때쯤은 선배도 자신이 출발해야 할 날짜가 얼마 남지 않았음을 알고 있었다. 그토록 쾌활하던 선배도 말수가 줄어들었다. 눈빛은 텅 비어버리고, 그 빈자리에는 두려움인지 미련인지 모를 검은 공허가 가득 차 있었다. 그저 내 손을 관성처럼 따뜻하게 꼭 쥐고 있을 뿐 아무 말이 없었다. 그렇게 오래 있을 수는 없었다. 힘이 없어서 자주 의식이 희미해지기 때문에 빨리 쉬게 해야 한다고 호스피스가 나직이 말했다.

"그만 가야지……."

호스피스의 말을 들었는지 선배가 아주 작은 목소리로 들릴 듯 말 듯 힘들게 입술을 들썩였다. 그것이 선배가 남긴 마지막 말이었다. 지금 생각하면 그 말이 나에게 그만 가보란 말인지,

자신이 그만 가겠다는 것인지 분간이 잘 되지 않는다. 다음 날 새벽, 선배가 떠났다는 전갈을 받았다.

배가 마지막 목적지에 이른 듯 움직이지 않는다. 사위는 완전히 어두워졌다. 밤이면 더욱 눈이 어두워지는 나는 안경도 쓰지 않은 채 더듬더듬 갑판으로 오르는 계단을 찾아 일어선다. 힘겹게 갑판 위로 올라섰는데도 사방은 깜깜할 뿐 아무것도 보이지 않는다. 뱃전의 불조차 꺼졌다. 귓전에서 광포한 바람 소리만 들린다. 갑판의 난간을 잡고 잠시 균형을 잡은 다음 다시 사방을 찬찬히 둘러본다. 멀리 작은 불빛 하나가 바람에 흔들리는 모습이 눈에 들어온다. 그 불빛은 하나였다가 서너 개가 되기도 하고, 수십 개로 늘어나 흔들리다가 까무룩 사라지기도 한다. 갑판 위에 걸쳐진 나무 다리를 조심스럽게 건너 육지로 나아간다. 그 불빛은 승객들을 다시 기차역까지 태우고 갈 버스가 기다리는 정류장일 것이다. 매서운 바람 때문에 고개를 제대로 들고 걸어갈 수가 없다. 점퍼 깃을 세우고 발등만 내려다보며 걷는다. 앞길을 가늠해 보려고 겨우 고개를 들어 앞을 바라보니 불빛이 다시 어디론가 사라지고 보이지 않는다. 그 자리에 그대로 멈추어 선다. 움직일 수가 없다. 어디로 가야 할까. 바람이 온몸을 들썽거린다. 잠시 넋을 놓아버리면 그 바람에 실려 어두운 설산 위로 날아가버릴 것 같다. 멀리 산 밑에 다시 환한 불 무더기가 나타난다. 그 불빛 위로 하늘의 검은 구름들이 일제히 소리를 내며 움직이고 있고, 불들은 음악에 맞추어 춤이라도 추는 것처럼 좌우로 일렁인다. 불빛이 어렴풋이 외길을 비추어 준다. 다시 걷기 시작하지만 아무리 걸어도 제자리 같다. 발밑이 자꾸만 흔들린다.

비탈길 하이로닐

이곳
고지대 산비탈에 세워진 남향집만큼
강렬하고 맑은 햇빛을 쉽게 얻을 수 있는 곳도 없습니다.

바이러스를 제거하기 위해서는 햇빛이 쏟아지는 방향으로……

비탈길 하얀 방

햇빛이 방을 가득 메우던 산비탈 집에서 거리로 내려왔다. 그 집에서는 머릿속도 하얗게 표백되었다. 우울이나 슬픔, 그리움이나 지나친 흥분 같은 감정들조차 모두 햇빛에 소독되어 어디론가 휘발되었다. 산에서 내려와 도시의 하루를 마치고 피로를 달래기 위해 술집으로 향하는 지금쯤은 하얗게 말랐던 뇌세포가 조금씩 젖어가는 중인가. 아직 잘 모르겠다. 술을 마셔도, 여자를 만나도, 예전처럼 감정이 차오르지 않는다. 그때의 나는 어디로 가버린 것일까. 그 비탈길 하얀 방을 떠올리면 눈이 세상을 덮어버리던 풍경과 아침에 눈을 떴을 때 베란다 넓은 유리를 투과한 햇빛이 방 안을 가득 채우던 모습들이 생각난다. 겨울 아침 눈을 떴을 때 베란다 유리창 밖에서 하얀빛이 강렬하게 쏟아져 들어왔다. 밤새 산골에 내린 눈이 계곡과

도로와 비탈 밭의 경계를 지워버리고 세상을 순백의 빛깔로 덮었다. 비가 오는 날이면 목조 주택 지붕을 두드리는 빗소리가 음악처럼 들렸다. 지붕에서 나는 빗소리와 홈통을 타고 내려가는 빗물 소리가 절묘하게 조화를 이루기도 했다. 눈이 내리거나 비가 오는 날, 혹은 심술궂은 구름이 하늘에 무겁게 버티고 떠 있는 날만 빼놓으면 산비탈 하얀 집에는 하루 종일 햇빛이 들었다.

막막했지만 안온했고, 평안했지만 허전했다. 나는 세상의 바깥에 누워 있었던 것이다. 하루 종일 방을 비추던 햇빛이 스러지고 나면 바깥은 순일한 어둠으로 가득 채워졌다. 검은 휘장이 창밖의 모든 풍경을 지워버렸다. 그즈음이면 세상의 문 밖에서 나는 문 안쪽의 풍경들을 그리워했다. 문 저 너머에서 전화라도 걸려올 때면 반가웠고, 전화를 끊고 나면 허탈했다. 수화기 너머에서 들려오는 소식들은 때로는 3미터가 넘는 거친 파도로, 때로는 아예 해일처럼 방 안을 뒤집어놓기도 했지만 다시 햇빛이 들어오기 시작하면 금세 아무 일도 없었다는 듯이 잠잠해지곤 했다. 그리고 길고 지루한 날들이 다시 흘러갔다. 지금은 비탈길 하얀 방을 나와 세상의 문을 열고 거리로 내려왔지만, 다시 이곳이 세상의 바깥인 것 같다. 그 하얀 방이야말로 세상의 안쪽이었던 것처럼 느껴진다. 바깥에 있으면 안쪽이 그립고, 문을 열고 안으로 들어오면 그 안쪽은 얼마 지나지 않아 바깥으로 바뀌어버린다. 그리움으로부터 자유롭지 않는 한 나는 늘 문밖에서 서성일 수밖에 없는 운명일 것이다.

A에게 오랜만에 전화를 걸었다. 우리는 평소 자주 다녔던 인사동의 술집에서 만났다. 그의 벗겨진 이마는 여전했으며, 가끔 말을 더듬는 습관도 달라지지 않았다. 굳이 달라진 부분을 찾아내자면 오른쪽 눈가에 잔주름이 몇 개 더 생긴 것이라든가, 눈빛이 예전과는 달리 많이 불안해 보이는 정도였다. 눈가의 주름이야 세월이 흘러서 자연스럽게 생기는 변화일 터이고, 불황 때문에 요즘 그의 사업이 여의치 않은 점을 감안하면 불안한 눈빛도 충분히 이해할 만했다. 그의 너스레도 여전했다. 녀석은 내가 거리를 떠나 있을 때 사귄 여인들에 대해 자랑하듯 떠벌였다.

"공장 일 때문에 필리핀에 출장을 몇 번 다녀왔는데 마닐라에서 한국 여자들을 만났었지. 오피스 걸들이었어. 친구들끼리 계를 짜서 짧은 휴가를 즐기는 중이라고 하드만. 나이트클럽에서 만났는데, 그중 가장 섹시한 여자 하나와 그날 밤 바로 내 방으로 가서 하룻밤을 보냈다는 거 아니냐. 죽여주더만. 그런데 아침에 눈을 떠보니 사라지고 없었어. 이름은 아는데 연락처를 알 길이 없는 거야. 하기야, 이름조차 가명일지 모르지만……."

"그래, 참 아쉽기도 하겠다. 바람둥이 주제에 하룻밤 호강했으면 됐지 더 뭘 바라는 거야? 친구는 독수공방에서 썩어지냈는데 오랜만에 만나서 지금 약 올리는 거냐?"

"야야, 약은 무슨…… 그냥 그랬다는 거지. 그래 몸은 좀 좋아진 거야?"

"글쎄, 몸은 조금 회복됐는지 모르겠는데 마음이 영 그렇다. 산에서 내려오니까 적응이 잘 안 되네. 그곳에 있을 때는 세상 모든 것들이 다 그립던데 말이야."

"다 그렇지 뭐. 금방 옛날로 되돌아갈 거야. 그나저나 지금은 어디에서 사는 거야? 방은 구했어?"

"응, 옛날에 살던 동네에서 최대한 멀리 떨어진 곳을 찾다가 수유리 쪽에 방을 하나 얻었어. 출퇴근이야 전철로 하면 되니까 큰 문제는 아닌데, 차가 없으니까 많이 불편하네."

"차를 어쨌는데?"

"마누라에게 다 줘버렸어. 애들까지도. 나 지금 완전히 빈털터리야. 바꿔 말하면 완전한 자유인이기도 하지."

A가 뜨악한 눈빛으로 잠시 나를 바라보더니 이내 표정을 바꾸어 말했다. 녀석의 표정이 영 마뜩지 않았다. 나를 가여워하는 듯한 표정이 역력했고, 그 표정의 이면에는 가진 자의 뿌듯함도 설핏 스쳐갔다.

"그래? 야, 부럽네."

"부럽다고? 너 그걸 말이라고 하냐? 제수씨에게 일러줘?"

"이놈아 제수씨라니, 형수님한테 말버릇이 그게 뭐야? 너희 형수 요새 되게 바쁘다. 보디 디자인인가 뭔가 한다고 새벽부터 나가서 운동하랴, 낮에는 골프 연습 다니랴, 자원 봉사 그룹에 참가해 좋은 일 하시랴, 나보다 더 바빠."

"제수씨는 네가 사업한답시고 돌아다니면서 바람피우는 건 아냐?"

"바람은 무슨 바람, 객지에서 우연히 만난 고국 여성들과 회포 좀 푼 게 요즘 바람 축에나 끼는 줄 아냐? 나는 이래 봬도 성실한 가장이야."

"이놈아, 있을 때 잘해. 괜히 내 꼴 나지 말고!"

"왜, 네 꼴이 어때서? 네가 바람이라도 제대로 피웠다면 덜 안타까울 텐데, 너만 생각하면 우울해진다. 요새 이혼이야 누구나 액세서리처럼 달고 다니는 패션이라 쳐도 너만은 그 유행에서 비켜 갈 줄 알았는데, 하지만 어쩌냐, 다 팔자소관으로 치고 새 출발해 봐. 살다 보면 더한 일도 있을 텐데 그냥 다 잊어라. 잊고 비워내면 새로운 게 고일 거야."

A가 속으로는 뭔가 재미있다는 듯한 표정을 여전히 감춘 채 능청을 떨었다. 가만히 뜯어보면 재미있다는 표정만도 아닌 것 같다. 여전히 가엾다는 듯한 오만함이 묻어나는 것 같

다. 결혼과 이혼이 앞 글자 하나밖에 다르지 않은, 종잇장 한 장 차이만도 못한 현실은 닥쳐보지 않으면 실감 나지 않을 것이다. 비탈길 하얀 방으로 가기 전 나는 어이없게도 출장에서 돌아오는 길에 교통사고를 당했다. 아내와의 신경전 때문에 심리적으로 극히 불안정한 상태였던 데다 심야에 피로한 눈을 비비며 운전을 한 탓이었을지도 모른다. 중앙선을 넘어오는 트럭을 미처 피하지 못했다. 눈앞이 갑자기 조명탄이라도 터진 것처럼 환해진 뒤 의식을 잃어버린 게 병원에서 깨어나기 전의 마지막 기억이었다. 정확하게 구 일 동안 나는 혼수상태에 빠져 있다가 깨어났다고 했다. 깨어나자마자 아내와 아이들의 행방을 물었고 간병인이 집으로 바로 연락했지만 집에서는 아무도 전화를 받지 않았다. 연락이 안 되는 건 고사하고 아내가 낯선 간병인을 고용한 사실부터가 무척 괘씸하고 서운했다. 병원에 입원해 있을 때 아내는 끝내 한 번도 얼굴을 들이밀지 않았다. 같이 살 때는 설마설마 했지만 정말 독한 여자였다. 오히려 장모가 가끔 내 병상에 들렀다. 처음 병원에 장모가 들르던 날, 장모는 나를 보자마자 내 손을 붙잡고 눈물부터 흘렸다.

"장모님, 울지 마세요. 아무리 제가 못된 남편이었다 하더라도 출장길에 사고를 당한 사람, 간병은 고사하고 문병조차 오지 않는 사람이 제 아내였던가요? 장모님, 죄송합니다. 하지만 다 관두라고 하십시오. 제가 지은 업이 그렇게 크다면 감수해야지 별 도리가 있겠습니까?"

하루아침에 십 년은 더 늙어버린 듯 수척해진 장모는 내 말을 듣더니 나를 뚫어져라 바라보다 눈물만 흘렸다. 장모는 그렇게 울다가 겨우 입을 열어 다 당신 팔자가 드센 탓이라고 말했다. 늙은 장모의 눈은 퀭하니 들어가 있었고 나와 대화를 나누다가 멍하게 창밖을 바라보곤 했다. 나는 장모에게는 전혀 유감이 없었다. 오히려 내가 미안했다. 잘 살아주지 못한 게 어디 아내 탓뿐일까. 아내야 그렇다 치더라도 아이들까지 한 번도 얼굴을 비치지 않은 것은 아내가 이미 작심을 한 뒤 아이들의 병원행을 막았기 때문이었을 것이다. 아무리 내가 못된 놈이라 하더라도, 백번을 양보해서 그렇다 치더라도, 내가 아이들을 앞에 두고 어미에 대해 무슨 저주를 퍼부었겠는가. 아내는 내가 그저 몇 주 병원에 누워 안정을 취하면서 보험료를 타내기 위한 알리바이만 성사시키면 되는 정도로 생각한 모양이었다. 사고 규모에 비해서 다행히 큰 외상은 없었지만 나는 정말 많이 아팠다. 잠에서 깨어나도 늘 머리가 깨질 듯이 아팠고, 목뼈와 어깨 근육은 정말 무시무시한 통증에 시달려야 했다. 병원에서 퇴원하는 날 다시 장모가 들렀다. 나는 장모에게 결연하게 말했다.

"장모님, 죄송합니다. 제가 못나서 아내 마음을 저리 모질

게 닫아버린 모양입니다. 아내가 저를 보는 게 그리 끔찍하다
면 저도 더 이상 괴롭히고 싶지 않습니다. 여기 제 인감도장
드릴 테니까 장모님이 알아서 아내에게 모든 법적 처리를 하
라고 하십시오. 아내가 원하는 건 무엇이든지 다 가져가도 좋
다고 말해 주십시오. 장모님이라도 안 계셨으면 저는 정말 죽
을 때까지 아내를 저주했을 겁니다. 장모님, 그동안 고마웠습
니다. 부디, 저희들 때문에 더 이상 눈물 짓지 마시고 편안하
게 사십시오."

"내 걱정은 말고 자네 몸이나 빨리 추스르게. 이혼 수속은
자네가 몸이 다 나으면 그때 직접 하게나. 독한 딸년 두었다고
너무 원망하진 말게. 다 이해할 날이 올 걸세."

아내는 성실한 여자였다. 비록 다른 여자들처럼 그리 애교
가 넘치는 것은 아니었지만 한눈팔지 않고 아이들 건사하랴,
남편의 예민한 성정 받아주랴, 그녀는 나름대로 충분히 노력
하면서 살았다고 나도 인정한다. 하지만 그 이상은 우리 관계
가 나아가지 못했다. 그러면 어쩌랴 싶었다. 비록 새콤달콤하
게 살지는 못했어도 대부분의 중생들이 그렇게 밋밋하게 살다
가 가는 것 아니겠는가. 특별히 무엇을 더 바랄 수 있겠는가.
영화나 드라마나 소설 속의 애정들이야 일상에서 범인들이 채
우지 못하는 갈증을 대리 만족시키기 위해 만들어낸 허구에
불과하다는 사실을 나도 알 만큼은 안다. 물론 부풀려진 관계

에 대한 망상 때문에 헛된 모험을 시도하다가 죽도 밥도 아닌 상태의 나락에 빠지는 경우를 보지 못한 것은 아니다. 우리네 어머니나 아버지들, 비록 겉으로 살갑지는 않았지만 묵묵히 세파를 견디면서 살아내는 게 그들의 과업이었고, 그들 중 하나가 먼저 세상을 떴을 때에서야 비로소 생전의 일화들을 떠올리며 눈물 짓는 모습들을 보이지 않았던가. 관계 속으로 깊이 복류하는 애정의 물길이야말로 진짜 사랑이요, 일상의 질퍽한 욕망을 절제하며 주어진 삶의 길을 묵묵히 걸어내는 일이야말로 사랑보다 더 위대한 것 아니겠는가. 내 아내도 그런 삶에 길들여진 여자인 줄 알았다. 물론 내가 잠시 외도만 하지 않았더라도 아내는 쓴 물을 감내하며 그렇게 살았을지도 모른다. 겨우겨우 지탱해 가는 실낱 같은 삶의 희망 줄 위에 내가 돌멩이 하나를 떨어뜨렸는지도 모르겠다. 질긴 실이야 끊어지지 않았지만 아내는 한쪽 끝을 잡고 있다가 그 충격에 그만 실을 놓아버린 것이다. 내가 멍하게 앉아 있는 모습을 보고 A가 불쑥 상념을 깼다.

"너라는 놈은 참 구제 불능이요 요령부득이다. 도대체 현실을 긍정하기가 그렇게 어렵냐? 지나간 것들 홀홀 털지 못해? 털지 못하면 한 번 제대로 부닥쳐서 뿌리까지 뽑아버리든가, 아니면 대충 순응하면서 새로운 길을 모색해 보던가. 이도 저도 아닌 채로 그냥 살다 죽을래? 네가 부담스러운 건 기억하기 싫고 너 좋을 대로 너 편한 대로 끝까지 네 생각만 할래?"

"야, 이놈아. 내가 뭘 어쨌다고 그래? 이놈아 너라면, 옆에 늘 끼고 있던 존재가 하루아침에 없어지면 허전하지 않겠냐? 세월의 관성을 탓해야지, 왜 나를 공격해?"

"너는 인마, 제수씨가 네 옆에 있을 때도 마찬가지였어. 늘 미련이 많은 놈이었지. 내가 안다, 알아! 네가 바람피울 때 내가 뭐라고 했냐? 이쪽이든 저쪽이든 과감하게 선택을 하라고 했던 말 기억 안 나? 그렇게 살다가는 평생 후회만 하다가 죽는다고."

"야, 인마. 그게 인간 아니냐? 인간에게 뭘 어쩌라고?"

"인간이다, 인간적이다, 라는 말을 네 맘대로 편리하게 갖다 쓰지 마. 인간이 신은 아니지만, 신이 부여한 자유 의지를 갖고 있어. 그 의지를 어떻게 발동시키느냐에 따라 인간들도 천차만별로 나뉘어져. 너같이 우유부단한 놈은 한번 당해 봐야 정신을 조금 차릴지 모르지. 하기야, 본디 유전자가 그렇게 생겨먹은 놈은 어떤 일을 당해도 잠시 흔들리다가 본래의 성정으로 다시 돌아갈지도 몰라."

"야, 이 썩을 놈아. 너, 나 위로하려고 만난 것 맞아?"

"야, 이놈아. 그럼 너를 껴안고 궁둥이라도 토닥거리면서 너 잘했다, 너 슬프지, 하랴?"

그 하얀 방은 충청의 알프스라고 불리는 청양군의 소백산 자락에 있었다. 버스가 하루에 서너 번밖에 오가지 않는 후미진 산골의 지방도에서 내려 삼십 분 정도 산길을 걸어 올라가면 비탈길에 그 하얀 집이 서 있었다. 힘들어도 고개만 올라가면 하얀 집을 찾는 일은 쉬웠다. 산 중턱 비탈길에 서 있는 그 집은 외관이 하얀 빛깔이어서 고갯마루에 서면 한눈에 잡혔다. 눈이 쌓이는 겨울에는 배경 속으로 하얀 집이 묻혀버려 흔적을 찾기 어려웠지만, 다른 계절이라면 그 집을 찾기가 쉬웠다. 산색이 여린 봄이나 지겨울 정도로 녹음이 짙은 여름, 화려한 원색들이 경쟁하듯 배색돼 있는 가을에도 그 집은 산비탈에서 하얗게 빛나고 있었다. 병원에서 나온 뒤에도 아내를 만날 수 없었다. 나 또한 아내를 만날 생각이 없었지만 만나려고 해도 아내는 얼굴을 아예 보여주지 않았을 것이다. 나는 아내 대신 아내를 낳아준 장모를 가운데 두고 소통할 수밖에 없었다. 장모는 나에게 하얀 집을 추천해 주며 그곳에 들어가 몸과 마음을 추스를 것을 청했다. 내가 어느 정도 안정을 취하고 나오면 아내를 잘 설득해 최소한 얼굴을 맞대고 그동안의 일들을 차분하게 정리할 시간을 마련해 보겠다고 약속했다.

그놈의 사랑 타령은 어디를 가나 끊이지 않았지만 사랑이 무언지는 잘 모르겠다. 죽 끓듯 변하는 사람의 감정을 두고, 일시적으로 어느 일방에 대한 호감이 지속된다고 해서 그걸 사랑이라는 틀에 묶어서 자신과 상대방을 불편하게 만드는 일이 어디서나 일어나고 있었다. 그러한 인간의 속성은 인류가 누천년 살아오면서 경험적으로 간파했기에 결혼이라는 제도를 만들어 인간의 감정을 울 안에 가두어놓은 것인지도 모른다. 그 제도 안에서는 결정적인 일탈이 일어나지 않는 한 웬만하면 죽을 때까지 자손들을 증식시키며 안정된 일상의 삶을 경영하도록 보장받을 수 있었다.

나 또한 마찬가지였다. 아내와 서로 죽일 듯이 싸운 적도 여러 번 있었지만, 시간이 지나고 나면 원상으로 회복되곤 했다. 나는 아내를 적어도 미워하지는 않았다. 아니, 내 속 깊은 곳에서는 낯 뜨겁게 사랑까지는 아니라 하더라도, 아내에 대한 궁극적인 신뢰의 마음은 깊이 자리 잡고 있었다고 믿는다. 하지만 그녀는 나와는 많이 달랐던 모양이다.

그날도 처음에는 아내와 사소한 일 때문에 다투었다. 출근할 때 서랍 속의 속옷이 떨어져서 아내를 추궁하자 아내는 예전 태도와는 달리 오히려 나에게 대들었다. 속옷을 미리 챙기지 못했던 부분에 대한 실망보다도 달라진 아내의 태도가 나를 경악게 했다. 요컨대 아내는 그동안 살아오면서 쌓인 불만을 나처럼 그때그때 털어내지 못하고 누적시켜왔던 것이다. 그러한 상태를 제대로 짚어내지 못하고 살아온 나의 안목이 유죄라면 유죄였다. 속옷 하나 때문에 나는 아내와 싸움을 벌이고 말았다. 싸움이란 늘 그렇듯 말이 말을 만들어내고, 감정이 또 다른 감정을 예기치 못하게 증폭시키는 것이다. 그날 저녁 퇴근했을 때 아내는 아이들을 데리고 장모 집으로 사라지고 없었다. 그런 일은 결혼 생활이 시작된 이후 처음이었다.

늦은 밤 장모 집에 가서 아내와 마주 앉아 나의 심경을 가능한 한 최대로 솔직하게 털어놓았다. 내가 사소하다고 생각한 일에 대해, 그렇지만 아내가 그 사소한 일로 인해 더 많은 나의 허물과 냉정함을 탓하는 것에 대해, 서로의 감정 상태가 헤어져 살 만큼 기실 치명적인 것은 아니라는 사실에 대해……. 그 일이 있었던 주의 주말에 우리는 아이들과 함께 여행을 떠났다. 속초에서 삼십 분 거리에 떨어져 있는 오색 온천장 호텔에 방을 잡았다. 탄산수 거품이 보글거리는 욕조에 들어가 그동안의 스트레스와 묵힌 감정들을 땀구멍을 통해 배출했다. 몸을 풍덩 탄산수탕에 담그는 순간 온몸의 미세한 구멍들에 거품이 맺혔다. 탄산수탕과 녹차탕과 미네랄탕을 번갈아 드나든 후에 뜨거운 사우나에서 남은 노폐물들을 땀으로 배출한 뒤 우리는 스카이라운지의 넓은 유리창 가 식탁에서 바다가재 요리를 먹었다. 아이들은 모처럼 부모가 다정한 표정으로 평화로운 자리를 마련하자 저희들끼리 까닭 없이 자주 웃으며 장난을 치기도 했다. 그날 밤 오랜만에 안은 아내의 몸은 뜨거웠다. 서로 몸에 대해 잘 몰랐던 신혼 시절보다도 아내의 몸은 훨씬 따뜻했고 적극적이었다. 나는 그 나들이로 아내의 해묵은 감정들이 어느 정도 해소된 줄 알았다.

"그런데 말이다. 나는 아무래도 이해가 잘 안 돼. 아무리 독한 여자라 하더라도 그렇게 몰인정할 수가 있을까. 내가 설혹 살인죄를 저지르고 감옥에 갇혔다 하더라도 면회 한 번 올 수 있는 게 십수 년 동안 한솥밥 먹고 이부자리 같이 쓴 부부 간의 정리 아닐까. 그렇게 완벽하게 나를 외면해 버린다는 건 아무리 생각해도 이해가 안 돼."

"그건 네 말이 맞다. 곰곰이 잘 생각해 봐. 무슨 다른 이유가 있는 건 아닌지."

"다른 이유? 내가 잠시 다른 여자에게 한눈을 팔았던 건 이미 아내도 알았고 그 때문에 곤욕을 치른 건 벌써 옛날 일이 돼버렸어. 물론 그때의 앙금이 계속 남아서 사소한 싸움에도 폭발할 수 있겠지만 그것 때문에 하루아침에 이러저런 말도 없이 안면을 바꾸어버릴 수 있을까."

"너야 다 잊혀진 일이라고 쳐도 제수씨 입장에서는 다를 수 있지. 잊혀진 게 아니라 가슴속에 묻어놓은 일일 수도 있어. 한 번 균열이 생긴 마음 자리는 언제든지 그 내상을 다시 드러낼 수 있는 법이지."

"물론 그럴 가능성을 배제하진 않겠어. 하지만 어쨌든 다시 평온하게 살아왔고, 그렇게 살아내는 과정에 갑자기 돌출 행동을 보이면 어떻게 하란 말이냐?"

"제수씨 쪽에서 너를 찾지 않으면 너라도 자존심을 접고 한 번 찾아가 볼 수 있는 것 아냐?"

"……그럴 수도 있지. 하지만 너무 가슴이 아프고 서럽고 야속하고 괘씸해서 그럴 생각까지는 차마 못했다. 하얀 방에 햇빛이 사라지고 어둠이 오면 속 깊은 곳에서부터 까닭 없이 울음이 밀고 올라오는데 미치겠더라. 그렇다고 눈물 같은 건 흘리지 않았는데, 인정하고 싶지는 않지만 그건 그리움이었던 것 같아."

"네 얘기를 들어보니 너는 아직 정서적으로 헤어질 준비가 끝난 것 같지 않다. 어떤 식으로든지 만나서 해결을 해봐."

"아니야, 그렇지 않아. 다 끝났어. 괜히 얼굴을 맞대면 내 감정이 어디로 어떻게 튈지 몰라. 어떤 과정을 거쳐 헤어지더라도 늘 미련은 남을 거야. 시간이…… 세월이, 약이겠지."

세상의 문을 열기 위해서는 타인의 마음을 열어야 된다는 사실을 이제는 알 것도 같다. 하지만 내가 열어야 될 문은 안쪽에서 완강하게 자물쇠가 채워졌다. 다른 문을 찾아가기에는 내 마음에 깊이 뿌리내린 옛집이 아직은 너무 크다. 낯선 곳의 낯선 집 문을 두드려 안에서 설혹 잠시 문을 열어준다 하더라도 나는 손님일 따름이다. 방법은 하나밖에 없다. 문을 열 수 없는 집이라면 내 안에서 그 집을 파괴하는 수밖에. A는 그날 밤 나의 징징거리는 소리를 들어주느라 꽤 힘들었을 것이다. 그 밤에는 술을 아무리 마셔도 취하지 않았다. 취하고 싶었지만 오히려 마실수록 머릿속이 명징해지는 바람에 더 고통스러웠다. 하얀 집에서 몸을 추스른 덕분인지, 아니면 한 가지 생각에 몰두해 있었기 때문인지는 모르되 그날 A와 헤어진 뒤 수유리 산 밑의 외딴 방에 돌아와서도 나는 새벽까지 잠들 수 없었다. 하릴없이 편의점에 나가 독주를 사오려고 벗어두었던 윗도리를 찾았지만 어디에 던져두었는지 보이지 않았다. 하얀 집에서 가지고 나와 구석에 처박아둔 트렁크를 열었다. 입다가 구겨 넣은 옷들이 가득한 트렁크에서 퀴퀴한 냄새가 났다. 이러저리 뒤적거리다가 트렁크 밑바닥에서 비교적 깨끗한 티셔츠 하나를 찾아냈다. 옷 더미 사이로 팔을 깊숙이 집어넣어 셔츠를 빼내는 바람에 옷가지들이 바깥으로 흩어져 나왔다. 무심히 셔츠를 꿰고 일어서려는 데 어느 옷에서 떨어졌는지 구겨진 사진 한 장이 바닥에 떨어져 있었다.

　방파제 끝에 붉은 등대가 하나 서 있고, 등대 앞에는 아내가 햇빛에 찡그린 표정으로 한 손을 눈가에 가져다 댄 채 카메라 렌즈를 응시하고 있다. 아이들은 아내의 양팔을 하나씩 붙잡고 장난스러운 표정을 짓고 있다. 어디선가 아내의 목소리가 들리는 것 같다. 너무 뒤로 물러서지 말아요. 바다로 떨어질지도 몰라요. 아이들이 소리쳤을 것이다. 아빠, 집으로 돌아가면 이번에는 강아지 키우기로 한 약속 잊으면 안 돼. 마지막 여행지였던 속초 앞바다에서 찍었던 폴라로이드 사진이었다. 사진 한 장이 새삼스럽게 휘저어 놓은 마음속의 격랑은 대양 가운데에서 만난 삼각파도처럼 몸을 휘청거리게 했다.

옛집의 대문은 굳게 닫혀 있었다. 대문 틈으로 보이는 마당에는 잔풀이 무성했고 대추나무 아래 붉은 의자에는 먼지가 두텁게 쌓여 있었다. 마당에는 딸아이의 꽃신 한 켤레가 뒹굴고 있었다. 꽃신은 더러워질 대로 더러워진 상태여서 오래전에 버려진 듯했다. 심호흡을 한 뒤 문간의 벨을 길게 눌렀다. 안에서는 아무런 기척도 들리지 않았다. 길고 짧게 번갈아가며 벨을 눌렀다. 금방이라도 아이들이 뛰어나올 것만 같아 심장의 박동소리는 커져가는데 여전히 반응이 없었다. 대문 열쇠를 꺼내어 조심스럽게 자물쇠에 밀어 넣었다. 여러 번 열쇠를 돌려도 빽빽한 금속성 마찰음만 날 뿐 대문은 쉬 반응을 보이지 않았다. 힘들게 자물쇠를 열고 조심스럽게 대문을 밀치자 녹슨 대문은 비명을 내지르며 겨우 사람 하나 통과할 만한 공간을 내주었다. 마당을 가로질러 현관 쪽으로 다가갔다. 유리가 깨진 현관문을 열고 거실에 들어섰지만 거실 역시 사람이 오래 살지 않은 빈집처럼 괴괴했다.

싱크대가 있는 주방 쪽의 식탁으로 걸어갔다. 식탁 위에 놓여 있는 아내의 손목시계를 발견했다. 빈집에서 유일하게 살아 있는 것은 그 시계뿐이었다. 초침 소리가 유난히 크게 들렸다. 아내의 목소리가 어렴풋이 되살아났다. 속초로 떠나던 날 차 안에서 아내는 시계를 풀어놓고 그냥 왔다고 안타까워했다. 이미 차를 돌리기에는 집에서 너무 멀어진 탓에 아내를 책망했다. 그까짓 시계 하나 때문에 우리의 여행 스케줄을 망치지 말자고. 그 시계는 내가 파리에 출장 갔을 때 공항 면세점에서 사다 주었던 스위스제 여성용 시계였다. 디자인이 깜찍해서 아내가 늘 아끼던 것이었다. 안방으로 들어갔다. 침대에는 옷가지들이 어수선하게 널려 있었다. 여행을 떠나던 날 아침의 풍경 그대로였다. 아내는 서랍 장에서 옷들을 꺼내 트렁크에 챙겨 넣은 뒤 침대 위로 던져놓았던 다른 옷가지들을 차곡차곡 다시 서랍 장에 넣으려 했다. 옷 정리는 돌아와서 하자고 채근했던 기억이 난다. 아내는 빙긋 웃으며 소풍 가는 어린 아이처럼 보챈다고 눈을 흘겼다. 시간이 거꾸로 진행된 걸까. 아이들과 아내는 어디에 숨어버렸을까. 안방 문을 박차고 거실로 뛰어가 전화기를 찾았다. 송수화기에서는 아무런 신호음도 들리지 않았다. 전화는 이미 오래전에 끊긴 모양이었다. 휴대폰을 꺼내 들어 장모 집으로 전화를 걸었다. 수화기 너머에서 늙은 장모의 힘없는 목소리가 들렸다.

"장모님, 어떻게 된 겁니까? 집에 아무도 없네요. 아내와 아이들이 어디로 간 거지요?"

장모는 한참 동안 아무 말 없이 침묵을 지키다가 힘들게 말을 꺼냈다.

"자네, 언제까지 이럴 건가. 의사가 만류해서 내 지금까지 봐주었네만, 나도 더 이상 참기는 힘들어. 자네는 왜 그리 약한가."

드디어 장모마저 나에게서 등을 돌리려는 모양이었다. 억장이 막혀 전화를 끊어버렸다. 내 부모는 내가 갓난아이였을 때 작고했고, 나는 터울이 긴 큰 형에게서 양육되었다. 고아 아닌 고아로 살아왔고, 그렇기에 결혼 이후부터는 장모에게서 어머니의 정을 느꼈다. 그 장모마저 내게서 떠나려 하고 있었다. 그것은 어쩌면 당연한 일일 것이다. 피 한 방울 섞이지 않은 장모는 오로지 아내가 내 곁에 있을 때만 의미를 지니는 존재이다. 아내가 떠난 지금, 장모는 완전한 타인일 뿐이다. 나는 다시 한 번 완벽한 고아가 돼버린 것이다. 주방 식탁 의자에 앉아서 창밖을 바라보았다. 흐린 하늘에선 금방이라도 빗방울이 떨어질 것 같았고, 바람이 제법 거세게 부는지 정원의 나뭇가지들이 심하게 흔들리고 있었다. 도둑고양이 한 마리가 정원을 가로질러 담장 위로 올라가 내가 앉아 있는 쪽을 향해 두 눈을 빛내고 있었다. 하얀 방에서 나른하게 해바라기를 하고 있던 내 앞에 비탈길 하얀 집의 주인이 불쑥 나타나 검은 얼굴로 전해 주던 말이 떠올랐다. 주인은 해를 등지고 서 있어 역광 때문에 윤곽이 제대로 보이지 않는 검은 얼굴이었다.

햇볕이 아무리 따가워도 당신 머릿속의 모든 바이러스를 뿌리까지 박멸할 수는 없습니다. 다만 여기 있는 동안에는 활동을 잠시 중지시킬 수 있습니다. 인간들 머릿속의 가장 골치 아픈 바이러스는 그리움입니다. 이놈이 준동하기 시작하면 대책이 없습니다. 그리움의 대상이 이미 현실에서는 상봉하기 힘든 먼 추억 속의 사람이거나, 그 반대로 당장 전화만 걸어도 목소리를 들을 수 있지만 이미 헤어진 연인일 때, 혹은 세상을 떠난 부모나 형제들처럼 원천적으로 이승에서의 만남이 불가능할 때 그놈의 바이러스가 활발하게 활동하기 시작하면 위험합니다. 그리움이 쌓이고 쌓여서 납덩이처럼 무겁게 가슴을 짓누르면 인간들은 어디로 어떻게 튈지 모르지요. 하지만 이곳에 있는 동안에는 비교적 안전합니다. 이곳 고지대 산비탈에 세워진 남향집만큼 강렬하고 맑은 햇빛을 쉽게 얻을 수 있는 곳도 없습니다. 바이러스를 제거하기 위해서는 햇빛이 쏟아지는 방향으로 머리만 돌리면 됩니다.

그때 내가 무어라 답변을 했는지 구체적으로 기억나지는 않지만 막연한 줄거리는 생각이 난다. 왜 그리움이 질병 취급을 받아야 하는지에 대한 항변이었을 것이다. 그리움과 사랑이 어떻게 다른지, 그리움이 사라지면 정말 행복해지는 건지, 더 나아가 머릿속 바이러스들이 모두 박멸되면 인간은 어떤 모습으로 어떻게 살아갈 것인지 조목조목 햇빛 속의 검은 얼굴에게 따졌던 것 같다. 검은 얼굴은 내 얘기를 묵묵히 듣다가 나직한 목소리를 이어 나갔다.

사랑과 그리움은 다릅니다. 진정한 사랑은 서로 떨어져 있어도 그 자체로 충만합니다. 그리움은 일종의 욕망이지요. 보고 싶다, 만지고 싶다, 용서를 구하고 싶다, 내 속의 고민을 들려주고 싶다, 같이 있고 싶다…… 그리움은 이 모든 욕망들을 바탕으로 형성되는 감정입니다. 모든 욕망이 그렇듯이 그리움 또한 고통을 동반하게 마련입니다. 그러므로 그리움이 사라지면 그 빈 공간은 지금 이곳, 당신이 있는 곳의 환경 속에서 존재감으로 충만해집니다. 결국 머릿속에서 바글거리는 바이러스들이란 욕망의 세균들일 겁니다. 그 욕망들을 햇볕에 잘 말려 표백시키면 다시 존재의 충만감을 온몸의 감각과 이성으로 느낄 수 있습니다. 이곳 하얀 집 하얀 방은 바로 그 바이러스들을 표백하는 실험실 같은 곳이지요. 비탈길 하얀 방에서 도시의 거리로 내려가면 다시 당신의 머릿속에는 바이러스들이 침투할 겁니다. 물론 무균실에서만 살 수는 없겠지만 문제는 그 바이러스들과 싸우고자 하는 당신의 의지가 중요할 따름입니다.

검은 얼굴의 주인은 창밖의 햇빛이 구름 때문에 스러지기 시작하자 그림자가 사라지듯 슬그머니 없어지고 말았다. 나는 그에게 더 묻고 싶은 게 많았다. 욕망이 표백된 사람에게 생의 존재 이유는 무엇일 것이며 욕망 없이 과연 세상이 유지될 수 있는가, 그리움은커녕 증오와 반목으로 끊임없이 배척하는 사람들의 욕망은 결국 그리움과 같은 성질의 욕망인가, 욕망과 욕망끼리 충돌했을 때 신은 어느 편인가, 욕망은 탐욕과 다르고 이기심과도 다른 선의의 그 무엇일 수 있는데 무조건 그 욕망을 햇볕에 말려버리면 그 인간은 이집트의 미라와 다를 게 무엇인가……. 하지만 그는 이미 흔적 없이 사라지고 난 뒤였다. 다시 햇빛이 내리면 그가 검은 얼굴로 그림자처럼 나타날지 모른다는 기대가 있었지만, 그 뒤로 그는 다시 모습을 보이지 않았다.

하얀 방의 상념에 젖어 있던 내 두 귀에 식탁 위에 놓여 있는 아내의 시계에서 초침 소리가 다시 우렁차게 들려왔다. 속초에서 귀경하던 날, 나는 아내가 화진포의 해당화 구경을 하고 싶다고 여행 말미에 제안했을 때 너무 시각이 늦었다고 짜증을 냈다. 나의 짜증에 이내 입을 닫아버리고 창밖을 응시하는 아내의 표정을 보다가 나는 차를 돌려 7번 국도를 타고 북상했다. 화진포 해수욕장 앞바다 지척에는 섬이 하나 떠 있었다. 사람이 살지 않는 작은 섬의 바위는 갈매기들의 배설물로 하얗게 변색돼 있었고 바닷가를 따라 키 작은 연분홍 해당화들이 바람에 하늘거렸다. 아내는 해당화 한 송이를 꺾어 코밑에 가져다 댄 뒤 나에게 내밀었다. 해당화에서는 여인의 진한 화장에서 풍기는 자극적인 향기가 났다. 해당화 향이 화장품의 향기를 닮은 게 아니라, 해당화 향에서 추출한 성분으로 화장품을 만들었기 때문에 인공의 화장품은 해당화에게 빚을 진 셈이다. 뭇 여인들에게서 풍기는 인공의 향기야말로 욕망을 자극하는 강력한 냄새였다.

그 여인, 내가 잠시 바깥 길로 들어섰을 때 만났던 그 여인도 해당화의 진한 향을 지니고 있었다. 회사에서 늦은 시각까지 일에 시달리다 피로를 풀기 위해 술을 한잔 하다 보면 어느새 새벽이었던 시절이다. 그 새벽 집에 들어가면 아내는 아이들과 씨름하다 잠에 취해 있었다. 나는 그 시절 늘 마음 한구석이 텅 빈 듯했고 누군가의 따뜻한 살과 위로가 필요했다. 그때 다가왔던 여인에게 나는 내 몸과 마음을 기댔다. 하지만 얼마 지나지 않아 그 여인은 나의 피폐한 모습에 짜증을 내기 시작했고 나 또한 그녀의 그런 모습에 쓸쓸해졌다. 그 시절 어느 날 아내는 그 여인이 보낸 이메일을 보아버렸다. 여인이 보낸 메일의 문구는 지금도 기억난다.

이제 그만 돌아가세요. 당신이 오랫동안 내 곁에 머물기 위해서는 잠잘 때 코를 고는 내 모습과 콧구멍이 간지러워 무심코 약지를 집어넣는 내 습관과 사는 게 지겨워지면 무조건 밤에 술집으로 뛰쳐나가 새로운 이성과 술을 퍼마시는 나를 다 수용해야 될 거예요. 그렇지만 당신, 참 좋았어요. 내가 당신을 끝까지 품을 거라고 생각했을지 모르지만 나에게 당신은 비교적 오래 만난 이성 중의 하나일 뿐입니다. 내가 당신을 좋아하는 만큼 당신이 나에게 실망할 기회를 주고 싶진 않아요. 우리가 몇 생을 거듭해서 사람으로 태어나지 않는 한, 서로 주고받은 위로는 피차 찰나의 꿈일 뿐이에요. 그만 돌아가세요, 당신.

아내가 왜 굳이 늦은 시각에 해당화를 보러 가자고 졸랐는지 모르겠다. 어린 시절 해당화가 피어 있는 바닷가에서 자란 아내는 가끔 그 시절의 평화에 대해 얘기하곤 했다. 아무도 무엇을 강요하지 않았고 아무도 어린 아내에게 상처를 주지 않았던 그 시절, 그녀는 성인이 되면 꽃밭 주인이 되는 게 소원이었다고 했다. 아내의 소원은 이루어지지 않았다. 소원을 이루기는커녕 자신에게 상처를 주는 남편을 만나 독이 오른 바닷고기처럼 날카로운 등지느러미를 세우고 험악한 표정으로 변해 버린 것이다. 밤이 와서야 우리는 화진포를 떠나 귀경 길에 올랐다. 다시 속초를 지나 양양을 거쳐 강릉까지 남하한 뒤 영동 고속도로에 진입할 때까지 조수석에 앉아 있던 아내는 아무 말이 없었다. 대관령 터널을 지나 시원하게 뚫린 길을 속도를 높여 내려갈 때쯤 아내가 천천히 입을 열었다. 뒷자리의 아이들은 피로한지 그 사이 잠에 빠져 있었다.

"당신, 오늘 고마워요. 예전에 당신이 다른 여자를 만났다는 사실을 알았을 때 사실 나 당신에게 미안했어요. 당신이 그저 편안해서 특별한 생각 없이 당신을 만났고 결혼도 하고 아이까지 낳았지만, 사실 당신을 사랑했는지는 잘 모르겠어요. 그 일을 계기로 내가 고민했던 건 나는 누군가를 절대적으로 사랑하지 못하는 감정의 장애인 아닌가 하는 자괴심 때문이었어요. 여보, 하지만 이젠 됐어요. 그저 내가 이렇게 생겨 먹은 여자라는 걸 당신이 이해해 주었으면 좋겠네요."

나는 묵묵히 앞만 보고 운전을 하다가 아내를 흘낏 돌아보았다. 아내는 비교적 평온한 모습이었고 살아오면서 몇 번 보지 못한 행복한 표정마저 짓고 있었다. 나를 만나서 한때라도 편안했고, 그 편안함의 관성으로 주어진 세상의 일을 순하게 받아들여 살아냈다면 나로서는 큰 불만이 없었다. 사랑, 나는 그것이 무엇인지 잘 모르겠다. 아내가 지금까지 그래 왔던 것처럼 제 자리에 있어만 준다면 그동안 미진했던 나를 돌아보며 주어진 길을 성실하게 걸어가면 될 일이었다. 아내에 대한 기억은 더 이상 이어지지 않는다. 아무리 애를 써봐도 더 이상 아내와 다투었던 기억은 없다. 그날 이후 아내가 갑자기 태도가 돌변해 나를 외면해 버릴 이유는 찾기 힘들다. 아이들에 대한 기억도 그날 이후로는 사라져버린 것 같다. 뒷자리에서 자고 있던 아이들이 깨어난 모습을 본 적이 없다. 출장에서 돌아오는 귀경 길에 갑자기 눈앞이 환해졌다가 의식을 잃어버린 뒤로 생겨난 후유증일지도 모른다.

옛집의 현관문을 열고 마당으로 나섰다. 아내가 어디에 있는지는 모르되 집을 처분하지 않은 건 일말의 희망일지도 모른다. 언제든지 다시 돌아올 수 있는 공간이 아직까지는 남아 있기 때문이다. 대문 쪽으로 걸어가 문을 밀치려는데 바닥에 떨어진 우편물 하나가 발에 채였다. 자동차 보험 회사에서 날아온 위로금 통지서였다. 통지서를 펼치는 순간 갑자기 머릿속을 누군가 바늘로 찌르는 것 같은 극심한 두통이 밀려와 그 자리에 주저앉고 말았다. 머릿속의 통증이 어느 정도 가라앉을 무렵 자동차에 타고 있던 아내와 아이들의 윤곽이 희미하게 떠올랐다. 머릿속에서 바이러스가 다시 맹렬하게 준동하기 시작했다. 벌떡 일어나 대문을 밀치고 거리로 뛰쳐나왔다. 빗방울이 떨어지고 있었다. 얼굴 위로 흘러내리는 빗물을 삼키며 정신없이 내달렸다. 다시 만날 수만 있다면, 이대로 세상 끝까지 달려갈 것이다. 빗물이 시야를 가려 세상이 흐릿하다.

서남숭어

미안해요, 정말 미안해요.

한곳에 붙박여 기다리기에는 시간이 모자라요……

아내도 산란기를 맞았던 것일까.

설숭어

겨울 밤바다는 싸늘하고 어두웠다. 수평선 너머에서부터 광포하게 달려온 바람은 얼음 칼날이 되어 야멸차게 얼굴을 할퀴고 지나갔다. 방파제 끝의 등대 불빛과 둥그렇게 휘어진 해안선 저쪽에서 빛나는 몇 개의 불빛들이 어둠 속의 유일한 풍경이었다. 파도 소리가 쉼 없이 들려왔다. 남자는 방파제에 우두커니 서서 어두운 바다를 내려다보았다. 바람 소리에 뒤섞인 파도 소리 사이로 희미한 노래가 흘러 다녔다. 천천히 등대를 향해 걷기 시작했다. 노래는 끊어졌다가 어둠 속에서 다시 이어졌다.

방파제 아래에서 숭어 뛰는 소리가 들린다. 겨울 바다에서 잡히는 숭어는 유난히 육질이 달다. 눈 내리는 바다에서 잡아 올린 숭어를 이곳 사람들은 눈 설(雪)자를 앞머리에 붙여 설숭어라고 불렀다. 설숭어. 하얀 눈밭을 뛰어가는 여인의 이름 같기도 하다. 낮에 들판을 건너와 노모와 함께 먹었던 것도 어시장 골목 함지 속에서 놀고 있던 그 설숭어였다. 노모는 숭어회를 먹다가 눈물을 떨구었다. 노모의 남편은 생선회 중에서도 겨울 숭어의 육질을 최고로 쳤다. 그는 들판 건너 바다까지 나아가 직접 배를 몰고 눈 내리는 겨울 바다에서 숭어를 한 무더기씩 잡아 오기도 했다. 그놈들 일부는 어시장으로 팔려 나갔지만, 그중에서도 가장 실한 몇 놈은 꼭 집으로 걸머지고 들어왔다. 그는 직접 그 설숭어 회를 치는 일까지 도맡았다. 노모는 남편과 함께 묵은 김치로 설숭어회를 싸서 소주를 곁들여 먹던 시절을 간간이 남자에게 들려주곤 했다. 노모는 이제 남편이 없기 때문에 오히려 행복할지도 모른다. 노모는 늘 남편을 기다리느라 밤을 새우면서 고통스러운 시간들을 보내야만 했다.

노모를 두고 다시 서울로 올라가면 텅 빈 거실과 지저분한 그릇들이 쌓인 싱크대가 그를 맞을 것이다. 홀로 고향에 살고 있던 노모는 그가 지친 걸음으로 불쑥 들어서자 놀란 표정으로 그를 맞더니 자초지종을 듣고 난 뒤에야 한숨을 내쉬고 긴 침묵 속으로 빠져들었다. 밤바다의 바람은 차가웠다. 남자는 먼바다에서 항해하는 배들을 향해 규칙적으로 빛을 내쏘는 등대 아래에 앉았다. 어두운 수평선에서 달려온 바람이 얼굴을 향해 몰려들었다. 방파제 아래에는 몰려온 숭어 떼들이 여전히 웅성거린다. 놈들은 방파제를 향해 뛰어오르기라도 할 듯이 어슴푸레 빛나는 바다 위로 무리를 지어 솟구치곤 했다. 휘어진 해안선 저쪽의 불빛 하나가 꺼졌다. 어느 집인가 잠자리에 들기 위해 바닷바람에 흔들리던 처마 밑의 백열등을 꺼버린 모양이다. 그는 가슴팍에서 담배를 꺼내 한 개비를 입에 물었다. 바람 때문에 좀처럼 불이 붙지 않는다. 파카를 벗어 라이터를 감싸고 겨우 불을 붙였다. 벗은 가슴패기로 바람이 몰려들어 싸늘한 한기가 온몸을 얼어붙게 했다. 남자는 서둘러 겉옷을 걸친 뒤 진저리를 쳤다. 한번 몰아친 한기는 쉽게 수그러들지 않았다.

숭어는 차가운 겨울 바다 속에서도 추위를 타지 않는 듯했다. 놈들은 대담하게 수면 가까이에서 회유하는 중이다. 산란기가 가까워질수록 녀석들은 눈에 기름이 끼어 앞이 안 보이는 바람에 낚시꾼들의 표적이 되곤 한다. 산란기의 놈들에게는 미끼도 필요 없다. 날카롭고 큰 바늘이 달린 훌치기 낚시채비를 던지기만 하면 녀석들은 요동을 치다가 미끼도 없는 날카로운 바늘에 몸통이 꿰인 채 지상으로 내동댕이쳐졌다. 의심이 많아서 조그만 소리에도 놀라 민첩하게 몸을 숨기는 녀석들이지만 그 민첩성 때문에 때로는 화를 입기도 한다. 예전에는 전마선 앞머리에 기다란 널빤지를 내놓고 뱃사람들이 깡통을 쳐대면 숭어들이 놀라서 뛰어오르다 널빤지에 떨어지면서 제 스스로 사람들에게 자신의 몸뚱이를 진상하기도 했다.

"여기서 뭐 하시는 겁니까?"

등 뒤에서 컬컬한 목소리가 들려왔다. 귀까지 두툼하게 가린 방한복을 입은 초소의 군인 하나가 곁에 다가와 있었다.

"밤에는 출입이 통제되는 지역입니다. 빨리 나가세요."

"미처 몰랐네요. 추운데 고생이 많으십니다."

남자는 순순히 일어나서 군인을 따라 해안 쪽으로 걸었다.

"가끔 이곳에서 밤에 실종되는 사람들이 나옵니다. 예전과는 달리 요즘에는 적의 침투를 막는 일보다 민간인들의 안전을 챙기는 일이 우리 임무가 돼버렸어요."

"이런 곳에서 실종되다니, 무슨 말이지요?"

"오늘처럼 달도 뜨지 않고 추운 날이면 모를까, 해안선의 풍광이 너무나 아늑하고 아름다워서 달이라도 뜨는 날에는 이곳 방파제에서 바닷속으로 뛰어드는 사람들이 종종 나온답니다."

"이렇게 추운 날에는 뛰어들라고 떠밀어도 안 들어갈 것 같은데, 너무 걱정하지 말아요. 웬만하면 모처럼 고향 바다에 내려왔는데 산책이나 좀 하게 해주시오."

"안 됩니다. 규정이 그렇지 않습니다. 제가 곤란해집니다."

"어쩔 수 없네…… 알았어요. 이 근방에 어디 술집이나 포장마차 같은 게 있는 모양인데, 저 노랫소리 들리지요?"

"이곳은 여름이면 북적대는 관광지라서 제철에는 해안선을 따라 즐비하게 포장마차들이 들어서는데 지금은 비수기라 저쪽 불빛이 보이는 쪽에 가면 한두 군데쯤은 영업을 하고 있을 겁니다."

남자는 군인과 헤어진 뒤 해안가의 도로를 따라 터벅터벅 걷기 시작했다. 간간이 헤드라이트를 한껏 밝힌 차들이 지나갈 뿐, 도로는 어둠 속에 잠겨 있고 파도 소리가 그를 따라올 따름이다. 한참을 걷다가 뒤돌아보았을 때 초소의 불빛 아래 서 있던 군인이 그를 향해 손을 흔들었다. 남자도 여유 있게 군인을 향해 손을 흔들어준 뒤 노랫소리가 들려오는 방향을 어림잡아 다시 걷기 시작했다. 휘어져 돌아가는 길 안쪽 도로변 공지의 포장막에 불이 환하게 밝혀져 있었다. 포장막을 들치고 들어서자 갑자기 눈앞이 뿌옇게 흐려지면서 아무것도 보이지 않았다. 노랫소리는 귓전에서 강하게 들렸다. 안경에 낀 습기가 서서히 사라지면서 포장막 안쪽 풍경이 선명해지기 시작했다. 군데군데 놓인 연탄 화덕 위에서 조개들이 거품을 내뿜으며 달구어지고 있었다. 화덕 주변에는 삼삼오오 여자와 남자들이 뒤섞인 일행들이 소주잔을 앞에 두고 노래와 대화에 여념이 없었다.

"이쪽으로 앉으시게라. 혼자 오신 것이요?"

주인 여자가 멍게를 다듬다 말고 일어나 남자를 구석 자리로 안내했다. 남자는 잠자코 여자가 안내한 자리에 가서 앉아 메뉴판을 죽 훑어보았다. 조개구이, 아나고회, 멍게, 해삼, 숭어회……. 남자는 주인 여자에게 숭어회 한 접시와 소주를 청했다.

"보아헝께 여그 분 같지는 않으신디, 뭘 아시는 구먼이요. 요즘 숭어가 제철이지요. 값도 싸고, 육질도 이맘 때가 최고지라."

주인 여자는 시골 바닷가에서 포장마차를 하는 아낙답지 않게 자태가 제법 고왔다. 이제 사십 대 후반에나 접어들 연배로 보였는데, 여자의 입술에는 루주가 빨갛게 칠해져 있었다. 호리호리한 몸매로 보나, 갸름한 계란형의 얼굴이 젊었을 때는 많은 남자들의 가슴을 울렁거리게 했을 성싶었다. 여자가 펄펄 뛰는 숭어 한 마리를 함지에서 채로 건져내어 잽싸게 회를 뜨기 시작했다. 남자 앞에 검붉은 육질의 숭어회 한 접시가 놓인 건 순식간이었다. 회를 가져다 놓은 뒤 소주 한 병을 들고 온 여자가 앞자리에 앉아 넉살 좋게 병을 딴 뒤 그의 잔에 가득 붓고 자신의 잔도 술로 채웠다.

"요런 밤중에 이렇게 후미진 바닷가까지 웬일이시다요? 보아허니 행색이 멀리서 오신 분 같은디……. 같이 한잔 해도 되지요?"

　남자가 말없이 고개를 끄덕거리자 여자의 낯빛이 환해졌다.
여자는 이미 손님들과 술을 꽤 주거니 받거니 한 터여서 이미
어느 정도 취기가 올라와 있었다.

　"내 고향이 여기서 멀지 않아요. 저쪽으로 나가서 들판 하
나 건너면 됩니다. 오랜만에 어머니를 뵈러 내려왔다가 귀경
길에 잠시 들른 겁니다."

　"아이구, 저런. 차를 가지고 오셨겠네. 그런 양반이 술을 드
시면 어쩐다요?"

　"괜찮아요. 차 안에서 한숨 자다가 올라갈 생각입니다."

　"그려요, 그럼 맘 편하게 한잔 허시다 가시시요."

　여자는 뒤쪽에서 다른 손님들이 부르는 바람에 자리를 떴
다. 남자의 아내도 늘 남자의 음주 운전 버릇을 타박하곤 했
다. 술 마시고 운전을 하려면 아예 회사에서 자라고 아내는 당
부를 했었다. 아내의 타박은 제 스스로 함정을 판 격이었다.
남자는 술만 마시면 회사 숙직실에서 내처 자버렸다. 집은 멀
고 아침 출근길은 복잡한 탓에 음주 운전을 빌미로 외박하는
일이 일주일에도 한두 번씩은 이어졌다. 그렇게 남자와 아내
는 멀어져 갔다. 지금 생각하면 그것이 술이나 음주 운전 때문
만은 아닌 것 같다. 아내는 그와 함께 있을 때에도 눈빛은 비
켜 나갔다. 창밖 화단에서 바람에 능청거리는 나팔꽃을 본다

거나, 텔레비전을 함께 보면서도 텔레비전 위쪽의 그림을 보고 있다거나, 아니면 심지어 더불어 살을 나눌 때도 그의 눈을 본다기보다는 아예 눈을 감아버렸고 뜨고 있을 때조차 천장의 사방 무늬만을 올려다보는 식이었다. 어쩌다 모처럼 남자가 일찍 퇴근한 날에는 아내가 집에 없었다. 자정이 넘어가는 시각까지도 아내는 소식이 없었다. 남자는 아내가 활동했던 노래 동아리 회원들의 전화번호를 뒤져 서너 명의 선배와 후배에게 전화를 넣었다. 그네들은 한결같이 결혼 이후 연락을 끊었다가 오랜만에 전화한 동료의 남편에게 뜨악한 표정으로 대답을 했다.

"아뇨. 우리야말로 그 친구를 보고 싶은데 전화번호조차 지금까지 모르고 있는데요."

"아이구, 오랜만이요. 그래 지금도 같이 노래를 하나요?"

"언니는 배신자 같아요. 어쩜 그렇게 한 번도 연락을 하지 않을 수 있어요?"

"살아 있기는 하구만. 그래 오랜만에 전화 한 번 하면서 마누라 소식을 묻는 사람이 어디 있나? 깨소금 쏟아지는 줄 알았더니 그렇지도 않은 모양이네."

돌아온 대답은 거의 비슷했다. 아내는 완전히 단절되어 있었다. 창밖이 푸르스름해질 때쯤에서야 아내가 술에 취해 들어왔지만 남자는 짐짓 잠을 자는 척했다. 아내는 조용히 옷을 벗고 침대로 올라와 이불을 들추고 그를 껴안더니 이내 잠이 들었다. 남자는 그날 밤 한숨도 자지 못했다. 침대 너머 창문으로 햇빛이 화사하게 넘어 들어올 때까지도 아내는 죽은 듯이 잠을 자고 있었다. 남자는 일어나 주섬주섬 옷을 입은 뒤 아내의 이불을 여며주고 출근길에 올랐다. 그날 남자는 하루종일 아내의 전화를 기다렸다. 이러저러해서 늦게 들어왔노라고, 미안하다고, 혹은 오늘은 일찍 들어오느냐고, 아내의 살가운 목소리를 듣고 싶었지만 끝내 휴대폰에는 아내의 전화번호가 찍히지 않았다. 남자는 늘 하던 대로 아내의 목소리가 그리워 먼저 전화를 걸고 싶었지만 그날만은 아내의 전화를 기다리고 싶었다.

"형씨, 왜 그렇게 혼자 도도하게 폼을 잡고 있으시우? 우리 한잔 함께합시다."

뒷자리에서 술을 마시던 패들 중의 한 사내가 그에게 몸을 돌려 소주잔을 건넸다.

"고향에 왔다가 서울 올라가는 길에 잠깐 혼자 마시는 중입니다. 개의치 마시고 즐겁게 드세요."

"아따, 누구는 왕년에 실연당해 보지 않은 사람 있능감. 혼자 그렇게 폼 잡고 있응게 저 이쁜 주인 아줌마가 당신에게만 눈길을 주잖아. 드럽게 폼 잡지 말고 이 술 한 잔 받으소."

사내는 막무가내였다. 자칫 거칠게 대꾸하면 싸움이라도 붙

을 기세였다. 남자는 하릴없이 소주잔을 받아 입 안에 털어넣
은 뒤 정중하게 한 잔을 돌려주었다.

"진작에 그럴 일이지. 혼자 세상 고민 다 씹어버린다고 달
라지는 건 아무것도 없응게, 괜히 아줌마 꼬시지 말더라고."

사내의 패거리들은 인근 단골들인 모양이었다. 주인 여자가
패거리들에게 사나운 눈빛으로 조용히 해달라는 무언의 압력
을 넣었다. 남자는 주인 여자를 향해 괜찮다는 표정을 지어준
뒤 다시 홀로 잔을 채웠다. 여자가 주섬주섬 앞섶에 물 묻은
손을 닦고 남자에게 왔다.

"저 손님들은 저쪽 마을에 사는 이들인데, 나쁜 사람들 아
닝게 신경 쓰지 마시요. 내가 하도 이뻐노닝게 참, 이런 일들
이 자주 생기는구만. 이쁜 것도 죄여, 잉."

여자가 짐짓 억센 사투리를 섞어가며 농을 건네자 뒤쪽의
사내들이 박장대소를 하며 놀려댔다.

"하이고, 입술만 사람 잡아먹은 여우같이 발라놓으면 다 미
인이 되는 줄 아는디, 일찌감치 속 차리시우. 저 손님은 보아
허니 기력도 별로 시원치 않은 것 같은디 오늘밤은 냉수 마시
고 그만 판을 접는 것이 상책이겠구만."

"남이야, 동짓달 시든 시래기 놓고 혼잣말을 허든지 말든
지 댁내들이 먼 상관이다여. 먼 길 온 손님, 참하게 대접하는
게 내 사명인디 당신들은 웬만큼 마셨으면 그만 일어나시더

라고."

　여자가 단골 손님들을 푸대접하는 모양이 어지간히 이물 없는 사이인 듯했다. 여자는 남자 앞으로 플라스틱 의자를 바짝 끌어당긴 뒤 다시 물었다.

　"근디, 이곳은 자주 와봤다요? 우째 관상이 찌뿌둥헌 것이 수상허요. 지난여름에도 지비 같은 사람이 여기서 술을 마시다 나가서 에먼 바다에 몸을 던져 한동안 심각했었당께."

　"초소 군인 하나가 그렇잖아도 등대 아래 앉아 담배 한 대 피울 짬도 주지 않고 쫓아내는 바람에 여기까지 왔는데, 여기서도 쫓겨나야 하나요? 내 얼굴이 어때서 그 야단들인지 모르겠네."

　"그랬구만이라. 여그가 범상헌 디가 아니라 그래라우. 이곳 바닷가가 꼭 여자 거시기처럼 생겨가지구, 사내들이 양기를 다 뺐기구 난 뒤 그만 바다로 뛰어드는 경우가 종종 있지라. 손님은 보아허니 멀쩡하게 생겼는디, 나야 아무 상관 없지만 술이나 좋게 마시고 한잠 푹 자고 가시요. 여그서 조끔만 가면 내 방이 있응게, 거그서 이불 덮고 참하게 주무시시요. 건드리지 않을 팅게."

　뒷자리의 사내가 껄껄 웃으며 한마디를 이었다.

　"하이고, 또 시작이구만. 저 여편네는 남자 잡아먹는 여우닝께, 조심하시더라고."

아내는 밤늦게, 혹은 새벽에 돌아오고 난 뒤 남자가 퇴근한 다음 날 저녁이면 진수성찬을 차려놓곤 했다. 은은하게 촛불까지 식탁 위에 밝혀놓고 그가 좋아하는 우럭 매운탕이며 조기들을 구워놓고 앞치마 차림으로 앞에 앉아 생글생글 미소까지 띠었다. 거실의 오디오에 시디 하나를 끼워놓고 그들이 결혼 전에 즐겨 부르고 듣던 노래도 틀어놓았다. 꽃밭에 앉아서 꽃잎을 보네 고운 빛은 어디에서 났을까 아름다운 꽃이여 꽃이여 이렇게 좋은 날에 이렇게 좋은 날에……. 남자가 그 분위기에서 아내에게 무언가를 따져 묻기에는 적절치 않았다. 늘 얼마나 이런 분위기를 갈망했던가. 아내와 잠시라도 이런 행복한 분위기를 누리는 건 그의 오래된 소망이었고, 정확하게는 그가 아내와 결혼한 이유이기도 했다. 아내는 노래를 부르는 여자였다. 남자가 아내를 선택한 것도 바로 노래 때문이었다. 아내의 노래는 늘 천상의 꽃밭에서 낮잠을 청하고 있을 때 들려오는 자장가 같았다.

아내가 속했던 동아리의 노래패들은 히피들처럼 자유로운 족속이었다. 그 동아리의 패거리들이 모두 목소리를 합쳐 노래를 부를 때는 환상적이고 감미로웠지만 노래를 끝낸 뒤 술자리에서 낱낱으로 흩어져 있을 때는 한심해 보였다. 낄낄거리고 깔깔거리면서 서로에게 농지거리를 주고받으며 함부로 노는 꼴들이 남자는 몹시 못마땅했다. 아내도 그들 중에 자연스럽게 섞여 그렇게 놀았다. 아내는 남자와 결혼하고 난 뒤 노래 동아리와 인연을 끊었다. 세월이 흘러 그들 중 일부는 공영 방송에서 주최하는 대형 음악회의 초청 가수가 될 정도로 기량을 과시하는 부류도 생겨났다. 아내는 그들이 열창하는 무대를 텔레비전으로 무연하게 응시하다가 표정 없는 얼굴로 멍하게 창밖을 바라보기도 했다. 물론 남자가 아내의 노래 실력이나 열망을 모르는 것은 아니었다. 남자가 오히려 아내에게 다시 노래를 부르라고 간청한 것도 한두 번이 아니었다. 아내는 그럴 때마다 조용히 도리질하며 말했다.

"내 노래는 땅에 묻어버렸어요. 그 노래에 싹이 터서 새로운 나무가 자라난다면 모를까……."

처음부터 아내와 그렇게 겉돈 것은 아니었다. 밤마다 남자의 품을 파고드는 아내의 몸은 뜨거웠다. 하지만 지금 생각하면 아내로서는 새로운 싹을 틔울 수 없는 씨를 받는 일만큼 막막한 일도 없었을 것이다.

뒷자리의 사내들이 탁자를 젓가락으로 두드리며 노래를 부르고 있었다. 사내들의 거칠고 큰 목청에 포장막이 펄럭거렸다. 사내들의 노래는 흘러간 옛 노래들이었다. 기타 줄에 설움을 싣기도 하고, 청춘을 고백하기도 했다. 기러기 아빠와 동백 아가씨가 연이어 출현하는가 하면 꽃 피는 동백 섬에 이른 봄이 오고 있었다. 묵묵히 따라 마시던 술이 올라왔다. 남자는 잠시 탁자 위에 이마를 대고 아내가 마지막으로 집을 떠날 때 그에게 하던 말을 곱씹어 보았다. 미안해요, 정말 미안해요. 한곳에 붙박여 기다리기에는 시간이 모자라요…… . 아내도 산란기를 맞았던 것일까.

"아따, 그 정도 마시고 벌써 고꾸라지면 어쩐다요? 좀 일어나보시오. 내가 대작해 줄 팅게."

주인 여자가 어느새 앞자리에 앉아 남자의 상념을 깨웠다.

"보아헝께 먼 복잡헌 일이 있는 모양인디, 쪼깨 잊어버리시오. 이 동네 남정네들은 내가 옆에 가기만 혀도 침을 질질 흘리는디 서울 양반은 통 반응이 없으시네."

여자는 꽤 취해 있는 듯했다. 추운 바깥 기온과는 달리 조개들을 굽는 화덕에서 나오는 열기에다 취기까지 가세해 열이 오르는지 앞섶을 풀어놓고 있었다. 풀어진 스웨터 단추 사이로 봉긋한 젖무덤의 굴곡이 보였다. 여자의 입성과는 딴판으로 굴곡의 윤곽은 선명했고 하얀 살결이 육감적으로 백열등빛에 반사되고 있었다.

"여기 숭어회는 그리 달지가 않네요. 양식한 것 아닌가요?"

"먼 소리를 그러코롬 섭섭허게 허신다요. 우리도 가끔 날씨가 사나워서 배들이 숭어를 건져오지 못하면 양식 숭어를 받아오기도 허지만, 요 며칠은 양식헌 놈들 받을려고 기를 써도 안 돼요. 양식허던 놈들이 며칠 새에 다 얼어 죽어버렸당게요."

남자도 텔레비전 뉴스에서 몇 년 만에 몰아친 한파로 얼어 죽은 숭어들을 군인들을 동원해 삽으로 치워내던 화면을 본 것 같았다.

"우리 집 양반이 살아 있을 때는 양식 숭어들은 쳐다보지도 않았지라. 고 양반 종내는 숭어를 건지다가 숭어하고 살라고 떠나버렸지만서도……."

"먼바다로 나가는 것도 아닌데 앞바다에서 물에 빠졌다니 말이 되는가요?"

"사람이 갈라면 접시 물에도 빠진다는디, 그놈의 술이 원수 지라."

"혹시 민박집도 경영하시나요?"

"참 눈치도 빠르시네. 요새는 텅텅 비어 있지만 불을 넣으면 금시 뜨끈뜨끈해징께 생각 있으면 얘기만 허시소."

뒷패거리들은 이제 울며 헤어진 부산항에서 잘 있거라 나는 간다로 넘어가 악을 쓰고 있었다. 영 시 오십 분에 어디론가 간다고 하소연을 하다가 다시 돌아와요 부산항에를 불러댔다. 노래는 종잡을 수 없이 이런저런 곡으로 흐르다가 결국에는 꼭 돌아와요로 돌아오는 꼴이었다.

"내 몸뚱이 붙잡고 폼 한번 지대로 잡을라면 돈 좀 써야 될 것이여. 이렇게 싸구려 포장막에서 시방 멀 하자는 거여? 이

래봬도 비싼 몸이당게."

패거리들 중 하나가 그들 사이에 끼어 있던 여자 하나를 붙들고 춤을 청하는 모양이었다.

"꼴값허고 자빠졌네. 자네 몸뚱어리 땜시로 추자는 것이 아니여. 사는 것이 영 허방에서 지랄를 떠는 것 같어서 아무 거나 붙잡고 싶었당게. 싫으면 관두어."

"내가 완행버스 손잡이여? 말이면 다 된다고 함부로 허지 말드랑게."

뒷자리에서 병 깨지는 소리가 요란하게 들렸다. 술 취한 패거리의 사내 하나가 소주병을 바닥에 내던지고 일어났다.

"참말로 환장허겄네. 시방 머 허자는 것이여. 귀빠지게 추운 바다에서 새빠지게 일허다가 술 한잔 마시자고 온 것 아니여? 기집 보듬고 싶으면 집에 가서 널브러져 자는 여편네 붙잡고 지랄를 허든지, 가시내가 맴이 있으면 폭 앵기면 될 것이지 먼 돈타령들을 허고 지랄이여. 노래나 지대로들 혀봐!"

노모의 남편도 사실은 포장막 안에서 여자와 춤을 추려다가 망한 꼴이었다. 도대체 가진 것도 없는 사내가 바람을 피운다면 살 떨리는 사랑이라도 하든가, 그런 사랑이 사람의 가을에 쉽게 다가오기나 할지 모르겠지만, 아니면 육정만으로 여자를 울려주든가. 노모의 남편은 냉기만 도는, 떠나가버린 여자의 빈집에서 추운 겨울 술에 취해 새우잠을 자다가 밤을 새워 기다리던 노모를 버린 채 훌훌 저 세상으로 가버렸다.

주인 여자가 일어나서 수습하기 시작했다. 패거리들 중 일부는 이미 술에 취해 몸을 제대로 가누지 못하고 있었고, 그들 사이에 끼어 있던 여자는 일어나서 포장막 바깥으로 뛰쳐나갔다. 패거리들이 하나 둘 바깥으로 빠져나갔다. 마지막 사내마저 포장막을 나가자 주인 여자가 그제야 긴 숨을 내쉬며 남자 앞에 다시 앉았다.

"어쩔라요? 더 지실 거면 마음대로 허시요. 서울 양반이 일어나면 나도 고만 문을 닫을 팅게."

"아주머니는 매일 이렇게 술을 드시고 어떻게 견디세요?"

"아, 그렇게 요새는 살살 마시지라우. 그라고 겨울이라 손님도 별로 없어라우. 어쩌다 오늘은 쪼깨 인간들이 들락거렸구만이라. 넘 걱정은 허지 말고, 거시기, 우리 집에 갑시다. 나가 금방 불을 넣을 팅게 옹색허드라도 차에서 자지 말고 방에 가서 주무시요."

"괜찮습니다. 천천히 정리하세요. 저는 조금만 더 앉았다가 일어나지요."

"아따, 그 양반 고집도 세구만. 이렇게 추운 날 차에서 자다가 먼 봉변을 당할라고 그라시요, 그라시길."

해변에는 여전히 바람이 거세게 불고 있었다. 그를 태우고 온 승용차의 헤드라이트가 포장막에서 흘러나온 불빛에 반사돼 어둠 속에서 고양이 눈처럼 빛났다. 남자는 고양이 품속으로 들어가 시트를 뒤로 젖힌 뒤 길게 누웠다. 아내가 첫 남편과 아이를 한꺼번에 사고로 잃은 것은 결혼 후 불과 이태 만이었다. 대학 시절 내내 사귀었던 사내와 졸업하자마자 이른 나이에 혼례를 올렸다. 혼례를 치른 지 오 개월 만에 아이를 낳았다고 했다. 그들이 결혼을 서둘렀던 이유도 거기에 있었다.

남자가 아내를 만난 것은 아이를 잃은 상처가 조금 아문 뒤였다. 당시 아내는 노래로 깊은 상실감을 달래고 있었다. 따지고 보면 그때 아내가 부르던 노래들은 죽은 아이와 남편의 영혼을 위한 기도 같은 것이었을지 모른다. 그녀의 노래는 남자의 가슴속에 뜨거운 덩어리 하나로 들어와 심장 부위쯤에서 서서히 녹아내리다가 온몸을 미열로 달아오르게 했다. 아내가 노래를 그만둔 것은 남자의 간절한 구애에 순순히 몸을 맡겼을 때부터였던 것 같다. 아내는 남자와 다시 결혼한 이후로는 냉정하게 노래를 끊어버렸다.

히터를 틀어놓고 창문을 약간 내려놓은 탓에 바람 소리와 함께 파도 소리가 거세게 차 안으로 밀려들었다. 차창의 좁은 틈 사이로 바람이 휘파람 소리를 내며 지나갔다. 건너편에 휘어진 해안의 집들은 이제 거의 불들을 꺼버렸다. 마지막 남은 불빛 하나가 바람 속의 등불처럼 희미하게 흔들리고 있었다. 포장막의 주인 여자는 마지막 남은 불빛이 보이는 바닷가의 집으로 돌아가 홀로 고단한 잠을 청할 것이다.

남자가 몸을 일으켜 고양이의 가슴팍에 열쇠를 꽂은 뒤 미등과 헤드라이트를 켜자 해변의 출렁이는 파도가 선명하게 살아났다. 어둠과 빛의 경계에서 산란기의 숭어들이 뛰고 있었다. 천천히 고양이를 움직이기 시작했다. 착한 짐승은 시키는 대로 주인을 등에 걸친 채 검은 도로 위로 미끄러져 나갔다. 이제 들판을 건너 노모가 잠들어 있을 고향 집을 스쳐서 서울행 고속도로에 접어들면 될 터였다. 취기는 별로 느껴지지 않았다. 전봇대들이 어둠 속에서 살아나 쉭쉭 지나가고, 낮게 엎드려 자고 있던 집들의 지붕도 고양이의 눈빛에 화들짝 놀라며 깨어나곤 했다. 차가 들녘 길로 접어들었다. 까만 지평선이 어두운 바다의 수평선처럼 펼쳐졌다. 바다와 다른 점이라면 파도 소리가 들리지 않고 숭어가 뛰지 않는 정도였다. 멀리 들판 가운데 마을의 집들이 바다 위를 항해하는 선박들처럼 희미한 불을 밝힌 채 어두운 지평선에 떠 있었다.

아내는 지금쯤 어디에서 산란을 하고 있을까. 남자는 아내의 목소리가 간절하게 듣고 싶었다. 아내의 휴대 전화는 집을 떠난 이후 내내 불통이었다. 전화를 걸 때마다 목소리 녹음만 돌아갈 뿐, 아내는 단 한 번도 응답하지 않았다. 남자는 늘 취기가 오를 때마다 아내의 전화번호를 누르곤 했다. 그가 남긴 메시지를 아내가 듣지 못할지라도 혼잣말이라도 길게 늘어놓고 싶었다. 그는 바지 주머니에 손을 넣어 휴대폰을 찾았다. 주머니 속에는 동전 몇 개만 만져질 뿐 휴대폰이 없었다. 양복 상의 주머니들도 비어 있기는 마찬가지였다. 포장막에서 나와 시트를 젖히고 길게 누울 때 바닥으로 빠진 모양이었다. 남자 는 들판 길에 차를 멈추고 실내등을 켠 뒤 바닥을 샅샅이 뒤졌 다. 역시 보이지 않았다. 눈에 보이지 않는 틈에 끼였거나, 아 니면 포장막 안에 떨어뜨렸을지도 모를 일이다. 건조한 목소 리일망정 아내의 메시지 응답음조차 들을 수 없는 상황이 더 욱 난감해졌다. 이대로 절연인가. 남자는 차에서 나와 어두운 들판을 불어가는 바람을 가슴으로 맞으며 별조차 뜨지 않은 캄캄한 하늘을 올려다보았다.

바닷가 포장마차 주인 여자의 민박집은 쉽게 찾을 수 있었 다. 유일하게 그 집에만 불이 밝혀져 있었다. 조심스럽게 대문 을 두드리자 기다리기라도 한 것처럼 금세 미닫이문이 드르륵 열렸다.

"아이고, 이 양반, 돌아올 줄 알았구만이라. 처음부터 좋게 따라올 일이지 먼 일 났다고 그렇게 내뺐당가요? 추운디 어서 들어오시오."

"그게 아니고, 포장막 안에 휴대폰을 떨어뜨린 것 같은데 대단히 죄송하지만 같이 가서 한번 찾아볼 수 있을까요?"

"그렇찮아도 바닥에 전화가 떨어져 있길래 나가서 찾아봤더니 보이지 않아서 돌아올 줄 알고 잘 보관하고 있었소. 마침 나 혼자 술을 한 잔 더 마시고 있던 참인디 잘 되았네."

남자는 엉거주춤 여자를 따라 방으로 들어섰다. 낮은 천장 아래 그리 넓지 않은 방 한구석에는 이불이 개켜져 있고, 아랫목에는 작은 소반 위에 국그릇과 김치와 소주잔이 덩그러니 놓여 있었다. 천장에 매달린 백열등이 남자의 머리에 부딪쳐 흔들거렸다.

"이짝 뜨듯한 아랫목으로 앉으소. 이 숭어 국에다 소주 한 잔 털어넣고 이 밤이 새도록 야그나 한번 해봅시다. 그려, 나 같이 만날 팍팍하게 사는 년도 이렇게 넉살 좋게 허허거리며 살아가는디 생긴 건 꼭 깎아놓은 밤톨맨치로 단정허게 생긴 양반이 먼 고민이 그렇게 많다요? 나, 근심 많어라우, 이렇게 얼굴에 큰 대자로 써 있구만."

"이렇게 밤을 새워 술을 마시면 내일 영업은 어떻게 할려고 그러세요?"

"우리 집 양반이 살아 있을 때는 숭어를 한 양동이 잡아오면 밤에 이렇게 숭어 국을 끓여놓고 거나하게 한 잔씩 했다우. 숭어란 놈들이 맘때면 알을 낳을라고 저그 강 밑으로 올라오는디 참 대책이 없는 고기들이어라우. 새끼가 머시다고 그런 미물들까정, 알 낳을 디를 찾느라고 물불을 안 가린당게. 원래는 눈이 아주 밝은 고긴디 알을 잔뜩 배면 아무것도 안 보이는

설숭어 225

모양이어. 가을부터 눈에 기름기가 끼기 시작해서 알을 낳을 때가 되면 죄다 눈먼 봉사가 되고 만당게."

"숭어란 놈들 생긴 것이 미끈하던데요."

"잘생기기만 허면 머혀. 묵적지근하게 멀 기다릴 줄도 모르고 의심은 또 얼매나 많은디. 산란기가 아니면 그놈들 잡기가 쉽지 않어. 그물 치는 소리만 들려도 삼십육계를 놓아버린당게."

주인 여자는 이미 취할 대로 취해 있었다.

"나가 비록 포장마차에서 술장시를 허고 있지만, 한때는 참 좋은 시절이 있었지라. 서방 있겄다, 남부럽지 않게 배도 한 척 있었겄다, 철철이 고기를 잡아다가 팔고 놀러도 다니고……. 근디 그놈의 숭어가 머시다고 남정네를 그 숭어 입에다가 바쳐버린 꼴이니 내가 이놈의 숭어들을 국을 끓이고 회를 쳐도 술만 마시면 분이 안 풀린당게."

남자는 여자가 권하는 술잔을 주는 대로 받아 마시는 바람에 정신이 혼몽해졌다. 가물가물한 시야에 아내의 얼굴이 비치는 듯했다. 아내는 그의 윗도리를 성급하게 벗겨내고 자리에 눕혔다. 남자는 오랜만에 만난 아내의 따뜻한 젖가슴을 탐했다. 아내의 가슴은 아이를 낳아본 여자만 가질 수 있는 탐스러운 것이었다. 남자는 그 젖무덤의 도드라진 돌기를 입술에 물고 천천히 오랫동안 음미했다. 혀를 굴리면 굴릴수록 돌기에서는 달콤한 육질의 깊고 연한 맛이 우러나왔다. 아내도 그의 가슴을 손으로 부드럽게 쓰다듬으며 바지를 걷어 내렸다. 남자는 젖무덤에서 입술을 뗀 뒤 아내를 꼭 끌어안았다. 아내는 이미 실오라기 하나 걸치지 않은 하얀 알몸이었다. 아내는 눈을 감고 있었지만 가쁘게 내쉬는 숨에서 안타까운 갈망이 묻어났다. 그가 귓볼을 가볍게 입술로 물고 뜨거운 숨을 토해내자 아내는 지느러미로 수면을 차고 뛰어오르듯 허리를 활처럼 하늘로 솟구쳐 올렸다. 그는 하강한 아내의 몸 위로 올라가 산란기의 하초에 눈처럼 흰 정액을 뿌리기 시작했다.

산란기의 눈먼 숭어에게는 꽃 낚시가 제격이다. 미끼를 끼우지 않고 바늘 주변에 비닐을 묶어놓으면 물살에 너풀거리는 비닐의 휘황한 빛에 현혹돼 숭어들이 달려든다. 꽃인 줄 알고 달려들었던 숭어는 날카로운 훌치기 바늘에 몸이 꿰인다. 눈먼 녀석들은 대담하게 연안의 수면 위를 무리 지어 회유한다. 잡을 테면 잡아봐라, 먹을 테면 먹어보라는 탐식자들을 향한 선전 포고인 셈이다. 아니면, 보다 절박한 심정일지도 모른다. 배 아래서 꿈틀거리는 수백만 개의 알들을 주체할 수 없어 어딘가에 뿌리기는 뿌려야 하는데, 아무 곳에나 산란할 수 없는 안타까움이거나 생을 통째로 투신해 마지막으로 자신의 몫을 감당하고 싶은 용기일지도 모른다.

아침에 눈을 뜨자 좁은 방의 창살문 너머로 주황색 빛이 스며들고 있었다. 마름모꼴 벽지의 무늬들이 남자를 향해 달려들었다. 간밤의 기억들이 어슴푸레 떠올랐다. 아내는 어디 갔을까. 지난밤 남자는 아내와 처음으로 깊고 긴 교미를 한 것 같았다. 아내는 뜨거운 살을 섞으면서 내내 울었다. 남자에게 그 울음은 쾌락을 감당하지 못하는 고통이기보다는 그리움을 담은 절규처럼 들렸다. 쾌락은 그리움을 담보하지 않는 한 물리적인 자위행위에 불과하다. 남자도 한때 아내를 만나기 전에 사창가를 전전하기도 했다. 붉은 거리의 여자들은 한결같이 기계적인 몸짓으로 자신을 방기했을 따름이다. 그네들의 알은 차가웠다. 아무리 뜨거운 정액을 흘린다 하더라도 산란할 수 없는 냉동 알들이었다. 그러나 냉동 알이 아니었다 하더라도 남자의 정자로는 알들을 부화시킬 수 없다는 사실을 그때는 몰랐었다.

"일어났는지 모르겠네. 아침밥 먹어야지라."

아침 햇살을 받은 주황색 창살문을 주인집 여자의 목소리가 뚫고 들어왔다. 남자가 힘들게 대답을 하자 이내 문이 열렸다.

"인자 정신이 드는가비여. 쭈글쭈글헌 젖을 왜 그렇게 괴롭히고 그려요? 나가 내 젖이 아까워서 그런 것이 아니라 지비가 너무 힘들어 보여서 내비두었소. 참말로, 짧은 시상 힘들게 살지 말고 그냥 내비두시오."

남자는 순간, 걷다가 시멘트 구덩이에 한 발을 빠트리고 구

228

덩이의 날카로운 턱에 가슴이 부딪히는 느낌이었다. 여자가 열어젖힌 창살문 너머로 바다가 아침 햇빛을 받아 하얗게 숨을 쉬고 있었다.

여자가 문을 닫고 나가자 남자는 가슴을 펴고 두 팔을 양 옆으로 길게 늘어뜨린 뒤 모든 근육의 긴장을 풀어버렸다. 놓아버린 육신으로 현기증이 밀려들었다. 남자는 고개를 세차게 좌우로 흔들고 자리에서 벌떡 일어났다. 미닫이문을 버럭, 열고 바깥으로 나섰다. 아침 햇살이 화려하긴 해도 한기는 여전히 남아 있었다. 정작 바깥으로 나섰을 때 한기와 함께 밀려든 것은 안개였다. 왜 바깥이 그렇게 찬란하리라고 생각했는지 남자는 도리질을 쳤다. 방 안에서 느낀 바깥의 풍경은 마음속 그림일 뿐이었다. 파도 소리는 지척을 분간하기 힘든 짙은 안개에 휩싸여 있었다. 남자는 방파제의 등대를 어림잡아 걷기 시작했다. 한 치 앞이 길인지 바다인지 뭍인지 모를 길을 무작정 걸었다. 걷는다는 것은, 한 발을 앞으로 내딛고 나머지 한 발을 뒤이어 내미는 기계적인 운동일 따름이다. 남자는 안개 속에서 천천히 오른발과 왼발을 규칙적으로 움직였다.

남자가 아내를 마지막으로 만난 곳은 한강 변 미사리의 카페 촌이었다. 넓은 홀의 무대에서 아내는 어떤 사내와 듀엣으로 노래를 부르고 있었다. 노래를 부르며 사내와 주고받는 아내의 눈빛은 따사로웠다. 노래를 마친 아내와 사내는 서로 어깨를 감싸안은 채 붉은 간판들이 번쩍거리는 골목길로 사라졌다. 남자는 골목의 전봇대 뒤에 몸을 숨기고 그들이 다정하게 사라져 가는 모습을 무연히 바라보았다.

안개 속에서 파도 소리가 가까이 다가오고 있었다. 숭어 뛰는 소리는 더 이상 들리지 않았다. 눈이 먼 산란기의 숭어들에게도 안개로 뒤덮인 수면 위의 세상이 보이기는 하는 것일까. 멀리서 길고 무거운 고동 소리가 들려왔다. 안개 속을 헤치고 나아가는 배들이 숭어를 부르는 소리였다.

시발바르

시발바르

그 두꺼운 얼음장 밑에서 끌어 올려진 물고기들은
지상으로 올라오는 순간

그대로 얼어버립니다.

그 물고기들에게는 지상이 바로 냉동 창고인 셈이지요.

사모바르 사모바르

1

"올린? 올린…… 맞지요?"

깊고 무거운 저음으로 고막이 스피커처럼 웅웅거린다. 여자에게 발악하듯 소리를 내질렀다. 그녀는 분명 올린이었다. 진한 화장 때문에 예전의 맑은 이미지는 많이 가려졌지만, 세월이 흘렀어도 그녀의 선명한 얼굴 윤곽은 쉽게 알아볼 수 있었다. 여러 번 소리를 지르자 그제야 그녀도 뒤돌아보았다. 그녀는 잠시 나를 찬찬히 바라보다가 어깨 위로 올라온 옆 자리 사내의 손을 풀어 내린 뒤, 비척거리며 위태롭게 걸어왔다. 넘어질 듯 상체를 숙인 그녀는 내 손을 꽉 붙잡고 가뜩이나 큰 두 눈을 더 크게 치뜬 채 금방이라도 눈물을 흘릴 태세였다. 스테이지에서는 디제이의 고함 소리에 맞추어 뒤엉킨 남자와 여자들이 가슴과 엉덩이를 리듬감 있게 흔들어대었고, 테이블에 앉은 사내들은 옆에 앉힌 여인들과 술을 마시며 수작을 벌이기에 바빴다.

"웨이터! 도대체 저 여자는 한꺼번에 몇 테이블을 뛰는 거야? 빨리 안 올 거면 국물도 없다고 그래!"

올린의 옆 자리에 앉았던 사내가 테이블 위의 붉은 등을 허공에 흔들어대며 소리를 질렀다. 올린은 다급한 표정으로 나중에 보자는 눈인사를 보낸 뒤 서둘러 사내 옆 자리로 돌아갔다.

올린, 그녀가 돌아왔다면 창우 그 녀석도 함께 왔다는 이야기가 아닌가. 이십 대 중반에 한국을 떠났으니 이 바닥 여자 나이로는 많은 편인 데다, 러시아계 여인들은 한국 여자들에 비해 빨리 늙는 편이어서 중늙은이에 속할 연배였다. 하지만 올린은 훤칠한 키와 균형 잡힌 몸매로 취객들쯤 휘어잡기에 아직 부족함은 없었다. 창우가 올린의 고향으로 함께 돌아가서 잘 살고 있다는 이야기를 들었고, 그곳의 생활을 담은 녀석의 편지를 받고 난 뒤로는 나도 언젠가 시베리아에 한번 다녀올 다짐까지 했었다.

파장 무렵의 나이트클럽 앞은 북새통이었다. 택시를 잡으려는 취객들, 여기저기 퍼질러 앉아 도로에다 먹은 것을 도로 게워내는 치들, 가자 못 간다 실랑이하는 사내와 여인들……. 올린이 화장을 지운 얼굴로 나타난 것은 취객들의 비틀거리는 몸짓도 하나 둘 사라지고 도심의 뿌연 밤이 새벽으로 나아갈 무렵이었다. 올린과 함께 택시를 타고 항구 쪽으로 갔다. 새벽 4시가 넘어가는 시각인데도 여전히 성업 중인 선창가 포장마차 대열의 한 자리를 비집고 들어가, 불빛 아래 드러난 올린의 맨얼굴을 바라보았다. 짐작했던 것보다 훨씬 많이 늙어버린 얼굴이었다. 눈가의 잔주름은 몇 겹이 더 생겨났고, 그녀의 상징이었던 고혹적인 눈매는 많이 이지러졌다.

"창우, 창우 얘기부터 먼저 해봐요. 그 녀석도 같이 왔나요?"

"……."

올린은 침묵을 지켰다. 답답한 마음에 창우의 안부를 연거푸 다그쳤더니 그녀는 고개를 돌린 채 눈물을 훔치다가 한참 만에 작심한 듯 다시 입을 열었다.

"저기요…… 한국 남자들, 차우 씨처럼 잘 울어요?"

"덩치도 커다란 녀석이 울어요? 나는 첨 듣는 소린데……."

"나하고 같이 살면서 많이 울었어요. 한국에 가고 싶냐고 물어도 고개만 흔들었어요. 바깥에서 들려오는 밤바람 소리가 커지면, 내 가슴에 얼굴을 파묻고 만날 울었어요. 그래서 내가 차우 씨, 애기처럼 껴안고 등을 가만가만 토닥여 주어야 겨우 잠이 들곤 했어요."

"내 참, 그 녀석, 그토록 떠나고 싶어 하더니 거기 가서 애가 돼버렸던 모양이네."

"그렇지 않아요. 아침이 오면 그 사람 언제 자기가 울었느냐는 듯이 동네 사람들이랑 낚시도 나가고 사냥도 갔어요. 차우 씨, 낚시나 사냥 솜씨, 우리 동네 다른 남자들 못지않았어요."

멀리서 고동 소리가 들려왔다. 창우가 한국에 있을 때는 가끔 오랫동안 통화를 하다가 녀석이 사는 부산까지 한달음에 내려와 이곳 선창가에서 술을 마시곤 했다. 지금은 그곳에서 창우 대신 먼 나라에서 온 그의 아내와 술을 마시고 있는 것이다.

"아이는 없어요?"

"안 생겼어요. 지금 생각하면 차우 씨가 일부러 아이를 만들고 싶지 않았던 거 같아요."

아이가 생기지 않았던 것만 빼면 올린의 고향에서 그들이 보낸 세월은 꽤 행복했던 모양이다. 그들이 이 땅을 떠날 당시에는 올린도 이곳의 험한 생활이 너무 힘들었고, 창우도 한국 땅을 떠나고 싶어 했던 터라 쉽게 시베리아행을 결정할 수 있었다.

"야, 그림 좋다 카이. 여개까지 백말을 데꼬 와서 술을 처마신다? 씨팔, 언 놈은 강소주 나발이나 부는디, 이거 너무 불공평한 거 아이가?"

아까부터 우리를 흘끗거리던 옆 자리 취객들 사이에서 끝내 거친 소리가 터져 나왔다. 객지에서 봉변을 당할 일도 그렇지만, 올린을 위해서도 자리를 뜨는 게 나을 성싶었다. 포장막을 들추는데 뒤에서 더욱 커진 목소리가 따라왔다.

"여개가 느그들 안방인 줄 아나? 어데서 지랄이가, 지랄이……."

멀리 바다 위에 입항을 기다리는 컨테이너선들이 불을 밝혀 놓은 채 점점이 떠 있었다. 바야흐로 긴 항해를 끝내고 이제 고단한 짐을 부리기 위해 마지막 밤을 새우는 중이다. 포장마차에서 싸 들고 나온 안주와 소주를 방파제 위에 펼쳐놓고 앉았다. 보드카로 단련된 올린도 저녁부터 마신 술이 꽤 올라오는 모양이었다. 오랜만에 남편 친구를 만난 감회가 그녀의 감정을 더 고조시켰을 것이다. 시베리아 생활은 창우의 편지를 받고 짐작한 것처럼 대체로 단순하고 반복되는 삶의 연속이었다. 낮에는 동네 사내들과 낚시를 나가고, 밤이면 올린과 함께 다음 날 일을 위해 도구를 정비한 뒤 바깥세상의 추위를 서로 몸으로 녹이며 밤을 보냈다고 했다. 창우는 살아 있다는 사실에 몰두할 수 있어 행복하다고 했고, 결코 돌아가는 날은 꿈꾸지 않겠다고 했다. 비록 꽃 한 송이 쉽게 피울 수 없는 추운 곳이지만 그 땅에서 단순하고 견결한 하루하루를 보내면서 그대로 늙어가겠다고 했다.

2

　창우를 처음 만난 것은 대학 1학년 때였다. 나는 대학에 입학하자마자 적당한 동아리를 찾아 헤맸다. 갑자기 주어진 엄청난 자유를 어딘가에 반납하지 않으면 대학 생활을 견디기 쉽지 않을 것 같은 예감 때문이었다. 캠퍼스 게시판에 덕지덕지 붙은 신입 회원 모집 공고들을 보고 찾아간 곳이 '문화 연구회'라는 명칭의 동아리였다. '문화'라는 수식어가 역사나 사회 혹은 고전 같은 것을 앞세운 동아리들과는 달리 뭔가 넉넉한 분위기를 느끼게 했던 것 같다. '문화' 뒤에 붙은 '연구'라는 단어가 조금 딱딱하긴 했으나 노는 분위기도 아니고 그렇다고 마냥 숨 막히는 엄숙함도 아닌 어중간한 이미지를 주어 오히려 편안했다.

　그 동아리의 전체 인원은 꽤 많아서 요일별로 만나는 세미나 그룹이 형성돼 있었는데 나는 금요일 반이었다. 남학생 서너 명과 여학생 대여섯 명이 금요일 반에 배정돼 있었다. 같은 요일에 배정된 창우와 나는 재수생이라는 공통점이 작동해 금방 서로 친해졌다. 세미나를 진행할수록 처음에 '문화'라는 말에서 느꼈던 한가로운 이미지가 이 동아리와 어울리지 않는다는 걸 직감할 수 있었다. 하기야 시절이 시절이었던 만큼 대학생들이 한가롭게 인문학적 분위기에 심취할 수 있었던 환경은 아니었다. 동아리의 명칭은 그저 장식에 불과한 것이었다.

세미나는 초기에 아널드 하우저의『문학과 예술의 사회사』나 당시에는 국내에 출간도 되지 않은 아도르노의『미학 이론』 복사본 같은 것으로 서너 번 가더니 프란츠 파농의『대지의 저주받은 사람들』과 파울로 프레이리의『억눌린 자들을 위한 교육학』으로 한 단계 강도를 높이다가 급기야 마르크스의 일 어판『자본론』강독으로 넘어가고 있었다.

그 당시에는 세미나에 필요한 책들을 구하기 어려워 선배들 이 나누어준 복사 자료를 다시 복사해서 돌려보는 형국이었는 데, 창우는 어디서 구했는지 번듯한 책을 들고 나타나 진지한 모습으로 세미나에 임했다. 나중에 안 사실이지만 그는 대학 원에 다니는 형과 함께 자취를 하고 있었고, 학구파였던 그의 형 서가에서 책들을 구할 수 있었던 모양이다.

창우가 자취하는 집에 가끔 놀러간 기억이 난다. 그의 형은 창우 못지않게 잘생긴 편이었는데 다 큰 동생을 대하는 태도 가 자못 애틋했다. 형이 동생을 대하는 모습은 아버지가 어린 아이를 대하듯, 어찌 보면 조심스러웠고 달리 보면 너무나 사 랑하는 태도이기도 했다. 창우는 형에게 툴툴거리다가 다시 곰살궂게 굴면서 장난을 치는 모습이 어리광이라도 부리는 듯 했다.

미국 대통령 선거에서 케리와 부시가 접전을 벌이다가 결국 부시가 승리했을 때 나는 창우를 떠올렸다. 케리 진영의 러닝

메이트였던 에드워드가 끝까지 결과를 두고 보겠다고 다짐한 지 불과 몇 시간 후에 케리는 부시에게 항복 선언을 했다. 미국 대통령 선거가 지난번처럼 한반도는 물론 전 세계인의 눈길을 초조하게 붙잡았던 적은 별로 없었던 것 같다. 오래전 할리우드의 영화 배우 로널드 레이건이 미국의 대통령으로 등극한 뒤 전두환 정권을 적극 지지하면서 급기야 한국을 방문까지 했던 날, 그 녀석 창우가 엉뚱하게도 된서리를 맞았다. 아마도 창우를 포함한 친구 몇 명이 부산으로 내려가는 기차 안이었을 것이다. 차 안에서 오징어 안주로 소주를 마시다가 기분이 좋아진 창우가 노래를 불렀는데, 언제 나타났는지 공안원 두 사람이 등장해 다짜고짜 녀석을 다음 정차 역에서 끌고 내려가 버렸다. 창우는 한사코 먼저 내려가 있으라고 만류했지만 나는 녀석이 걱정돼 공안 경찰을 따라 함께 내렸고, 하릴없이 나머지 일행은 가라앉은 분위기 속에서 목적지까지 내려가 우리를 기다렸다. 알고 본즉, 레이건이 방한하는 때를 전후해 사소하게라도 수상한 행동을 보이는 젊은 청년들은 모조리 잡아넣으라는 무지막지한 지시가 전국에 내려진 상황이었던 모양이다. 웃기는 것은 그날 창우가 불렀던 노래가 운동 가요도 아니고 누군가를 비방하는 노래도 아니었다는 사실이다. 녀석은 적당히 술이 올라 기분이 좋아지면 밀양 아리랑 가사를 바꾼 노래를 불러 좌중의 인기를 얻곤 했었다.

이를테면 이렇다.

부산에 남포동 낄낄이 연락선 쌍고동 빽나발 부는데 우리 마누라 일본에 동경에 오징어배 타고 날랐다 날씨 관계상 기후 관계상 소식이 없어 어린 새끼는 배가 고파서 낄낄이거린 다 싸가지 잡년아 쓰레기 잡년아 어느 놈하고 붙었노 어린 새 끼는 배가 고파서 낄낄이거린다 아리아리랑 스리스리랑 아라 리가 났네 아리랑 고개로 날 넘겨주소…….

이후 창우는 자주 시위에 참가했을 뿐 아니라 맨 앞줄에서 격렬하게 돌을 던지다가 잡혀가 며칠씩 유치장에 갇혀 있곤 했다. 한국을 방문한 레이건이 창우라는 녀석을 과격하게 만 들어버린 셈이었다.

창우의 변신에도 불구하고 녀석은 기차 안 해프닝 때문에 W로부터 심한 질책을 받았다. W는 동아리 엠티나 회합 자리 에서 근엄한 목소리로 정세를 분석하고 노동자 혁명의 당위성 을 논하던, 우리 동아리의 이른바 이론가 선배였다. 지금이 어 떤 상황인데 아무리 일 학년이라지만 천둥벌거숭이처럼 행동 하느냐는 것이 질책의 요지였다.

W는 우리들 앞에서 대단히 비감하고 두려운 훈시를 하곤 했다. 광주에서 수많은 시민들을 학살한 군부가 오늘 우리 시 위대를 향해 장갑차를 동원할지도 모른다는 정보가 있다. 다 들 몸조심하길 바란다. 여러분들은 아직 어리다. 끝까지 살아

남길 바란다. 대충 이런 식이었다. 가두시위를 치른 날, 그는 뒤풀이 자리에서 분에 못 이겨 자신의 주먹을 이빨로 물어뜯는 바람에 몇몇 여학생들이 눈물을 흘렸을 정도였다. 지금 생각해 보면 우리를 훈련시키기 위해 일부러 과장한 혐의가 없는 것은 아니지만, W는 후배들 앞에서 늘 허점을 보이지 않으려고 노력했고 한 치도 긴장을 풀지 않았다.

대학에 들어와 맞은 첫 겨울방학도 끝나갈 무렵, 창우가 늦은 밤에 내 자취방으로 찾아왔다. 그는 뒷주머니에서 주섬주섬 종이 쪽지들을 꺼내더니 볼펜으로 그려놓은 표를 보여주고 눈빛을 빛내며 목소리를 낮추어 말했다.

"니 그거 아나? 지금 선배들이 꾸린 지하 조직이 있는데 후배들을 포함해 새롭게 조직을 개편하는 중인 거. 치…… 우리만 거기에서 빠져 있다. 니야 원래 겁이 많은 놈이니까 그렇다 치더라도 나는 왜 빠졌노? 가만 안 있을 끼다."

"무슨 뚱딴지 같은 소리냐? 그런 조직이 있다는 사실은 내 처음 들었다만, 그런 게 있다 하더라도 다 선배들이 알아서 필요한 대로 꾸리는 건데 굳이 먼저 나서서 분란을 만들 필요가 뭐 있겠어?"

"아니다. 이건 전국적인 비선 조직인데, 얼마 안 있어 엄청난 혁명의 전위 조직이 될 끼다. 우리가 거기에서 빠지면 역사의 낙오자들이 될 끼 빤한데 이렇게 두 손 놓고 있어야 되나?"

다음 날 창우가 세미나 뒤풀이 술자리에서 갑자기 일어나서 W에게 불만을 토로하기 시작했다. 도대체 우리가 이렇게 학습하고 시위에 나서는 모든 일의 근원은 인간이 인간답게 살 수 있는 환경을 만들기 위한 것 아니냐, 그러기 위해서는 정작 우리 자신들부터 인간적인 모범을 보여야 하는 것 아니냐, 그런데 우리 조직은 철저하게 기계적이고 동료들끼리도 솔직해질 수 없는 숨 막히는 공간이 되고 있다, 다시 한번 말하지만 도대체 우리가 무엇 때문에 운동을 하는지 처음부터 차근차근 검토해 볼 필요가 있다…… 창우의 말이 다 끝나기도 전에 W가 뚜벅뚜벅 걸어와 녀석의 뺨을 올려붙였다. 소심하고 여린 마음은 우리 모두가 경계해야 할 우리 내부의 적이다. 조직은 냉정하다. 어설픈 인간적인 태도로는 우리가 이 엄혹한 상황을 헤쳐 나갈 수 없다. 적들은 저리 당당하고 뻔뻔한데 너희들의 여린 자세로 우리가 이길 수 있는 적은 없다. 제발 자중 자애하길 바란다. 대충 이런 요지였을 것이다. 창우가 묵묵히 고개를 숙이고 있다가 W의 멱살을 잡아챘다. 녀석은 술자리 분위기를 완전히 망가뜨려 놓았고 급기야 탁자를 엎어버리는 난동에 가까운 행패를 부리다가 퍼뜩 정신을 차린 선배와 동기들에게 겨우 끌려나갔다.

이 학년 가을 학기가 시작될 무렵 창우는 소리 없이 캠퍼스에서 사라졌다. 나중에 알았지만, 녀석은 잦은 시위 참가로

파출소를 들락거리던 끝에 강제징집 대상에 포함됐던 모양
이다.

 녀석을 다시 본 것은 대학을 졸업하고 어렵사리 직장을 구
해 막 샐러리맨 생활을 시작할 때였다. 까마득한 대학 신입생
시절에 만났던 인연 하나야 따지고 보면 그냥 스쳐가는 정도
일 수도 있는 것인데 녀석은 어찌어찌 수소문을 해서 연락처
를 알아낸 모양이었다. 창우는 신입생 시절과 비슷했다. 짧은
상고머리에 웃을 때마다 드러나는 희극적인 덧니, 검은 뿔테
안경, 그 안경 너머에서 진지하게 빛나는 눈빛은 세월이 흘렀
음에도 그 시절 그 모습을 그대로 간직하고 있었다. 녀석은
회사 앞 카페에 자리를 잡자마자 다짜고짜 물었다.

 "니, 숙영이 연락처 아나?"

 "야, 졸업한 지가 벌써 몇 년인데…… 소식 끊어진 지 오래
됐다. 왜 뜬금없이 숙영 선배는 찾는데?"

 "선배는 무슨 선배고. 니는 아직도 선배라 카나?"

 "야, 너는 아무리 나이가 같다고 해도 대학 졸업하면 끝이
냐? 그렇게 안면 바꾸는 법이 어디 있나?"

 숙영 선배는 우리가 같은 세미나 반에 소속돼 있을 때 우리
반에 들어왔던 한 학년 위의 여자 선배였지만, 재수생 출신인
우리들과는 같은 연배였다. 녀석이 짓궂게 선배, 선배 부르며
따라다니는 바람에 당시 세미나 지도를 맡았던 W로부터 주의

를 받기도 했던 기억이 났다.

"야는 옛날이나 지금이나 영 맹탕이네. 니 내가 숙영이랑 사귀었단 소식 못 들었나? 제대하고 복학했더니 숙영이가 그 때까지 학교를 댕기데. 학교를 쉬면서 무얼 했는지 내막은 잘 모르겠지만 휴학을 반복했던 모양이야. 너무 반가웠어. 한동 안 뜨겁게 어울렸는데, 어느 날 온다 간다 한마디 없이 갑자기 없어지더니만 영 소식을 모르겠네."

"그럼 최근까지도 숙영 선배와 가까이 지냈단 말이냐?"

"그건 아니고, 벌써 몇 년 됐다. 나도 찾아 댕기다 고만 포 기하고 고향에 내려가 살다가 오랜만에 서울 올라온 김에 니 생각이 나서 한 번 안 들러봤나?"

"찾으면 어떻게 할 건데?"

"어떻게 하긴, 인자 같이 살아야지. 나도 고향에 내려가서 자리 잡았다 아이가. 학원에서 수학을 갈키는데 내, 학생들한 테 억수로 인기 좋다. 이대로 조금만 더 가면 금방 집 한 채 살 끼다."

창우와 그렇게 헤어진 지 다시 오 년쯤 흘렀을 것이다. 이번 에는 우연히 부산에 출장을 간 내가 거리를 지나다가 창우가 근무한다는 학원 간판을 보고 혹시나 해서 간판에 적힌 전화 번호로 그를 찾았다. 창우는 그때까지도 아직 학원 선생이었 다. 녀석은 나를 보더니 죽었던 부모가 다시 살아오기라도 한 것처럼 과장되게 반가워했다.

"살다 보니 별일이네. 니가 다 먼저 연락을 하고. 내, 이 바닥에서 완전히 자리 잡았다. 부산 학원가에서 내 이름 석 자 모르면 간첩이데이. 안 그래도 연락하려고 했는데 마침 잘 왔다. 나 다음 달에 결혼할란다."

"야, 장가 한번 일찍도 간다. 여태까지 뭐 하다가 이제 가는 거야? 신부는 누군데?"

"숙영이, 내 찾아냈다."

"그래? 대학 졸업한 지 벌써 십 년도 넘었는데, 너 참 대단하다. 그래 어떻게 찾았는데? 찾아내니까 숙영 선배가 즉각 너와 결혼해 주겠대?"

"당연하지. 내가 그렇게 오랫동안 찾아 헤맸는데……."

"야, 이 녀석 완전히 지 맘대로 소설 쓰고 있구만."

"그게 아니야, 숙영이는 지금 누군가가 절실하게 필요하다. 바로 나 같은 사람 말이다."

"어디 얘기나 좀 들어보자. 어떻게 된 건데?"

하지만 녀석은 입을 다물었고 나 또한 더 이상 추궁하지 않았다. 서울로 올라온 뒤 한 달이 넘도록 녀석으로부터 청첩장은 받지 못했고 그 해가 다 지날 때까지도 녀석과는 연락조차 되지 않았다. 녀석이 결혼했다는 얘기도 들리지 않았다. 창우는 성격이 급해서 어쩌다가 화는 낼지언정 대체로 평상시에는 늘 명랑하고 낙천적인 편이었다. 그런 녀석이 시베리아에서 보내온 편지에 슬픔이라는 단어를 자주 언급한 것을 보면, 이 땅에서 안고 간 상처가 만만치 않았던 모양이다.

3

하바로프스크 출신인 올린이 예술 흥행 비자(E-6)로 한국에 들어왔다가, 졸지에 윤락녀 신세로 전락하게 될 줄은 본인도 전혀 예상하지 못한 일이었다. 부모가 모두 중병에 걸린 상태에서 올린은 어떻게든 돈을 벌어서 부모의 병을 고쳐볼 심산으로 한국에 가면 큰돈을 만질 수 있다는 광고를 보고 모집책을 만났던 모양이다. 사회주의 조국에서 병원비를 보장해주던 시절이 있었지만, 이미 그건 옛말에 불과했다. 교사 월급으로는 눈을 빤히 뜬 채 부모를 저승으로 보내야 하는 처지에서 올린은 어쩔 수 없이 현지 브로커에게 매달렸고, 계약서에 서명하는 순간 그녀는 매춘의 수렁에 빠져든 셈이었다. 러시아판 심청이가 따로 없었다. 한국행 서류 발급 수수료와 항공료만 120만 원 이상 들어간다. 브로커들은 한국의 공연 기획사가 비용을 모두 부담한다고 홍보했지만 올린 같은 루스카야들은 입국 경비를 처음 약속과는 달리 수입에서 빼 가기 때문에 이 돈을 갚기 위해 처음 몇 개월 동안은 수입 없이 지내야 했고, 결국 매춘 시장으로 몰릴 수밖에 없는 상황이었다.

어쩔 수 없는 조건을 내걸어 매춘으로 몰아가는 건 백번 양보해서 그나마 양심적인 경우였다. 올린을 포함한 루스카야들은 한국에 들어오자마자 여권을 압수당했고, 그들을 인수한 무리는 반지하 방에 감금해 놓고 윤락을 강요했다. 구타를 당하기도 수차례였고, 말조차 통하지 않는 낯선 나라에서 올린은 태어나서 처음으로 인간 이하의 고통을 당했다. 그녀가 우여곡절 끝에 겨우 윤락에서 벗어나 나이트클럽 무용수로 본업을 찾기까지는 일 년여의 세월이 흘러야 했다.

숙영을 떠나보낸 후 황폐하게 술어 절어 살던 창우가 우연히 술집에서 올린을 만났다. 녀석은 특유의 다혈질과 의협심이 발동했는지 모아두었던 재산의 절반 이상을 털어 올린을 브로커 조직에서 빼낸 뒤 그녀와 혼인신고까지 했다. 덕분에 올린은 불법 체류자 신분에서 대한민국 국민이 되었다. 창우의 연락을 받고 부산에 내려가 우리는 올린과 더불어 가까운 해인사에 여행도 가고 돌아오는 길에 바닷가에 들러 술을 마시며 많은 이야기를 나누었다. 올린은 심성이 여리고 순수해 보였다. 그녀는 부모 이야기만 나오면 눈물지었다. 창우가 올린에게 그녀의 고향으로 함께 가자고 먼저 제안을 했던 모양이다. 나는 녀석이 올린과 함께 시베리아로 떠나기 전 마지막 밤을 부산에서 그들과 함께 보냈다.

"차우 씨에게 우리 고향, 너무 춥고 먼 곳이라고 얘기해도 말을 안 들어요. 나는 함께 가면 행복하지만, 차우 씨, 금방 되돌아갈 것 같아 불안해요."

서툰 한국말로 열심히 말하는 올린은 이미 창우에게 따뜻하고 깊은 감정을 가진 듯했다. 올린은 창우의 제안이 반갑기는 했지만 반신반의했던 모양이다. 결국 올린은 창우와 함께 그녀의 고향으로 떠났다. 올린에게는 금의환향이었겠지만 창우로서는 스스로 선택한 유배의 길이 아니었을까. 어쨌든 올린은 다시 자본주의 사회의 현란한 무대로 돌아와 내 앞에 처연하게 앉아 있다. 그녀는 무엇 때문에 다시 이 불나방들의 도시로 돌아왔는가.

"한국에 다시 나와서 사실은 제일 먼저 당신을 만나고 싶었지만 연락할 길이 없었어요. 차우 씨가 잠꼬대를 할 때면 항상 누군가의 이름을 부르곤 했어요. 아마 수경이라고 했던가, 그럴 거예요. 수경이라는 여자, 차우 씨 옛날 여자 맞지요?"

수경이라면…… 아마도 숙영 선배를 부른 것일 게다. 그녀는 창우가 시베리아로 떠나기 전에 먼저 다른 세상으로 떠났다.

"수경? 아마 숙영이란 이름이 맞을 거예요. 하지만 이미 이 세상 사람이 아네요. 그 정도는 올린도 알고 있지 않았나요?"

"자세히 들은 것은 없어요. 다만 예전에 좋아했던 여자가 있었다는 정도였지요. 결혼했다가 이혼했어도 상관없어요. 러시아에서 이혼은 아무 문제도 아녜요. 요즘 한국도 마찬가지라지만. 예전에는 우리도 이혼은 힘들었어요. 남자들 만날 보드카에 취해서 아내들 때리고 그래도 여자들 잘 참았어요. 하지만 요즘은 아무도 그런 것 참지 않아요. 결혼하는 사람들 둘 중 하나는 아무렇지도 않게 헤어져요."

"올린같이 아름다운 루스카야가 왜 거기에서 눌러 살지 않고 다시 한국으로 나왔어요?"

"차우 씨, 어떤 날 낚시 갔다가 돌아오지 않았어요. 혹시 한국으로 돌아갔나 싶어 찾으러 나왔어요. 차우 씨가 왜 그렇게 힘들어 했는지 알고 싶기도 했고요."

올린의 한국말은 비록 서툴지만 조리가 있는 편이었다. 창우의 안부를 궁금해하는 나에게 그녀는 띄엄띄엄, 하지만 끈기 있게 설명해 주었다.

밤에 바깥에서 불어대는 시베리아의 바람 소리는 겪어본 사람이 아니면 몰라요. 사모바르에서 몽글몽글 피어오르는 수증기만 아니라면 우리가 누워 있는 방 안까지 바람이 몰려와 모든 것이 하얗게 얼어버릴 것 같은 두려움이 생기지요. 처음에는 그 사람도 그런 밤들이 무척 외롭고 추웠던 모양이에요. 밤새 잠 못 이루고 뒤척이는 날이 많았지요. 이런 날 밤 바깥에 나가면 입김이 하얗게 얼어붙을 지경이었지요. 공기 중에 떠도는 물 알갱이들이 모두 얼어버려서, 거대한 냉동 창고의 얇은 얼음 장막을 뚫고 걸어가는 느낌이에요. 그 사람은 가만히 누워서도 바깥 대기가 얼어붙어 바람에 날릴 때마다 서걱거리는 소리가 들린다고 했어요. 낮에 동네 사내들과 낚시를 다니면서 천천히 시베리아 생활에 적응하기 시작했어요. 시베리아 사람들, 한국 사람들과 비슷한 면이 많아요. 정도 많고, 술도 잘 마시고, 조금만 친해지면 금세 잘 어울리는 면도 그래요. 차우 씨, 낮에는 하루 종일 낚시를 다녔고, 밤이면 나와 함께 낚시 도구를 손질했어요. 잡은 고기들은 시내에 나가 팔기도 하고, 우리들 겨울 양식으로 요긴하게 활용했지요. 한번은 자다가 깨어보니 그 사람이 안 보이는 거예요. 사모바르는 싸늘하게 식어 있고, 방 안은 추위가 지배하고 있더군요. 화장실이라도 갔나 해서 찾아보았지만 실내에 그 사람은 없었어요. 그 춥고 칠흑 같은 한밤중에 어디를 갔나 궁금해서 잠을 이룰 수 없었지만 막상 바깥에 나갈 엄두가 나지 않았어요. 다시 불을 붙인 사모바르가 보글보글 소리를 낼 무렵, 바깥에서 거세게 밀려 들어오는 바람과 함께 그 사람이 꽁꽁 언 채로 들어서는 거예요. 차우 씨는 비척거리며 걸어 들어와 난로를 껴안을 듯이 불 가에 바투 앉아 거친 숨을 내쉬더군요. 시베리아 밤하늘의 별을 보러 나갔다 왔다더군요. 밤새 그치지 않는 바람 소리 때문에 잠들 수 없었대요. 시베리아의 별들은 그 바람을 타고 어느 방향으로 흐르는지 보고 싶었다나요. 낮 시간의 중노동이 힘들지도 않았을까요? 일 미터가 넘는 두꺼운 얼음장에 구멍을 내고 낚싯줄을 드리우는 일이 보통 힘든 작업이 아니거든요. 하루만 지나면 그 구멍은 다시 얼음으로 메워져 버린답니다. 그 두꺼운 얼음장 밑에서 끌어 올려진 물고기들은 지상으로 올라오는 순간 그대로 얼어버립니다. 그 물고기들에게는 지상이 바로 냉동 창고인 셈이지요.

4

창우가 숙영 선배를 다시 만났을 때 그녀는 지칠 대로 지쳐 있는 상태였다. 놀랍게도 그녀는 대학 시절부터 W의 정인이었던 모양이다. 놀랍다고 말한 것은, W가 후배들에게 조직 내부의 연애는 분열을 유발하는 위험한 행동이라고 누누이 강조했기 때문이다. 후배들에게 경직된 목소리로 강조하던 자신의 주장을 W는 정작 스스로 배반했던 셈이다.

두 사람이 결혼식을 올렸다는 소문은 듣지 못했다. 시대가 바뀌기 전까지 주로 잠행으로 살았던 W이기에 숙영 선배 또한 겉으로 드러나지 않는 애인이요 아내였을 따름이다. 세상이 변하자 W도 수면 위로 올라왔다. 그는 서서히 유명 인사가 되어갔다. 어느 때부터인가 시사평론가로 등장해 여기저기 신문에 칼럼을 기고하는 유명 칼럼니스트로 성장하는가 싶더니 어느새 텔레비전에도 등장해 종종 시사 토론을 벌이는 모습이 눈에 띄었다. 그가 방송에 나와 하던 말이 기억난다.

좌나 우는 기실 별 차이가 없습니다. 극좌나 극우만 아니라면 결국 비슷한 속성을 지니게 마련이지요. 자신들의 기득권과 이익에 관련된 것에는 좌든 우든 예민하게 반응하면서 사생결단으로 달려들겠지만, 당면 이익과 관련된 게 아니라면 나머지는 취향 차이일 뿐입니다. 물론 지난 시절이라면 이렇게 말하지는 못했을 겁니다. 그 시절에는 취향이 인정되지 않는, 드러내기만 해도 생명의 위협까지 감수해야 했던 야만의 시절이었지요. 그렇지만 세월이 변해도 변하지 않는 진실이 있다면 양 극단은 늘 똑같이 위험하다는 사실입니다. 극좌나 극우는 취향이 다른 사람들을 적으로 간주하며 기필코 상대를 제압하는 것이 역사적 사명인 양 광분하지요. 역사적으로 볼 때 양 극단에 서 있는 이들이 권력을 잡으면 늘 불행이 되풀이돼 왔습니다.

요컨대 좌나 우는 이제 취향의 문제라는 것이었다. 조금 엉뚱하고 논리가 묘한 구석이 없지는 않았지만 나는 대체로 그 말에 수긍했다. 좌익이라면 우리 사회에서는 곧바로 빨갱이 같은 원색적인 이데올로기적 이미지로 분칠되지만, 사회주의 사회에서 좌익은 곧바로 자본주의에 가까운 시각을 지닌 사람들을 일컬을 터이다. 좌익은 어느 사회나 체제에서 상대적으로 진보적인 쪽을 일컫는 게 사전적인 의미이지 않은가. 반면에 우익은 사회주의 체제에서는 우리 시각으로 말하자면 좌익에 속한 그룹을 말한다. 그러니 진보와 보수는 둘 다 어떤 체제를 막론하고 그 사회에 존재할 수밖에 없으며 지나치게 흥분하는 것은 체제에도 결코 도움이 되지 않는다는 사실이다. 그렇게 볼 때 W는 지극히 당연한 이야기를 하고 있는 셈이었다. 나는 어쨌든 보다 유연해진 그의 태도를 보면서 세상이 바뀌긴 바뀌었다는 실감을 했다. 나중에 창우에게 들은 이야기지만 내가 방송에서 W를 접했을 때 이미 그는 숙영 선배와 결별한 뒤, 레지던트를 마치고 막 병원을 개업한 삼십 대 여성 전문의와 결혼식까지 마친 상태였다. 취향이 바뀐 것이다.

창우가 어렵사리 숙영 선배를 찾아냈을 때 그녀는 가톨릭 수도원에서 운영하는 용산의 무료 급식소 봉사자로 살고 있었다. 학교 시절에 그녀는 그늘이 별로 보이지 않는 맑은 얼굴이었다. 하지만 창우가 찾았을 때는 눈가에 깊은 주름이 생겼고 얼굴에는 짙은 그늘이 드리워진 지친 여인이었다고 했다. 그녀는 그 급식소의 방 한 칸에서 살고 있었고, 수도원의 수사들과 더불어 허드렛일을 도맡아 하는 낮은 자리의 낮은 사람이었다. 창우가 어떻게 설득했는지는 모르되 숙영 선배는 녀석과 함께 부산으로 내려갔다. 거기까지가 내가 창우에게 직접 들었던 사연의 전부다. 이후 그들이 왜 결합하지 못했는지, 숙영 선배가 어떻게 죽었는지 나는 아직까지 알지 못한다. W는 지난 총선 때 서울 강북의 한 지역구에서 출마해 국회의원에 당선됐다.

올린의 청으로 나는 그녀와 함께 창우의 형을 찾아갔다. 형은 그즈음 지방대학에서 철학과 교수로 자리를 잡고 있었다. 창우의 부모는 이미 이 세상 사람이 아니었고, 형이 이 세상에 남은 유일한 혈육이었다. 외로움 때문이었을지는 모르되 그들의 형제애는 따뜻하고 도타운 편이었다. 작은 창문만 빼놓고 양쪽 벽과 출입구까지 책으로 덮여 있는 비좁은 연구실에서 그는 오후의 사양(斜陽) 아래 앉아 있었다. 형은 창우의 행방을 묻자 표정이 굳어지며 얼굴이 검은 실루엣으로 캄캄해졌다.

"그 아이가 시베리아로 떠난다고 했을 때 기어이 말렸어야 하는데…… 한국에 돌아왔다면 나에게 연락을 하지 않을 리가 없는데 창우는 시베리아 어디쯤에 아직 있을 게 틀림없어. 혹시 다른 문제가 있었던 건 아닌가?"

형은 올린 곁으로 바짝 다가앉아 손을 잡고 간절한 어투로 물었다.

"창우가 떠날 때 혹시 남긴 말은 없어요?"

올린은 말없이 고개를 흔들면서 처음 나를 만났을 때처럼 다시 눈물을 흘렸다. 그 모습을 망연히 바라보던 형이 책상 아래 서랍에서 두툼한 대학 노트를 꺼냈다. 그것을 나에게 건네

주며 돌아가서 올린에게 단서가 될 만한 부분들만 읽어주라고
말한 뒤, 올린에게는 하루 빨리 자신과 함께 시베리아로 가서
창우를 다시 찾아보자고 제안했다. 그날 저녁 올린과 헤어진
뒤 나는 찬찬히 대학 노트를 읽기 시작했다. 창우가 대학 시절
부터 띄엄띄엄 기록한 비망록이었다. 녀석은 시베리아로 떠나
기 전 형에게 그것을 맡겼다고 했다. 서둘러 숙영과 연관된 부
분부터 찾아보았다.

　……숙영은 아직도 나를 후배 취급하는 것 같다. 아니면 W
로부터 받은 상처가 아직 아물지 않아 짐짓 나의 구애를 모른
체하는 것일 수도 있다. 하지만 적어도 내 앞에서 W를 원망한
적은 한 번도 없다. 나는 그녀가 성녀가 아니면 백치일 거라고
생각한다. 요즘 세상에 어떻게 그토록 한 남자에 대해 지순한
감정을 품을 수 있는 것인지. 그녀는 지금 사하 공단에서 노동
자 인권 센터 상담원으로 일하고 있다. 남의 인권은 챙기면서
정작 자신의 운명과 행복에 대해서는 왜 눈곱만큼도 배려하지
않는가.

　……숙영이 처음으로 W에 대해 언급했다. 그 시절에는 그
시절의 진실이 있었으므로 함부로 그를 비난해서는 안 된다는
얘기였다. 도덕성이란 늘 상대적인 것이고, 더욱이 남녀 간의
사랑에 도덕이라는 잣대를 들이대면 인간들은 모두 추해지기
마련이라고. 그녀를 향한 나의 오래된 감정도 그녀는 안다고

했다. 알지만, 짐이 되기는 싫다고 했다.

……숙영에게 오늘 결국 그녀의 운명에 대해 말해 주었다. 의사는 그녀가 앞으로 삼 개월을 넘기지 못할 것이라고 했다. 숙영은 병상에서 시베리아에 가고 싶다고 했다. 그 추운 벌판에서 단순하게 살아보고 싶다고 했다. 순백의 벌판 어느 틈에서 사람들 눈에 띄지 않게 영원히 자신의 육신과 혼을 냉동시키고 싶다고 했다.

5

시베리아로 돌아간 올린에게서 편지가 왔다. 비교적 매끄러운 글씨였는데 그곳의 고려인에게 부탁해서 쓴 편지라고 했다. 고향에 돌아갔을 때 창우는 해동이 시작된 얼음 구덩이에서 발견되었다고 했다. 시신의 모습은 그날 창우가 낚시 갈 때 입었던 복장 그대로였고 이마에서 흘러내린 피가 굳어 있기는 했지만 얼굴은 살아 있는 사람의 표정처럼 편안했다고 전했다.

낚시터까지 가는 길은 개 썰매를 주로 활용했어요. 그 사람이 낚시터에서 돌아오던 날 개들이 날뛰는 바람에 썰매는 뒤집어졌고, 차우 씨는 붕 날아서 얼음 모서리에 관자놀이를 부딪힌 채 그대로 눈 속에 파묻혔던 모양입니다. 그날 개들만 돌아오길래 동네 사람들이 낚시터에서 오고 가는 길을 샅샅이 뒤졌지만 그 사람은 보이지 않았습니다. 다음 날부터 폭설이 내렸지요. 봄이 와서 그 눈이 녹을 때까지 차우 씨를 찾는 일은 엄두도 내지 못할 형편이었습니다. 그래서 나는 가느다란 희망 하나 가지고 한국까지 다시 나갔던 거고요. 해동이 되면서 동네 사람들이 그이를 찾아와 사모바르 옆에 뉘였습니다. 그이는 아무 말 없이 누워 있는데 바깥에서는 바람이 끊임없이 유리창을 흔들며 지나가고 사모바르는 따스한 입김을 내뿜었습니다. 그 사람, 차우 씨, 생전에 사모바르 끓는 소리를 흉내 내며 내 귀에 더운 입김을 불어넣어 간질이곤 했지요. 러시아 말로 사모바르는 '스스로 끓는 용기'라는 뜻이랍니다. 늘 따뜻했던 그 사람, 고마운 사람…… 사모바르.

작가의 말

검은 버스는 절벽을 향해 달려가는 유령이다. 버스에 타고 있는 사람들은 침묵 속에 검은 실루엣으로 갇혀 있다. 절벽 너머로 허연 구름이 파도처럼 웅성거린다. 고원을 내려가는 버스는 절벽에서 떨어져도 구름 위에 둥둥 뜰 것 같다. 투신하는 버스를 떠안고 구름이 요람을 흔들 듯 포근하게 위무할지, 천 길 밑으로 떨어뜨릴지, 그것은 상상하는 사람의 몫이다. 이미 투신을 결정했다면 그 후의 일은 기실 중요하지 않다. 고원의 경계선 위로 두 가닥 전선이 세상을 향해 달려간다.

백두산 천지에서 삼지연 쪽으로 내려가는 고원에서 우연히 찍은 사진이다. 사진 속의 버스는 구름바다를 향해, 마지막을 향해 달려간다. 사진만 보면 아무도 절벽 아래로 삼지연 가는 길이 숨어 있으리라고 짐작하기는 쉽지 않다. 소설은 나에게 절벽에서 투신하는 일처럼 절박했다.

나는 아직까지 몸을 던지지도 못했고, 그렇다고 절벽에서 안전하게 내려온 것도 아니다. 고원의 경계를 더듬더듬 짚어 내려가며 끊임없이 구름바다를 곁눈질하는 중이다. 이 소설집은 그 어정쩡한 주변인의 기록이다. 그리하여 나는 여전히 소설의 모범답안을 잘 모른다. 다만, 냉정하게 조율된 이성과 가슴 밑바닥에 따뜻하게 고이는 갈망으로 읽는 이의 영혼을 건드릴 수 있다면 소설이 제 스스로 부끄럽지는 않을 것이다.

사랑했으면 좋겠다. 그 사랑에 이르는 길은 지난하다. 마음이 맑은 이들이라면 햇빛 한 줌에, 흔들리는 풀꽃에, 아이의 웃음소리에, 재래시장의 소음에 쉬 가슴이 따뜻해지겠지만 많

은 이들은 제 설움에 취해 사랑의 고갱이에 이르지 못한다. 나는 그 사랑에 대한 갈망 때문에 소설을 썼다. 그 사랑의 대상이 사람이든, 시대나 관념이나 사물이든, 상관없다. 심장 밑뿌리에 고이는 수액이야말로 그 사랑의 시작이라고 믿는다. 「별의 궁륭」의 여인과, 「왈릴리 고양이나무」의 남자와, 「사모바르 사모바르」의 내 죽은 벗을 포함한 이 소설 속 사내와 여인들은 모두 사랑할 만한 자격을 지녔다. 나는 그들이 지어놓은 집의 추녀 밑에서 발꿈치를 들고 그들을 넘겨다보며 부러워했을 따름이다.

다시 길을 가기 위해 매듭 하나 지었다. 가도 가도 길은 끝나지 않을 것이다. 언젠가 그 길 위에 쓰러지겠지만, 그때까지 흔들리지 않고 걸어가는 자세가 소중하다. 깊이 머리 숙인다.

— 2005년 가을, 조용호

얼어붙은 여신과 유랑하는 몸

본래 있어야 할 자리에서 쫓겨난 자를 보면 아프다. 나그네여, 집도 절도 없는 삶만을 허락받은 자여, 유랑을 운명으로 타고난 적이 없기에 그대 발은 물러 몸을 지탱하지 못하고 그대 눈은 눈물에 젖어 한 치 앞이 흐리구나. 형형하던 눈빛은 어디 갔는가. 힘줄이 불거졌던 구릿빛 팔뚝은 어디 있는가. 그대 혼(魂)은 흩어지고 백(魄)은 아득해졌구나.

오, 이 사람을 보라. "남자는 식욕이 떨어지고 자꾸만 드러눕고 싶었다. 일도, 음악도, 사랑도 모두 시들해졌다. 모든 열정이 그에게서 썰물처럼 빠져나갔다."(「마태수난곡」) 작가여, 그대 이제야 죽음 앞에 섰구나. 모든 이야기가 시작되는 고향이자 모든 이야기가 증발하는 무덤 앞으로 왔구나. 빠르나 늦으나 모든 이야기꾼은 이 문턱에 발을 걸치고 망설이게 되어 있나니, 그 돌아올 수 없는 심연에 몸을 맡겨 가혹한 운명에서 벗어나거나 몸을 돌려 리라를 뜯으며 세상 또 다른 끝까지 가보거나 나아갈 수도 물러설 수도 없는 양난의 시기를 겪게 되나니, 그대, "친구의 죽음"(「사모바르 사모바르」)이나 "아내의 생목숨"(「마태수난곡」 등)을 핑계 삼아 마침내 여기 왔구나.

유랑 시인이여, 타고난 이야기꾼이여, 이야기의 심연, 그러니까 죽음의 유혹을 견디는 자여, 그대 마음의 거문고 줄을 끝없이 당기고 목젖을 밀어 말을 토하게 하는 건 무엇이냐. 비밀의 문을 열어다오. 뮤즈의 손길이 그대 영혼 어디쯤에 닿았는지 말해 다오.

1998년 가을 《세계의 문학》에 「베니스로 가는 마지막 열차」를 발표하여 소설가의 길로 들어설 때부터, 아니 그 이전부터 지금에 이르기까지 나는 이 작가의 소설을 줄곧 읽어왔다. 어쩌면, 자만일지 몰라도, 이 작가의 작품 중 내가 읽지 않은 소설이라곤 아마도 몇 해 전 긴 휴가를 내어 쓰다가 멈추었던 전설의 미완 장편뿐일 것이다.

2001년 여름에 상재한 첫 번째 소설집 『베니스로 가는 마지막 열차』에 실린 작품들이 그랬던 것처럼, 이번 소설집에 실린 작품들 역시 울음 또는 슬픔을 기본 정서로 깔고 있다. 울음이 가득한 몸으로 일상의 냉정함과 가혹함을 견디기란 한순간도 불가능한 법, 그래서인지 조용호 소설의 화자들은 모두 백수 또는 프리랜서로 설정되어 있으며 그나마 집 밖에 머물고 있다.

하지만 조용호 소설을 모두 다 읽어보아도, 우는 힘, 그러니까 화자의 일상을 일그러뜨리면서 그 몸을 점점 더 먼 곳으로 실어 나르고 그 인생을 점점 더 불안하게 만드는 이 힘이 어디에서 오는가는 그다지 뚜렷하지 않다. 화자들은 눈이 닿고 귀가 들으며 코가 냄새 맡는 모든 곳에서 그 힘과 맞닥뜨린다. 바깥에서 들려오는 밤바람 소리에서, 창공에 은성한 별의 바다에서 그것은 불쑥 다가와 화자를 몽상 속에 빠뜨리고 이야기를 꺼내도록 유혹한다. 때때로 슬픔은 아내의 죽음과 같은 구체적 사건을 매개로 하고 있지만 그 매개가 조용호 소설들에서 어떤 특별한 역할을 하는 건 아니다. 아내가 떠나지 않았더라도 화자들은 이미 울 준비가 되어 있었던 까닭이다.

한 사건이 다른 사건을 낳고 그 사건이 다시 다른 사건을 만드는 식으로 하여 죽음과 맞닥뜨릴 때까지 이야기가 한없이 이어지는 게 소설적 서사의 기본이라면 적어도 조용호는 그런 방식으로 소설을 쓰지 않는다. 이야기의 거대한 어둠 속에 점처럼 사건들이 미정형 상태로 녹아 있다가 어떤 계기를 통하여 비로소 그 형체를 드러내는 방식을 이 작가는 단호하게 거부한다. 모든 것은 이미 정해져 있다. 처음부터 빛 아래 드러나지 않은 것이라곤 하나도 없다. 화자들은 이별하기 위하여 애인을 만나고, 슬퍼하기 위하여 아내를 죽음 속에 밀어 넣는다. 조용호 소설에서 사건은 인물들의 운명과 본성을 뒤바꿀 수 있는 힘으로 나타나지 않는다. 모든 것은 갔다가 다시 돌아온다. 이야기는 매번 처음 지점에서, 그러니까 쫓기듯 집 밖을 나서는 순간부터 다시 시작되며 화자가 길 위에 서는 이유도 큰 줄기에서 비슷하다. 저 신화 속의 영웅들처럼 조용호 소설의 화자들은 자신의 본성을 훼손할 수 있는 사건 전체와 맞서며, 사건들이 자신을 훼손하기 전에 도망치고, 세상 이 끝에서 저 끝까지 떠돌아다니면서 자기 영혼을 단련한다. "사랑도 시대도 세월도 열심히 살면서 견디다 보면 자기 자리를 찾아간단다. (중략) 내가 어떻게 변할지, 그이가 무엇을 준비해서 돌아올지, 그건 세월을 견디어낸 사람만이 증명할 수 있는 것들이라구."(「베르겐 항구」) 사랑이, 시대가, 세월이 모두 자기 자리를 찾을 때까지 견디어내는 것이라니. 도대체 '자기 자리'란 어디에 마련되어 있는가, 그런 게 도대체 있기나 한단 말인가.

아직 모호하지만 이제 우리는 우는 힘이 어디에서 오는가에 대하여 다소 윤곽선을 그릴 수 있게 되었다. 모든 것이 자기 자리를 잃은 시절에 자기 자리를 지키고자 하는 자의 막막한 고독, 아니 자기 자리를 더 이상 바깥에서 찾을 수 없기에 몸 안쪽에다 가두어 남들이 건드릴 수 없게 한 자의 오롯한 의지에서 그 힘이 왔으리라. 그 짧은 순간, 그러니까 밖에서 안으로 자기 자리를 밀어 넣는 그 순간이야말로 조용호가 이야기를 통해 힘써 찾고 있는 것이리라. '순간의 결빙'이라고나 할까. 정절을 지키기 위하여 물 밖으로 끌려 나오자마자 얼어붙는 시베리아의 물고기들(「사모바르 사모바르」)의 이미지는 조용호 소설에서 반복되어 나타난다. 다음과 같은 구절들을 보라.

그 추운 벌판에서 단순하게 살아보고 싶다고 했다. 순백의 벌판 어느 틈에서 사람들 눈에 띄지 않게 영원히 자신의 육신과 혼을 냉동하고 싶다고 했다.

——「사모바르 사모바르」

"아까 성당에서 한 말, 진심이 아니지요? 시간이 많다면, 다시 만나는 거지요?"

남자는 고개를 돌려 여자를 바라보았다. 여자의 눈에서 화톳불이 바람에 일렁였다. 남자는 어금니에 힘을 주고 여자에게 다짐하듯 또박또박 말했다.

"시간이 멈. 춘. 다. 면……."

——「마태수난곡」

그렇게 잡아낸 한 순간의 진실을 영원히 표구할 수 있다는 신념이 남자에게는 있었다. 남자가 할 수 있는 모든 말보다도, 그가 찍어서 보여줄 한 장면의 진실이야말로 말을 능가하는 영원히 정지된, 변할 수 없는 진실이라는 믿음이 그에게는 있었다.

—「왈릴리 고양이나무」

솔베이지는 처음에는 페르귄트가 금방 돌아올 것이라는 믿음 때문에, 그 다음에는 관성 때문에, 또 그 다음에는 기다리지 않으면 자신의 존재 자체가 부정돼 버릴 두려움 때문에 그 오랜 세월 망부석이 돼버렸을 것이다. 페르귄트가 결국 돌아옴으로써, 솔베이지의 생은 적어도 형식적으로는 완성된다. 이제 언제 죽어도 그녀의 삶은 아주 그럴듯한 낙서를 남길 수 있게 된 것이다.

—「베르겐 항구」

그 말이 '냉동'이거나 '표구'이거나 '망부석'이거나 하는 것은 별로 상관이 없다. 모든 것은 '시간을 멈추게 하는 것', 더럽게 썩어가는 몸에서 화자의 영혼을 건져내 본래의 순결함과 사랑을 되돌려줄 수 있는 어떤 행위의 상징일 뿐이다. 천 년을 지나도 한 치도 변하지 않아야 한다는 것, 그러한 순간을 품고 살아야만 시간을 멈추게 할 수 있다는 것, 이 낯선 서사 규칙은 언뜻 보아도 시의 규칙에 해당하는 것으로 비소설적, 차라리 반소설적이기도 하다.

그런데 소설에 치명적인, 이 이상한 고집은 조용호의 소설에 묘한 매력을 불러일으킨다. 나는 오히려 이 독특함 때문에 그의 소설을 계속 읽어왔다. 아슬아슬함, 이야기의 선이 흐릿해져 시로 승화하기 직전까지, 아니 시로 승화할 때까지 화자는 몸을 움직이고 입을 열어서 말을 토해 내면서 사건을 이어가는 소설가여야 한다. 이 모순을 온몸으로 밀고 가는 것은 보통 재능이 아니면 불가능하지 않을까, 그리고 그 재능이 한국 소설에 새로운 자질을 덧붙여 주지는 않을까 하는 기대에서이다. 윤대녕의 소설이 시간에 시달린 끝에 본능으로, 환각으로 도피함으로써 한국 소설에 새로운 기운을 불어넣었다면, 조용호의 소설은 시간이 결코 침입할 수 없는 인간을 창조하는, 즉 이야기로써 시에 도전하는 길을 열어가고 있는 것이다.

조용호는 소설을 쓰고 있긴 하되 처음부터 시적 진실이나 순정함을 노린다. 그는 소설이란 한낱 허구에 지나지 않는 것이 아니라 그보다 높은 것, 즉 시가 되어야 한다고 주장한다. 인물의 형체나 배경의 윤곽을 그려내는 자리에서도 작은 칼로 말결을 일일이 헤집어 파 아름답게 세공한 문장을 들이대는 것, 사건의 진행을 재촉하는 순간에도 여린 바람에 소스라쳐 일어나는 융털 같은 감성을 펼쳐둔 것이 그 움직일 수 없는 증거일 것이다. 인터넷, 휴대폰 등 네트워크를 통하여 온갖 잡스러운 이야기들이 범람하는 시대 앞에 비석처럼 서서 조용호는 새 시대의 소설은 이야기 소설이 아니라 시 소설이 되어야 한다고 일갈하는 듯하다. 장판교 위에 홀로 서서 구름처럼 몰려드는 조조의 백만 군사들을 노려보던 장비처럼 말이다.

어쨌든 조용호의 모든 소설에는 '변하는 것'과 '변하지 않는 것'의 변증법이 존재하지 않는다. '변하는 것'이 '변하지 않는 것'에, 또는 '변하지 않는 것'이 '변하는 것'에 길항함으로써 서로 지양하는 것이 아니라 '변하는 것'은 '변하지 않는 것'에 대한 배신 또는 타락으로서 절대로 서로 겹치거나 한데 접힐 수 없는 것으로 나타난다. 오히려 '변하는 것'과 '변하지 않는 것'이 미리 정해져 있으며, '변하지 않는 것'이 변하는 것을 영원히 거부하는 한 '변해 버린 것' 역시 언젠가는 '변하지 않는 것'으로 되돌아올 수밖에 없다고 생각하는 듯하다. 그리하여 조용호의 소설 대부분에는 변화로부터 이탈하였기에 오직 죽음으로써만 자신의 시간을 멈추게 할 수밖에 없었던 사람들이 등장한다. 「사모바르 사모바르」나 「베르겐 항구」에 나오는 '여자 선배'는 그 전형을 보여준다. 이제 세상에 막 눈뜨기 시작한 남학생에게 따뜻하고 자상한 동시에 아름다운 여자 선배란 곧 여신이 아니었을까. 그 여신이 세상의 온갖 세파에도 꿋꿋이 자신을 지켜가고 있다는 것, 시간이 결코 그 영혼을 먹어버리지 못하도록 과거의 가장 아름답고 순수한 순간에 붙박인 채 그 모습 그대로 영원함을 얻었다는 것, 따라서 이야기란 다 지상에 끌려 나온 순간 얼어붙어 버린 물고기 같은 그 여신을 찬양하기 위해 바쳐져야 한다는 것이 바로 조용호 소설의 본질이라고 나는 본다. 오, 나의 여신님인 것이다.

조용호의 소설을 낡은 후일담 소설에서 구원하는 것 또한 그녀의 존재이다. 펄떡이는 그 몸 그대로 정지해 버린 여신이 있는 한, "예전에 우리는 참 순수했었지."와 같은 넋두리는 불가능한 것이다. 자기 삶과 육체에 시간이 틈입할 기회를 주었으며, 그리하여 속절없이 타락해 버린 것은 그걸 지키려는 영웅적인 고투가 없었기 때문이다. '멈춘 시간'을 보라. 그 따스하면서도 엄한 눈을 보라. 아무도 피의 값을 받아내기 전에 손을 씻을 수 없으리라. 조용호의 소설이 이야기로써 시에 도전하고 있다는 것, 그리하여 우리를 불편하게 하는 것은 바로 이런 의미에서이다. 모두가 타락한 시대란 불가능하다고, 그런 시대를 상상하는 것 자체가 가짜라고 소설로써 웅변하고 있지 않은가.

이와 같은 조용호의 시-소설 쓰기는 한없이 아름답지만 동시에 어지러울 만큼 위태롭다. 저 윤대녕이나 이응준이 그러했듯이, 자칫 균형을 잃는 순간 집으로 돌아오는 길 또는 마음을 잃어버리고 끝내 은어가 되거나 별이 되어버리기 쉽기 때문이다. 현실을 응시할 힘을 잃어버리고 나면 인간 역시 한낱 짐승에 지나지 않는 법. 더군다나 그의 여신은 이미지만 남은 채 이미 병들어 죽어버리지 않았는가. 이 한결같은 위기에서 조용호는 과연 탈출할 수 있을까?

여행이란 돌아갈 곳이 있기에 비로소 의미 있는 법. 돌아갈 곳 없는 여행, 즉 집도 절도 없이 떠도는 여행이란 굶어 죽기 딱 좋은 젊은 날의 치기이거나 낭만적 방황이 아닐 수 없으리라. 이를 날카롭게 간파한 사람은 프랑스의 철학자 들뢰즈였다. 누구라도, 설사 신이라 할지라도, 집 안쪽과 바깥을 결코 구분할 수 없다는 것, 그러니 아무도 집 바깥으로 나갈 수 없다는 것, 누군가 스스로 길 위에 있다고 믿는다면 그건 집이나 길이 만들어낸 환각을 봉밀처럼 즐기는 것에 지나지 않는다는 것, 따라서 자유롭고자 한다면 집을 버리고 바깥으로 나갈 것이 아니라 집 안에 길을 내야 한다는 것, 즉 유목민의 천막집처럼 집이되 집이 아닌 곳에서, 그러니까 쉽게 짓고 쉽게 부술 수 있는 집에서 살아야 한다는 것이 그가 파악한 자유인의 초상이었다. 이 새로운 윤리학을 한국 문학에 비수처럼 들이밀면서 나타난 자들이 바로 송경아, 백민석이며 또 김영하, 박민규 등이 아닌가.

올해 들어서 차례로 나온 『비밀과 거짓말』(은희경)이나 『우리들의 행복한 시간』(공지영)이 그러했던 것처럼, 조용호의 두 번째 소설집 『왈릴리 고양이나무』는 김영하나 백민석이나 박성원 등의 소설에 대한 세대적 반격으로도 읽힐 수 있다. 갑자기, 모두 자기 자리로, 뿌리가 있는 곳으로, 사랑이 움트는 곳으로 돌아가자는 것이다. 그러나 어떻게? 위악에 젖은 마음으로, 빼앗긴 몸으로 그걸 되찾을 수 있을까? 조용호 소설 역시 마찬가지 운동을 보여준다. 시간에 침습되지 않은 그 몸은 혹여 환각이 아닐까? 그 순결은 이미 빼앗겨 내 기억 속에만 있는 것이 아닐까? 이 근원적 불안이 이야기 아래에서 화자를 끊임없이 괴롭힌다. 나 홀로 죽음을 삶이라고 보고 있지나 않은가 하는 불안 말이다. 따라서 다른 한편으로 조용호의 작품들은 '빼앗긴 순결'에 대한 것이다. 시인 안도현은 이렇게 울부짖지 않았던가. "인간들은 하나도 빼앗기지 않고/몽땅, 그 순결을 빼앗아/독차지하였구나." 조용호 소설은 어찌 보면 빼앗긴 순결에 대한, 그 정화를 위한 애절한 송가로도 읽힌다. '더러운 몸'에 앞서 '순결한 몸'이 있다는 것, 그 순결을 다른 주체가 뺏을 수도 있으며 또 빼앗길 수도 있다는 것, 더럽혀진 몸을 순결하게 되돌리기 위해 씻김굿을 해야 한다는 것, 그럼으로써 영혼은 비로소 구원될 수 있다는 신화 또는 종교적 구조가 그 안에 은밀하게 스며들어 있다. 이것은 대단히 불안하다.

"오전에 이곳으로 나올 때 덕적도를 넘어서면서부터 달라지기 시작한 아늑하고 평화로운 모습에서 위안을 받았습니다. 다른 세상으로 넘어가는 경계를 지난 듯한 느낌이었지요. 다시 돌아가야 하는군요."

──「천상유희」

종교를 끌어들이는 순간 소설은 끝난다. 신의 세계에는 말씀이 필요할 뿐 이야기는 필요 없으니까. 소설이 위대한 것은 죽기 전에는 아무도 다른 세상으로 넘어갈 수 없다는 것, 따라서 다시 돌아가 이 세상에서 살아갈 수밖에 없다는 것을 가르쳐주기 때문이 아닌가. 그러니까 소설의 세계에 다른 세상은 없다. 바깥이 있다면 혁명은 필요하지 않으리라. 바깥이 없기에 고쳐 쓸 수밖에 없다는 것, 그게 유물론 아닌가. 윤대녕의 소설이 지난 연대에 성공하고 또 실패했다면 바로 이 언저리에서 그랬으리라. 조용호의 소설 역시 그 근처에서 오랫동안 서성이고 있다. 그는 이미 신이 죽어버린 세계로 되돌아올 수밖에 없음을 알고 있다. 「왈릴리 고양이나무」에서 그는 이미 고백한 바 있다. 파인더로는 세상을 제대로 볼 수 없다고.

그녀는 아바타만 바꾸면 현실의 몸도 바꿀 수 있으리라는 순진한 환상을 진실로 믿는 것일까. 무엇이 환한 이마를 지닌 그녀에게 현실과 사이버 세상의 경계를 떠돌도록 만들었을까. 그가 좌절감에 빠져든 것은 사이버 영토에 정착하지 못했기 때문일지도 모른다. 정착은커녕 사이버 세상으로부터 스스로 유배당한 그 또한 그녀의 논리대로라면 사이버 영토의 시민권을 얻어 새로운 아바타로 거듭나면 될 것이었다. 순진한 쪽은 그녀가 아니라 그일 수도 있다.

— 「아이리스의 죽음을 애도하는 카르멘 올림」

그렇다. 순진한 쪽은 그녀가 아니고 그이다. 아바타만 바꾸면 현실의 몸도 바꿀 수 있다고 믿어서 아바타를 바꾼 게 아니다. 아바타를 바꾸지 않으면 현실의 몸이 살아갈 수 없었기에 아바타를 바꾼 것뿐이다. 아바타 세계의 진실과 다른 진실이 있는 게 아니다. 아바타와 더불어 살아가는 현실이 있을 뿐이다. 그 현실로 돌아오는 길은 언제나 열려 있다. 그 길을 따라 곧장 들어오면 썩어가는 휘황한 세속 도시가 놓여 있을 것이다. 그곳에서 몸 부대끼면서 살아가지 않으려면 죽은 여신을 되살리는 부활제를 한판 크게 벌여야 하리라. 어느 쪽이든 작가의 몫일 터이지만.

— 장은수(문학평론가)

왈 릴 리   고 양 이 나 무

왈릴리 고양이나무
조용호 소설집

1판 1쇄 찍음 · 2005년 9월 2일
1판 1쇄 펴냄 · 2005년 9월 9일

지은이 · 조용호
편집인 · 박상순
발행인 · 박맹호, 박근섭
펴낸곳 · ㈜민음사

출판등록 · 1996. 5. 19. 제16-490호
서울시 강남구 신사동 506번지 강남출판문화센터 5층(135-887)
대표전화 515-2000   팩시밀리 515-2007
www.minumsa.com

값 9,000원